THE LOST COLONY

漫长的寒冬

失落之城

[美] A.G.利德尔 著

黄智濠 陈拔萃 译

A.G.RIDDLE

北京联合出版公司
Beijing United Publishing Co.,Ltd.

图书在版编目（CIP）数据

漫长的寒冬 . 失落之城 /（美）A.G. 利德尔著；黄智濠，陈拔萃译 .—北京：北京联合出版公司，2023.4
ISBN 978-7-5596-6438-9

Ⅰ.①漫…　Ⅱ.①A…　②黄…　③陈…　Ⅲ.①幻想小说—美国—现代　Ⅳ.① I712.45

中国版本图书馆 CIP 数据核字 (2022) 第 169607 号

北京市版权局著作合同登记号：图字01–2022–3725

THE LOST COLONY
Copyright © 2019 by A.G. Riddle
Published by agreement with the author c/o The Grayhawk Agency Ltd.
Simplified Chinese edition copyright © 2022
China Pioneer Publishing Technology Co.,Ltd
All rights reserved.

漫长的寒冬：失落之城

作　　者：［美］A.G. 利德尔
译　　者：黄智濠　陈拔萃
出 品 人：赵红仕
责任编辑：徐　鹏
封面设计：吴黛君

北京联合出版公司出版
（北京市西城区德外大街83号楼9层 100088）
北京新华先锋出版科技有限公司发行
涿州汇美亿浓印刷有限公司印刷　新华书店经销
字数256千字　620毫米×889毫米　1/16　16印张
2023年4月第1版　2023年4月第1次印刷
ISBN 978-7-5596-6438-9
定价：59.00元

愿时间能治愈一切

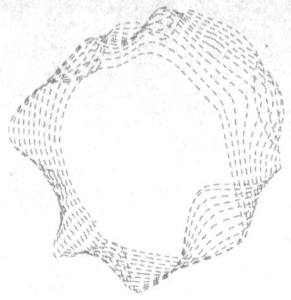

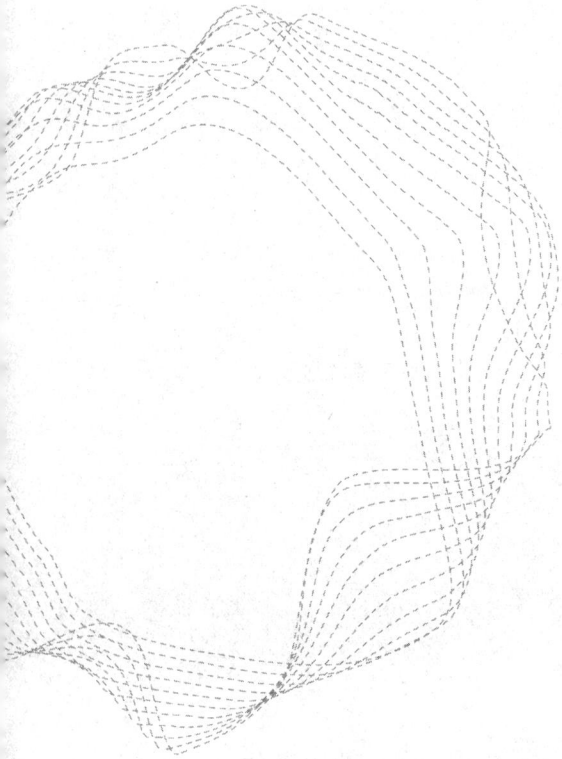

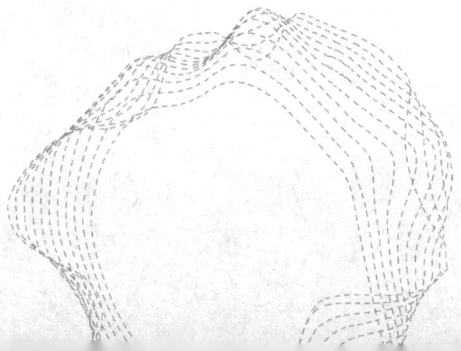

第一章

艾玛

屋外电闪雷鸣，我被吵醒了。

我静静地躺在床上，在黑暗中听着外面的雷声和雨声。身上这床单薄的毯子只够我和詹姆斯二人使用，此时他已经不见踪影。过去六个月以来他总是如此，在半夜一声不吭地消失。

"妈妈。"艾莉在房间另一端的下铺小声呼唤我。

"没事的，宝宝，那只是暴风雨。"

远处雷声的轰鸣愈加剧烈，就连房间的墙板也跟着震动起来，这使我更加确定：这绝对不是简单的暴风雨，是它们回来了。

我立马下床穿好衣服。我所穿的衣服是由特殊材质制成的，其表面覆盖着一种能防止身体热量流失的特殊材质。它由 3D 打印制成，在过去几个月里，我们靠它拯救了无数生命。

萨姆从上铺爬了下来，艾莉也从毯子下爬了出来，坐在床边开始荡着双腿。

"你要去哪儿？"萨姆问。

"我去工作。"

"妈妈。"艾莉喊道。

"小声一点，不要吵醒弟弟。"

但还是太迟了，卡尔森在摇篮里扭来扭去，努力想挣脱裹在他身上的毯子，他打了个哈欠，然后"哇"的一声哭了起来。他的哭声可能会给我们带来致命的后果。

我握住萨姆的手臂，说："快去食堂拿一瓶奶喂给卡尔森，让他保持安静。"

萨姆摇摇头，说："我要和你一起去。"

"听话，萨姆。"

"爸爸在哪儿？"艾莉抱怨道。

"你们俩都安静点儿，快去，萨姆。"

萨姆一脸不悦地朝门口走去，艾莉望着我，嘴唇颤抖着。

我将卡尔森从摇篮里抱起来递给艾莉，说："我一会儿就回来。"

我的妹妹麦迪逊打开走廊对面的门，探出头问我："一切都正常吗？"

营地外面的砰砰声越来越大。

"是的，"我撒谎道，"没什么事，保持安静就好。"

萨姆匆忙地从食堂跑了回来，手里拿着奶瓶。我抱住他，轻声说道："谢谢你。"

我走出营房，快速赶到了指挥所。指挥所的穹顶是由降落伞的布料搭建而成，这种布料不透光，让这里看起来和夜晚别无两样。在我们抵达厄俄斯的前几个月，没有白昼的生活完全打乱了我们的生物钟，所以我们用一座巨大的穹顶来模拟日落和黑夜。

穹顶之下共有十四座长条形的营房，每座营房都开始拥出不少人，多数是穿着绿色军服的士兵，还有一些和我一样穿着隔热保护服的人。可惜的是，这种衣服只有二十件，大小也经过专门定制，因此只适合其主人使用。如果我们有足够的原材料，就可以用3D打印机制作更多这种服装。

此时此刻，我相信詹姆斯正在做一些非常重要，并且值得他冒生命危险去做的事情。他马不停蹄地离开耶利哥城，去往厄俄斯的阴暗面找寻能供3D打印机使用的原材料。

在指挥所的小房间里，布莱特维尔上校正用低沉的英音飞速下达指令："让两架监控无人机升空。"

在房间正中央的长桌旁，阿圭勒下士在电脑前飞速地敲着键盘，说："无人机确认发射，开始升空。"

"'迦太基号'要多久才能进入视线传输距离？"

"一个小时。"

"升空通信气球。"

"全部吗？"

"全部，下士，我们要掌握天上的情况，而且马修斯博士需要在'迦太基号'进入视线传输距离前，给飞船下达操作指令。"

布莱特维尔思考了一阵，说："部署阿尔法战术小队，我要他们尽快进入丛林，部署防御战线等待进一步指示，未经授权禁止擅自行动。"

另一名技术人员通过无线电传递了指令。

布莱特维尔转过身，这才发现我的存在。她微微点了点头向我示意，接着又看了看我身后的士兵。

"少校，"她对我身后那名士兵说道，"启动封锁程序。"

"收到，长官！"他的声音十分洪亮。

布莱特维尔叹了口气："你们小声一点。"

士兵纷纷放轻了动作以保持安静，远处的轰鸣声不断向我们逼近。

"无人机遥测影像已经传回。"阿圭勒说。

墙上屏幕的画面从营地防线转到高空的无人机视角。耶利哥城的穹顶在广袤平原中看上去像一枚巨大的白色棋子，让颤抖的大地泛起涟漪，那样子让我想到一块跳过水面的鹅卵石。附近可以看到白色的通信面板阵列，它们是我们和飞船取得联系的唯一方法。

耶利哥城南边的草场与一条宽敞的蓝色河流相连，河流表面正泛起一阵阵白色的波浪。自从风暴开始，水流就变得湍急起来，但那不是我们最担心的事情。耶利哥城东面、西面和北面的草场尽头是一片片丛林，丰富的生态系统让我想起地球上的热带雨林。

尽管它们和地球的相似性很高，但厄俄斯在我心里依然是一个陌生的异类世界。它的太阳和地球的太阳相比更为暗淡，而且散发着橘红色的阳光。这颗红矮星的亮度还不及原来那颗太阳的十分之一，但厄俄斯的温度和地球相近，因为它与地球相比更为接近它的恒星，但我可能永远也无法适应这里的阳光。

厄俄斯和月球一样潮汐锁定——一面永远面向恒星，也就意味着太阳永远不会落下。在厄俄斯的向阳面，那里是无垠的高温沙漠，而另一面则是一望无际的冰雪，这让我想起我们在地球上的最后时光，那时地球已然成为一颗无法生存的冰球。只有处在沙漠和冰原中间的山谷，人类才能生存，而且宜居区域环绕整颗星球，这是一处生机盎然的天堂，至少我们以前是这么认为的。

但我们有一点想错了。在这个星系里，有一颗矮行星的公转轨道极为怪异，我们刚抵达时并没有检测到这颗星球的存在——它当时正好运转至星系的外围。虽然它不会和厄俄斯相撞，也不会改变我们的轨道，但它的引力会造成厄俄斯轻微偏转，这股引力足以挪动山谷并造成轻微的生态系统破坏，甚至毁灭我们。

屏幕上，无人机正向西边的丛林飞去，耶利哥城的穹顶慢慢淡出视野，只剩下一望无际的树林。我第一次进入那些树林时，里面的阴暗和寒冷完全出乎我的意料，头顶的枝叶是如此浓密，几乎让人感觉像到了夜晚。

"切换为红外影像模式。"布莱特维尔小声说道。

屏幕上的画面一闪变成了蓝黑色——还有红色，红色代表的是生命信号，它们覆盖了屏幕的边缘。

"放大。"布莱特维尔缓缓地说。

放大后依然是一个个红点。

"再放大。"

终于，我们看清了那些红点的规模，它们正以菱形队形飞快地穿过丛林，朝耶利哥城奔来。

第二章

詹姆斯

冰原上，亚瑟恼怒地盯着我。

"回家吧，詹姆斯。"

我无视他的话，继续操作平板。我终于确认了地点。就在这里，就在我的脚下。

我从车上的包里掏出一把铲子。在一阵阵寒风下，漫天飞雪随风飘荡。

在西边，大雪慢慢覆盖分隔厄俄斯阴暗面和我们居住山谷的山脉，那片山谷是我们的新家园所在。我担心我们的新家园正面临着未知的危险，但我知道破解谜团的答案就在这里。

"你怎么和他们说的？"亚瑟问我。

"说什么？"

"说你为什么在这里。"

"说了又有什么用。"我自言自语地朝地图上的方位走去，然后开始用铲子挖掘。

"我猜……"亚瑟假装若有所思地说道，"我猜你肯定是说自己来这里寻找 3D 打印的材料，然后只需要带回一点'收获'便能打消他们的疑虑。"

"你的演绎能力真强，你就像一台能模拟无数种情况的机器。"

"你说得有点道理，但我远没有你想的那么简单。你真的该回家了，詹姆斯，"他严肃地盯着我，"听我的。"

"你要是帮我一把，我早就到家了。"

"我现在就是在帮你。"

突然，我的铲子凿到了什么。我往下望去，看到一处隧道入口，空气正呼呼地通过洞口吹进隧道。我立马加快手上的动作，整个入口显露出来。里面是一条漆黑、洞壁凹凸不平的隧道，一直延伸到冰面下方，大小刚好只够我弯腰通过。

在远处山脉的另一边，我隐约听到一声轰鸣声，大概是沙漠那边的风暴吧。

"回家吧，"亚瑟说，"我说过厄俄斯的风暴非常危险。"

"我不担心风暴。"

"你最好不要轻视它。"

"快进来。"我朝他喊道。我弯下腰走进隧道，头灯照亮着道路。

过了一会儿，我听见他踏在冰面上沉重的脚步。

隧道尽头的地上是一个黑色的金属球状物，看上去略微大于篮球，这已经是我发现的第三颗了。我测量了一番，确认它比前两颗的体积都稍大一些。

它一旁的墙壁上还刻着一个符号。

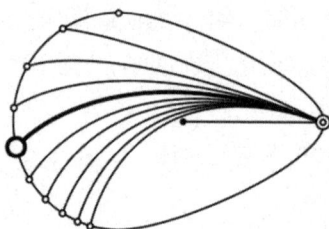

　　这标记是哈利留下的。是给我的信息吗？还是仅仅是他和团队留下的标记？

　　他已经挖掘出来整个球体，我因此也能够好好研究一番。和其他球体一样，这一颗上面也没有任何标记，只有一个打开它的开关，而且里面空无一物，之前的两颗球体同样如此。

　　我第一次见到这个符号——亚瑟称之为网格之眼——我认为它是张地图，我现在仍然也这么认为。我猜测这些球体就是地图上的点——或者说那些弧形尽头的圆圈。在之前只找到两个球体时，我还无法证实我的猜想。网格之眼没有提供任何比例或者参照物，而那两颗球体可能是地图上的任何两点，或者根本毫无关联。

　　但三个点就不一样了。

　　我用平板在厄俄斯地图上绘制出球体所在位置，然后覆盖符号。

　　完全吻合。

　　这样一来，我便可以找到所有的球体——如果其他的也是球体的话。我也不必再用巡视器在冰原上漫无目的地寻找金属信号了。

　　我将平板举到亚瑟面前，问道："这就是地图。告诉我，我会在其他地点下面发现什么？也是这种球体吗？"

　　他翻了个白眼，说："你会发现这一切都是在浪费时间。"

　　"有意思。"我研究了一下手中的地图，考虑接下来要去哪个地点。

　　"地图上只有一根线有终点，那里是起点，还是终点？"

　　"为什么不能都是呢？"

　　"说清楚点。"

　　"只能和你讲这么多了。"

　　我叹了口气。我又累又冷，已经厌倦了待在黑暗中，也厌烦了亚瑟一直把我蒙在鼓里。

"我们去中间那个点。那里和其他地方不一样，对吧？"

亚瑟不耐烦地摇摇头，不愿回答。

"你为什么叫它网格之眼？"

他依然一副漠不关心的样子。

"我知道了，因为眼睛能看见一切。"

亚瑟依然不愿回答。

"不仅如此，眼睛能见到特别的东西：开始和结束。这就是你藏着的小秘密吗？"

听到这话，他猛地看向我，但还是没有开口。

我继续说道："眼睛无法理解其最初所见之物，我们无法回想起我们诞生之初第一眼见到的东西，数年来我们也无法理解眼睛所见之物。但尽头不一样，在结束时我们会睁大眼睛，就像网格之眼那样。"

亚瑟愣在原地，双眼失去神采。他暂停了身体全部控制机能，正将所有处理能力用于信息计算。我只见过他这副表情几次，他正在重新评估。我说的话肯定让他紧张起来了。

"有点意思。"他突然恢复了意识。

"什么？"

"你，詹姆斯。"

"你没想到我能想出来。"

"概率太低，几乎和零没有差别，"他摇摇头，"不过这也不重要了，不要再去中间那个点或者其他任何位置了。"

"为什么？"我靠近他一步，"你拒绝我这么做的原因只有一个：因为这样对网格不利。"

"也许吧，又或许不仅对网格不利，对你自己也不利呢？"

"你们根本不在乎我们，这是你说的，你只在乎能量，所谓的网格的伟大目标什么的。"

"人是会变的。"

"但你不是人。"

"以你的定义来讲当然不是，但不意味着网格一成不变。"

"所以网格现在在乎我们的生死了？"

"这有那么难相信吗？"

"非常难。"

亚瑟盯着我，说："你变了，詹姆斯。当时在监狱，在这一切开始之初，在面对监狱暴乱且生命受到威胁时，你也曾无所畏惧，"他顿了顿，"也许你甚至欢迎暴乱，因为你当时一无所有。你的家人憎恨你，整个世界都无法理解你的价值，他们排斥你，将你丢进监狱。但现在的你拥有了一切：你和兄弟重归于好，还有了妻子和三个孩子，大家也都拥护你、信任你，而你害怕失去这一切，所以才在这里——你脑子里虚幻的恐惧、对毁灭的担忧促使你来到这里。你一直在对抗漫长的寒冬，时间实在是太久了，以至于你依然没意识到它已经过去了。"

"它还没有过去，快走。"

亚瑟一动不动。

我拔出能量武器指着他。这是格里戈里给我做的，只要一枪便能让亚瑟失去行动能力。

"你要是不走，我就把你绑在车子后面，你自己选。"

他转身朝洞口走去。

外面的寒风越来越大，大雪开始在地面堆积。一场风暴似乎正在凝聚，准备向山脉和山谷席卷而去。

亚瑟抬起头看着天空。

"你不会想面对这个风暴的，詹姆斯。"

"那我们得快一点了。"

他跟着全地形车一路奔跑，等我们进入山里后他开始走路。地图上的起始点——我们的目的地——就在厄俄斯阴暗面边缘的山脉中。如果有球体坠落在这里，它可能会撞上岩石并碎裂，要找到它的碎片将会非常困难。

我们朝山的深处走去，缕缕微弱的光线穿透远处的山峰，贫瘠、冰冻的大地开始显现出丝丝生机——先是一些灌木丛，接着是参天大树，它们努力拔高生长，只为能沐浴到那微弱的阳光。它们的树枝上没有叶子，只有一种蓝绿色的海绵状物质，像掀开的窗帘那样悬挂着。它们让我想起一种名为"西班牙苔藓"的植物，在我长大的地方经常能见到。

这里的地面潮湿、松软，如烟灰般呈黑色。远处，我听到林子里传来窸窸窣窣声和动物的叫声，唯一能看到的生命只有那些爬在树间的小昆虫，这些昆虫使得树皮看起来像是在来回移动。

平板发出一声信号，我检查地图，目的地距离我们仅剩三十米。我停下车子，决定接下来徒步前进，亚瑟缓慢地走在我前面。没过多久，我便看到一处洞穴的入口，洞口又高又宽，里面黑得伸手不见五指，洞穴直接通向靠近山脚一侧的位置。我们的目的地就在里面。

亚瑟停下脚步刚开口想说什么，我举起武器示意他继续前进。

"快走。"

他耸耸肩："我还以为你想走前面呢。"

"你走前面，里面可能有危险。"

"你终于说对一次了。"

树林里刮过一阵强风，将那些苔藓模样的东西从树上吹了下来，看上去就像游行中飘落的五彩纸屑。

"风暴要来了。"那些"苔藓"落到他的头发上。

我举起武器，让他继续前进。

进入山洞一会儿后，黑暗彻底将我们包围。我打开头灯查看周围的墙壁，上面是漆黑、潮湿的岩石，看起来就像森林的地面。在我的胁迫下，亚瑟不得不继续深入，接着隧道走向迎来了一个转弯，经过弯道后，我的头灯照到了一堆白骨。

我心跳加速，紧紧握着手中的武器。亚瑟在前面慢慢地转过身来，半边脸还埋在阴影中。

我立马向后退去，直到撞到冰凉的石壁。我环顾四周，警惕着可能居住在这里的掠食者，但周围一片死寂，没有见到任何活物。

我再一次将灯光照在那堆白骨上，它们一直延伸至洞内深处，根本看不到尽头，直到这时我才意识到这些是人骨。

"这些是谁？"我小声问道。

亚瑟的声音很大，在石壁间不断回响："你心里知道他们是谁。"

"这是什么地方？"

"这就是你要去的道路尽头，詹姆斯。"

第三章

艾玛

指挥所里大家都陷入了沉默，每个人都紧张地盯着无人机画面，如巨浪般的红色热信号正急速穿过丛林，径直朝耶利哥城奔来。

我们根本不可能抵挡住数量如此众多的厄王龙。

在登陆厄俄斯前，我们就知道它们是这颗星球的顶级掠食者，我们称它们为厄王龙，因为它们和地球上曾经存在过的霸王龙类似。二者都属于兽脚类恐龙，身上长着厚厚的鳞片状皮肤。厄王龙以两只强有力的后腿奔跑，和霸王龙两只前爪不同的是，厄王龙有四只前爪：一对较长，另一对较短，其长长的尾部还有一根尖刺，我们已经见识过它们用尖刺刺穿对手，并用前肢撕碎猎物的场景。

迄今为止，厄王龙已经杀死了七名人类——五名士兵和两名在西丛林狩猎的成人。虽然过程艰难，但我们也共捕杀到十四只厄王龙。它们皮肤坚硬，头骨更是难以穿透，至少要两到三枪才能射穿它们的大脑，直接射中眼睛、鼻子和嘴也能制服它们，但它们移动速度极快，要杀死它们极为困难。

它们的视觉主要是红外视觉，而且拥有极为敏锐的嗅觉，这两者是它们捕食的绝对优势。在我们确认这两点后，我们制作了我身上的这种服装，能够在不被发现的情况下移动和自卫。在面对少数厄王龙时，一个穿着这种特殊服装的小队便有很大的获胜概率，但此时至少有数千只厄王龙朝耶利哥城袭来，面对现在这种情况，我们根本毫无胜算可言。

布莱特维尔率先打破沉默："它们还有多久到达这里？"

阿圭勒下士眉头紧锁着回答："三十分钟左右。"

不断有士兵进入指挥所，他们很显然不是封锁程序的执行人员，也不受其约束，拥挤的人群一直排到了街上，大家你推我搡地只为看一眼屏幕上的画面。

门边站着一名上尉，她名叫瑞秋·哈里斯，她是耶利哥城武装部队的第三指挥官。

"上尉，执行欧米茄程序，在兽群方向部署防线，射击任何突破林木线的东西。"

欧米茄程序是动员全部军事力量在城市周围建立防线的程序。

上尉离开后，布莱特维尔对我点点头，然后带我去了指挥所后面的一个小房间，她盯着屏幕低声说道："我们没有足够的火力。"

"能安全疏散吗？"我问。

"没办法疏散所有人，而且他们可能会惊慌失措，四散而逃。"

布莱特维尔坚定的眼神没有透露出一丝动摇，仿佛只是在考虑今天的午餐选择什么。如果不能正面迎敌也不能撤退，那我们还有什么选择？这一决定落到了我的头上。

耶利哥城已经建成六个月，大家已经慢慢习惯了这里的生活。四个月前，我们举行了一次选举，让我完全没想到的是，我被选中担当耶利哥城的市长。詹姆斯认为是因为大家看中我曾在国际空间站的工作经验，又或者，用他的话讲：漫长的寒冬和受困于堡垒期间的领导力。我觉得他对此感到很高兴——因为这让我无暇查看他一直在忙的事情。

我们在厄俄斯各自面临着不同的挑战，但我从来没想过会遇上眼前这种危机。

在我们待在地球的最后一年里，我们大致面临着类似的危机——但我们是共同商讨面对。福勒、哈利、夏洛特和厄尔斯都有发言权，我们各抒己见，充分讨论并完善计划。但他们现在都不在了，一同消失的还有整个"迦太基号"的殖民者。

他们如同人间蒸发一般。

"迦太基号"那杂草丛生的荒废营地似乎预示着我们的未来。难道他们遇到了和我们现在同样的情况吗？

我们数次搜索"迦太基号"营地废墟，试图寻找能揭示整件事情来龙去脉的线索，但我们只找到几个数据驱动器，而且已经损毁严重且无法修复。我们猜测是出于某种原因，他们决定离开此地且永远不再返回，漫长的时间和恶劣的天气让大部分建筑面目全非。

我们一致决定不将殖民地建立在那些废墟的旁边，主要出于以下这些考虑：迦太基城内可能有病原体残留，而且那些摇摇欲坠的建筑不适合孩子们接近。其次厄俄斯对我们而言也是一处全新的开始，如果将耶利哥城建立在迦太基城附近，那只会时刻提醒我们现在还有许多同伴下落不明——也就意味着厄俄斯充满了危险，即便是我们当中的精英也可能会遭遇不幸。又或许我们应该将这处失落的殖民地作为一个警示，但经历了在地球上的一系列不幸后，我们迫不及待地想重新开始，回归正常生活——为后代建立一个美好未来。

此时此刻，我们的未来岌岌可危。

我小心地控制住音量说道："上校，我们有什么选择？"

"最好的办法是转移它们的方向，但我们需要知道它们发狂的原因，也许是因为其他掠食者，但要我猜应该是为了躲避风暴。我们应该弄清是什么让这些厄王龙惊慌失措。我建议用无人机和遥测设备检查这片区域，如果确实有风暴，我们要尽快让摩根博士预测它的移动轨迹。"

"如果兽群直接穿过城市，我们幸存的概率有多少？"

"不好说，夫人。"

"最理想的情况下？"

"很低。"

我紧咬嘴唇，陷入沉思。

"先让大家做好疏散准备，然后查清楚厄王龙逃窜的原因以及它们的目的地。"

"收到，长官。"

布莱特维尔转身开始下达指令，几分钟后，阿圭勒喊道："长官，通信气球已经抵达正确高度，进入'迦太基号'的通信范围。"

"开始航拍。"布莱特维尔说。

田中泉、赵民和格里戈里到达指挥所后，"迦太基号"正好传回第一张航拍图像，这张图像显示的是厄俄斯阴暗面的景象。除了山谷边缘的山峰和冰原上宽敞的河流，整个阴暗面千里冰封。真正吸引大家注意力的是那个风暴，它看上去就像地球上的飓风，中间是庞大的风暴眼，其此时位于阴暗面两条主要河流的交汇处。

我第一反应是詹姆斯，恐惧瞬间侵占了我的内心。我脑海中不禁浮现出他像一个脆弱的布娃娃那般被吸入风暴，然后被砸到树上或是甩进山中的恐怖景象。冰原上根本无处可藏。

我立马拿起无线电讲道："詹姆斯，这里是耶利哥城指挥所，收到请回答。"

我等了一阵，但无人回应。

"詹姆斯，你听得到吗？"

依然无人回应。在风暴形成时，他在附近吗？他现在还在外面吗？如果是这样，他情况不妙。

我对布莱特维尔说："给我看看'迦太基号'的红外影像。"

她点头示意阿奎勒，后者在电脑前迅速操作一番后说道："已下达指令，正在下载图像。"

过了一会儿，屏幕上显示出最新图像：风暴正逆时针旋转朝山谷和山脉移动，画面中没有看到任何生命信号。詹姆斯是已经远离风暴了吗？还是说他已经遇难了？

我们的情况则更加严峻，厄王龙正从西丛林方向向我们冲来，而这致命风暴正从东边靠近。这没有道理：为什么厄王龙要往风暴方向奔跑？它们应该是在躲避什么才对，难道西边也有风暴？

摩根博士在这时进入指挥所："你叫我——"

他话说到一半愣在原地，眼睛直勾勾地盯着屏幕上的画面。

查尔斯·摩根是之前联合国最顶尖的气候学家之一，他在美国国家海洋和大气管理局的团队为漫长的寒冬的变化趋势做出了精准的预测，希望他这次同样可以帮助我们渡过难关。

"博士？"布莱特维尔的话将他从恍惚中拉了回来。

"这就是目前为止你们所搜集到的全部信息吗？"他小声问道。

阿圭勒接着将所有的图像拼接成一段视频，画面中这个巨大的风暴正沿着河流朝我们山谷边界的山脉移动。

摩根仔细地看着画面，推了推眼镜，说："这……出人意料。"

"它会影响到我们吗？"

"绝对会。"

"为什么？"

"风暴的移速以及最高风速分别是多少？"

阿圭勒回答："移速每小时十公里，最大风速每小时一百公里。"

摩根摇摇头，说："情况不妙。"

布莱特维尔着急地叹了口气："能说详细点吗，博士？"

"没办法，我们数据有限，"他双臂交叉在胸前，"我们在地球生活了数百万年——研究地球的气候模式也有几千年的历史了。但我们才在这里生活了一年，完全不知道厄俄斯的气候能有多糟糕，我们甚至不知道——"

我看着摩根冷静地说道："博士，把你知道的都告诉我们吧，请抓紧时间。"

他深深地叹了口气："厄俄斯的轻微转向是由那颗流浪行星造成的，它的引力对我们产生了作用，"他微微抬起头，"造成的结果就是我们的山谷会朝恒星方向轻微偏转，虽然偏转轻微，但这也导致了许多严重问题。首先这会让沙漠的温暖气流涌入丛林，使山谷更为炎热和潮湿。这处山谷是过滤星球两边极端环境的天然地带，因此河流的情况也将变得极为糟糕。在此之前，从沙漠流向山谷温暖的河流会在抵达阴暗面之前冷却。现在，流向阴暗面的河水将会更为暖和。"

摩根指着屏幕说："那个风暴会沿着河流逆流而上，并卷进更多温暖的水源。如果风暴抵达山脉，风暴潮将致使大量温暖的河水落入山谷，风暴甚至会切断山脊的冰盖，让更多的暖空气流出山谷并进入阴暗面。在那颗行星经过之前，厄俄斯的情况会越来越糟糕。"

"这对我们有什么影响？"我问。

"我估计城市会不断降雨，东边的丛林出现降雪，河面高度会激增，山谷甚至会被洪水淹没。我估计这就是为什么这里是草原的原因——所以我之前说过，我们应该研究这颗星球几年再下来——"

"可以了，摩根博士，我们已经讨论过这事，我们当时的粮食已经无法支——"

"我们本来可以住在山里。"

"现在不是争辩这个的时候，摩根博士。"

014

自风暴出现后，这种争辩的声音就越来越多。当我们刚抵达厄俄斯时，我们考虑过在山麓地带甚至是山上定居，但那里海拔高，作物的种植难度更大，我估计这也是"迦太基号"选择在这附近定居的原因。我们从来没想过气候变化会如此剧烈且迅速。

"风暴确实是个麻烦，但这不是我们叫你来的原因，"布莱特维尔告诉摩根，"我相信你也可以听到远处厄王龙的声音，"她示意阿圭勒打开无人机影像，画面从耶利哥城的穹顶一直到西丛林，丛林深处有无数的热信号正朝这边奔来，"考虑到厄王龙的前进方向正是阴暗面的风暴，所以它们应该不是在躲避风暴。"

摩根愣在原地，过了一会儿才说道："不一定，给我看看沙漠的遥测影像。"

"只有七个小时前的影像，"布莱特维尔说，"那时候'耶利哥号'正好飞过，另外两架无人机要——"她看了看阿圭勒，后者说："一分钟后抵达沙漠地带。"

"调出无人机实时画面。"

屏幕里的画面显示，西丛林的树冠大部分已被摧毁，被撕毁的巨大树木倒在地上，散落各处，地上还有许多厄王龙的尸体，其中一些被压在树木底下，还有一些看不到任何外伤。热信号显示，它们的确还活着，但为什么它们躺在地上不起来？是因为恐惧吗？

我开始思考它们究竟在躲避什么，有什么能让数量如此众多的厄王龙四处逃窜？而且为什么有那么多躺在地上一动不动？

西丛林的边缘开始出现山脉，在山的那边是厄俄斯明亮面广袤的沙漠。就在山脊线上，一堵沙墙和狂风呼啸而过。

"是沙暴，"布莱特维尔轻轻地说道，"难道这就是厄王龙逃窜的原因？"

"也许，"摩根嘀咕道，"至少有一处沙暴袭击了山脉和丛林，"他上前一步指着屏幕说道，"你们看那只倒地的厄王龙。"

画面放大对准那只倒地的野兽，它一动不动，全身都是深深的切痕，像是被锋利的刀片切割了数千次一样。

"我估计这才是它们逃窜的原因，"摩根说，"沙暴里面有某种掠食者，还有从沙漠涌入丛林的暖气流，"他转过来对着我和布莱特维尔，"如果有掠食者能对厄王龙造成这种伤害，那我们的胜算可以说就降为零了。"

第四章

詹姆斯

一阵呼啸声从洞口传来，像有一只幽灵在黑暗深处呼唤着我。

亚瑟略微扭过头听着声音，说："风暴已经开始，詹姆斯，快离开吧。"

"洞穴深处藏着你不希望我发现的秘密。"

"也许我只是不忍看着你去送死。"

我离开靠着的墙壁，慢慢走向那堆尸骨。在我头灯的照亮下，我眼前这一幕显得既令人痛心又阴森诡异：成堆的尸骨摆在洞穴过道里，大人和小孩的尸骨成相拥姿态。

我辨认出他们身上穿着的是大西洋联盟军服，跟我们刚到耶利哥城时一样，他们也把军服染成了绿色。

呼啸声越发强烈，如果外面真的在刮风暴，情况无疑正越来越糟糕。

我小心翼翼绕过眼前这些尸骨，尽量不扰扰到他们。我往洞穴更深处照去，那里的尸体腐坏程度相比而言没那么严重。他们皮肤灰白，头发和指甲干硬易碎，看起来就像停尸房里的尸体。这里的确是储存尸体的好地方——阴暗寒冷，但湿度不太理想。

我蹲下身子，以便更近距离检查这些尸体。他们的骨头上爬满了小虫子，是它们啃食了尸体的血肉，这其中当然也有细菌分解的作用。这里环境潮湿，适合虫子和细菌滋生。

我站起身，一件蓝色工作服映入眼帘，跟我在九号营地仓库里穿的相似。衣服主人的脸灰白凹陷，虽然躺在一堆尸体中间，但我立马就认出了那是我的老朋友。

"哈利。"我走向他的尸体并轻轻喊道，福勒也躺在一旁，夏洛特也在不远处，怀里还抱着两个体型较小的尸体。

这些都是"迦太基号"上的殖民者，我终于找到他们了，可为何是在这里？这里是网格之眼的起点还是终点？

在头灯照射下，我注意到哈利手上有什么东西在微微发亮。我俯身轻轻地掰开他僵硬的手指，他的皮肤摸上去冰凉寒冷、毫无生气，让我心如刀绞。

那是一个小型数据驱动器。

我盯着驱动器看了许久。出于某种原因，我本能地知道这是哈利留给我的信息。他知道我会找到这里，这个洞穴深处是安全的，能够远离风暴和掠食者以及其他一切厄俄斯未知的危险。我害怕知道里面的内容，却更不可能忽视不管。

我把驱动器插入平板，屏幕顿时弹出数百个文件，包含文档、图表、医疗设备和测试日志。第一个文件是一个名为"你好，世界"的视频，我立马点了进去。

哈利的脸出现在屏幕上，他坐在一个山洞里，看起来似乎就是现在这个山洞，屏幕微弱的灯光照在他的脸上。他的声音很轻，似乎不想让周围的人听到。

"欢迎收看本周的《魔界奇谭》系列剧，"他夸张地扬起眉毛，随即又苦闷地笑了笑，"好像没想象中好笑，不过也很难找到其他更契合的笑话了。话说回来，这也应该不是你那个年代的节目。"

哈利看着镜头说道："我录这段视频给你的，詹姆斯，因为我知道你会找到这里，希望当你了解完发生在我们身上的事情后会对你现在有所帮助。你很快就会知道我们没有回营地并且来到这里的原因了。"

他停了一会儿，像是在整理思绪。

"这一切都要从风暴说起。"

第五章

艾玛

指挥所里的所有人都看着我，等待着我的指令。我想再次尝试用无线电联系詹姆斯，但我明白，我现在的第一职责是保护这处殖民地。

我以前也陷入过类似的情景，我负责保护的人陷入了危险，现在这其中任何一个决策都直接关乎着我们的生死。我在国际空间站的最后一天，看着所有的队员在刹那间丧失性命，那一刻在我的脑海里重复播放了无数遍，我知道这一次同样也如此。

布莱特维尔靠过来，背对无数双不知所措的眼睛，小声地对我说道："考虑到有掠食者和沙暴驱使着厄王龙疯狂逃窜，我觉得我们没办法转移它们的移动方向，至少不是全部，而且阴暗面的风暴更可能直接将它们重新赶回城市。不管怎样，我觉得城市难以幸免。"

"你之前说过我们不能疏散所有人，那就是说，我们至少可以疏散一部分人，是吗？"

她点点头回答道："也许能疏散一半甚至更多，不过得抓紧时间。"

"允许执行，上校，疏散尽可能多的人，并为未能疏散的人做好准备。"

布莱特维尔立马大声地传达了我的指令，因为最新下达的指令，我们决定无须再保持音量，疏散过程注定会发出不小的动静。

在发现情况之初，我们就制订了疏散计划。一个侦察小队在东边山脉的山脚下发现了一个山洞，我们决定将人群转移至那处庇护所，不过小队没来得及返回洞穴彻底调查里面的情况。我曾命令他们至少进去探索一番，将山洞内部结构和洞室绘制成地图，但他们的指挥官坚持认为只会在里面找到"更多的洞穴"，而且即便那处庇护所无法容纳所有人，附近也还有其他十几处山洞可以作为庇护。疏散准备小队转而将重心放在开辟一条通往山洞的路径上——他们认为如果无法抵达山洞，那它的空间再大也没有任何意义。我想他们说的也有道理，我只希望所有人都能安然无恙。

大部分殖民者将步行前往山洞，全地形车将用于搭载那些行动不便的人。我们计划在树林里部署军队，抵御任何进攻车队的厄王龙和其他掠食者，但我担心那些士兵也许会就此牺牲，而他们能做到的仅仅是延缓敌人的步伐。

詹姆斯知道山洞的位置，当他知道发生什么事情后，希望他能去那里与我们会面。

"兽群还有多久到达？"我问。

阿圭勒回答："大概二十五分钟，女士。"

"有没有什么办法可以延缓它们的速度？"我问布莱特维尔。

"我们在丛林部署了一支战术小队。在前方带路的应该是兽群的首领，希望干掉首领后其他厄王龙能散开或者转向，我们还会在兽群北面开火，看看能不能将它们赶至南边，你也知道，疏散的山洞在东北方向。"

"就这么干。"

布莱特维尔立马传达了指令。我看着地图上的蓝点，那处山洞是我们活下去的希望。

"还有其他方案吗？"我问。

她摇摇头："我觉得没有了，我们又没有重型火炮。"

"不过，我们有些能燃烧的东西。"

布莱特维尔不解地看着我。

"草原，烧了它。"

布莱特维尔睁大眼睛看着我，接着我解释了计划细节。

"用草镰刀在城市周围割出一道防线，然后点着它们。如果我们对厄王龙的视力研究无误，它们应该只能看到一堵红色的火墙，而且在抵达城市之前就能闻到燃烧的烟味。"

"那样应该能阻止它们进入城市，"布莱特维尔谨慎地说道，"但大火无法在林木线处停下，整片丛林都会烧起来，而大风还可能会将火焰吹回城市。虽然穹顶可以防火，但保护效果也十分有限。"

"那些我们迟点再考虑，先活下来再考虑住在哪里的问题。"

"收到，长官。"

布莱特维尔下达完指令后，对我说："你的车辆将会在——"

"我要留在这儿。"

她深吸一口气，我知道她接下来要说什么。

"我要留下，"我说，"直到疏散所有人，所以别说了，我们先专心解决问题。"

指挥所的喇叭里传来一个男人的声音："指挥所，这里是 A 队，我们已就位，等待开火指示。"

布莱特维尔拿起麦克风说："A 队，这里是指挥所，你可以开火了。"

我盯着屏幕，看着代表兽群的红点呈菱形队形穿过丛林，前方等待着它们的是五个绿点——也就是我们的士兵，希望待在树上能保证他们的安全。

我开始想念萨姆、艾莉和卡尔森，希望麦迪逊和艾比此时能照顾好他们。他们现在肯定十分害怕，因为我也一样。

阿圭勒开口说道："夫人，已确认击毙一只厄王龙，兽群队形正在改变。"

只见厄王龙以菱形的队形分散开来，领头的几只厄王龙放慢了脚步，后面的厄王龙紧随其后，转变成倒三角阵形，然后慢慢一分为二。

布莱特维尔拿起桌上的麦克风，说："A队，立刻朝北边转移，拦住分离的兽群，无论如何一定要将它们赶往南边。"

等无线电传来回应后，声音那头像是士兵在沿着绳索回到地面的声音。"A队，这里是阿尔法一号，立刻回到地面并向北移动，跟着我行动，没时间在树上找掩护了。大家边转移边开火，记得用树木做掩护。"

就算他们躲在树后，厄王龙群也会碾轧过他们。

"阿梅利奥，让B队进去丛林，同样的指令，不惜一切代价要将兽群赶向南边，上尉。"

男人点点头后朝指挥所外的黑暗中走去。在他身后，士兵正在让儿童和一些大人坐上全地形车，他们的哭喊声清晰地传进了指挥所。在穹顶之外，兽群那如雷声般的奔跑越发靠近。

我再次拿起无线电："詹姆斯，能听到吗？"

我等了一会儿，接着说道："詹姆斯，一个厄王龙群正在朝城市跑来，我们正在疏散至山洞，收到快回答。"

就在我等待回复时，我意识到格里戈里和赵民站在一旁盯着我。

"干吗？"

"我们想改变飞船轨道。"赵民说。

"为什么？"

"因为希尔球的范围，我们没办法进入星球同步轨道。"

"我知道，那你们是指什么轨道？"我问。

"晨昏线轨道，"赵民说，"这样我们能看到厄俄斯其他山谷的情况，我们也许能找到一个更合适的居住地。"

"不过这方案有个问题,"格里戈里说,"飞船得定期离开轨道给太阳能电池充电。"

"就这么做,再拆下四块通信面板保护好它们,不然兽群可能会摧毁通信场。"

"没问题,"赵民说,"我们还有另一个主意。"

我点点头,他开口说道:"关于穹顶,我们可以将它拆下来并放至地面作为防护罩。"

"这是个好主意,快去吧。"

这时,指挥所外面传来一阵阵枪声。

第六章

詹姆斯

在视频里,哈利说:"我觉得应该先从那些球体开始研究,我认为它们和风暴有着千丝万缕的联系,但我也不确定。"

他举起平板,上面的符号我在过去九个月中已经烂熟于心:网格之眼。

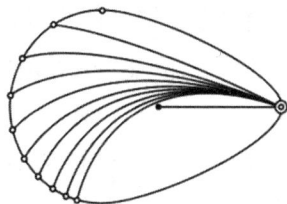

"我想你已经在迦太基城找到了这个符号,也许是你自己发现的,让我告诉你我是怎么发现它的吧。就在我们抵达厄俄斯不久,我造了一台巡视器并在阴暗面搜寻稀有金属,想制造一些燃烧弹杀死或者驱赶那些长得像恐龙的大型掠食者,我们称它们为厄俄斯霸王龙,简称厄王龙。它们一开始没有造成什么麻烦,但总是有兽群不断靠近城市。当巡视器发现第一个球体时，我以为那是某个彗星的内核。那是一颗圆滑、空心的黑曜石球体，毫无疑问这是外星制品，它里面空无一物，没有任何线索能告诉我们它的制造者以及用途。你应该能想象当我挖掘到它时的震惊，我猜测这里也许不止一颗球体，所以我又造了两台巡视器，我甚至打算升空无人机参与搜索。接着，我又找到了第二颗和第三颗球体，这时候它们的排列位置便一目了然了。这些球体是按一条弧线排列，每颗球体的间隔空间遵循某种公式，也正是跟着这条弧线，我找到了剩余的球体。它们外形完全一致，但有一点不同：越往弧线的起始点靠近，或者说终点也行，取决于你怎么看，球体的体积就越大。最大的球体同样中空，但它和其他球体不同：它的外部刻有你眼前的这个符号。"

他又举起平板给我看网格之眼的图案。

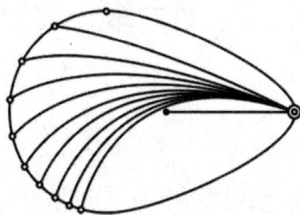

"我当时非常震惊，夏洛特认为这是某种加密语言，甚至是特定的一类频率能让球体做出反应的东西。我们花了数周时间研究这一图案，我们当然没有带走这些球体，夏洛特坚信移动它们不是什么好事——它们可能需要放在低温环境，或者移动它们可能会触发某种安全机制甚至造成危险事件。"

哈利放下平板，继续说道："无论是对于这些球体还是符号，我们都一无所获。符号给我们的唯一信息是弧线上没有的两个点，在外面那个点的位置我们什么也没找到。而在符号中心的那个点，也就是所有线开始的地方，我们找到了这处洞穴。我当时很兴奋，以为这里藏着解开球体谜团的答案。"

但是他摇摇头说："我们花了几周时间将这里翻了个底朝天，仍然一无所获。也许这里原本存放的东西已经被拿走，又或许这一切只是网格为了戏弄我们开的什么变态玩笑。直到最后我们也没解开谜团，因为我们紧接着就遇到了其他麻烦。"

画面里，哈利深深地叹了口气。

"等我们到达厄俄斯后，我们调查了整个太阳系，没有发现任何会扰乱厄俄斯轨道或者气候的因素，显然我们错了。太阳系内有一颗轨道十分复杂的矮行星，受数颗天体的重力影响。长话短说，这时它正在靠近厄俄斯，距离之近足以对厄俄斯产生引力影响，山谷被吸引至恒星方向，热量从沙漠地带涌入山谷，还造成了巨大的沙暴，暖流又流入了阴暗面，和河流一起造成了强烈的风暴。但风暴不是真正的麻烦，那些厄王龙才是。它们一开始数量规模不大，只有少数几只会穿过丛林向平原区跑来，而且和风暴出现的时机一致。我们本以为它们会无视我们穿过城市，但接着大风在沙漠区域掀起了猛烈的沙暴，让至少数千只厄王龙穿过丛林开始逃窜。我们无能为力，只能疏散逃命，我们不顾一切地计划疏散所有人，厄尔斯也命令数百人的部队进入丛林，希望能抵御住兽群并改变它们的方向，但无线电那头传来的声音……"

接着我第一次听到视频中传来其他人的声音，是远处的咳嗽声，哈利转过头看着另外一边喊道："劳伦斯，你没事吧？"

哈利站起来按下平板关闭了视频。没过多久，画面又亮了起来，哈利依旧坐在洞穴的地上，但他看起来像变了个人，双眼空洞无神，仿佛受到了什么打击，他的声音也十分微弱，没有一丝情感。

"我离开城市前做的最后一件事就是将那个符号放在通信面板上，如果我们无法返回，我希望你们能找到并解开它的秘密。如我前面所说的那样，我认为它与厄俄斯发生的这一系列事件有某种联系，例如那些行星运行轨道的改变、生态系统的异常情况，也许这符号是一种警告。"

短暂停顿后，他继续说："自那以后我们就再没收到军队的消息，他们应该凶多吉少了，我们没有去找他们——因为我们知道一切都已经太迟了，那些丛林里的掠食者绝对不会让腐肉留太久的。我们后来撤退至东丛林山脚下的一个山洞内，那里是躲过兽群和风暴的最好选择，里面空间宽敞，而且只有一个入口，更加容易防守，所以我们还挺满意那地方。我们万万没想到山洞里还有其他东西在等着我们，这改变了一切。"

第七章

艾玛

指挥所里一片混乱。布莱特维尔正高声下达命令。格里戈里冲出门口，准备撤下穹顶。赵民在通信终端前飞速敲字，给"迦太基号"上传新指令。田中泉一直不见人影，大概是在医务室为转移病人做准备。

脚下的大地不断传来震颤，激烈的枪声一刻也没有停歇。

在长桌旁，阿圭勒对布莱特维尔说："兽群前面领头的五只厄王龙已经到达，它们在草原慢了下来，"他停下来仔细听着耳机里的汇报，"一只已倒下，另外四只受伤，它们正在分散队形。"

响亮的枪声无疑会吸引兽群的注意，但我们已别无选择。

"A队，收到请回复。"布莱特维尔对着无线电喊道。

屏幕上可以看到，代表士兵的绿色标记已经一动不动，虽然无人机可以定位士兵服装内的感应器，但并不能判断他们的生死。

布莱特维尔摇摇头又喊道："B队，收到请回复。"

不过这次也无人回应，两支小队要么已经阵亡，要么是因为被厄王龙包围而不能出声，我只能祈祷是后者。

指挥所外面的枪声停了下来，取而代之的是另一种声音：丛林里厄王龙群的怒吼声响彻整座城市。站在门口向外望去，我见到多辆全地形车正在飞速横穿城市路面。疏散行动已经开始了。

耶利哥城的总人数在五千左右，也就是至少要一百辆大巴才能疏散所有人，但我们一辆也没有。我们只有带轨道牵引拖车的全地形车，那些拖车曾经是专门用来将材料和食物运回城市的，但现在已经装满了人——尤其是那些无法长途跋涉的儿童和老人。他们挤在拖车内，紧紧地依偎在一起。

布莱特维尔说得没错：我们不可能及时疏散所有人。在二十分钟内叫醒五千人并将他们转移出城市犹如天方夜谭。

"还剩十分钟。"阿圭勒喊道。

我听见麦迪逊呼喊着我的名字，我立马跑出指挥所，指挥所外面人山人海，居民们都想赶紧逃离这里。率先离开城市的车队现已抵达东丛林，分散着消失在我的视野中。军队分散在车队西边，准备迎接任何越过防线的厄王龙。

周围的空气闷热不堪，我穿过慌乱的人群，顺着麦迪逊的声音一路找去。终于，我看到了麦迪逊的身影。她怀里抱着卡尔森，艾莉和萨姆紧贴在她身旁，她的孩子欧文和艾德琳正手牵手紧跟在她身后，守护着自己的母亲。麦迪逊的丈夫大卫在不远处帮助居民们登上拖车。亚历克斯和他的妻子艾比同样在帮忙，他们的两个孩子——杰克和萨拉正紧紧地靠着麦迪逊，他们神情严肃，伸出手以免人群撞到麦迪逊。

"我们的拖车还有位置，"麦迪逊将卡尔森递给我，"我可以帮你把公寓里的东西拿上——"

我将卡尔森递回她怀里，说："我马上就来。"

"什么？"

"我得留下来帮忙。"

麦迪逊转过头朝兽群方向看了一眼，然后又看着我，仿佛不同意我这么做。

"妈妈！"艾莉跑向我，我蹲下身紧紧抱住她和萨姆。他们两眼浮肿，睡意还未散尽，萨姆一如既往表现得十分坚强，但我看得出他们都十分害怕，我在他们两人额头上亲了亲。

"听小姨的话，我马上就回来，一会儿我会问小姨你们刚才有没有调皮。"我严肃地看着他们，他们也已习惯了我这种表态。现在，我只希望我的严厉能分散他们的注意力，让他们仅仅害怕被我批评，而不是害怕其他的危险处境。

萨姆开口道："那厄王龙——"

"兽群会过去的，你们快走吧。"

我抱了抱麦迪逊和卡尔森，轻声说："谢谢你。"

亚历克斯走了过来，在我们周围望了望，他问道："詹姆斯在哪儿？"

"还在路上，他马上就到。"

我没有再多说什么——我只希望他能平安无事。

居住区穹顶的金属框架在移动下发出一声声刺耳的摩擦声，巨大的罩棚开始沿着轨道滑动收拢。我看到格里戈里正攀在一根巨大的支柱上操作着什么，其他的支柱上也有技术人员在紧张操作着。在晚上，穹顶面向沙漠方向，但我们现在需要将它略微转移至西丛林方向，并最终移至地面。金属框架再次发出刺耳的摩擦声，穹顶也不断颤抖着。

穹顶之外，一小队拿着草镰刀的士兵正砍下一片片蓝绿色的蒿草，希望能升起一道火墙遮挡住城市中的热量。另一组士兵将砍下的草收集起来堆在远离城市的方向。其余的士兵拿着步枪保持戒备，慢慢地跟着他们前进，准备射击任何进入视野的厄王龙。

蓝绿色的草海随风摆动。突然，开始下起了雨，这对我们的火墙保护计划无疑是一次严重的扰乱。

我立马跑回指挥所。刚进门，我就听到摩根博士的声音："我也没有办法，要是看不到空中影像，根本不可能做出准确预测。"

看到我进来后，布莱特维尔说："下雨了。"

"我知道，现在就立刻点火吧。"

布莱特维尔传达指令。我们望向屏幕，看到兽群已经快冲出丛林了。它们的速度慢了下来，其中一个兽群稍微偏离了城市方向，但另一个依然以略微偏北的方向直接向城市奔来，照这样下去，我们的车队肯定会遭到碾轧，后果将不堪设想。

"去山洞需要多久？"我问。

阿圭勒耸耸肩，说："十五分钟左右，第一批车辆应该在五分钟内就能抵达。"

突然，门外传来了一声碰撞声。

"穹顶已就位。"阿圭勒说。

一分钟后，火焰燃起，传来了一阵阵浓烈的烟味。

布莱特维尔站在我身边小声地说："我们得停止疏散居民了，那些已经离开或者刚刚离开的人应该可以顺利抵达山洞，但那些现在走的人已经没机会了，等厄王龙群到了之后他们将无路可逃。"

我点点头，她说的没错，在城市和丛林之间空旷地带的任何车辆都是只能坐以待毙的目标。

"怎么安排外面那些人？"

"由您决定。"

"把他们转移回室内，将所有人挤进兽群反方向的公寓内，让他们紧靠墙壁，并部署士兵把守每个出入口。"

布莱特维尔立刻下达指令。我走出指挥所，正好看到麦迪逊坐在一辆全地形车后面的拖车里。她怀里抱着卡尔森，艾莉和萨姆坐在身边。我希望他们能安全抵达山洞。

第八章

詹姆斯

亚瑟走过来，说："马上关掉视频，詹姆斯。"

我拔出能量武器指着他，说："离我远点。"

他举起双手，说："你这样对一个想帮你的人可不太友好。"

"这段视频就是你之前一直害怕我发现的东西，是吧？或者类似的东西。"

他移开目光，看上去有些不安。

"为什么看这段视频会伤害网格？"

"也许只是会伤害到你自己，詹姆斯。"

"那倒未必。"

我一只手拿着能量武器，另一只手按下播放按键，哈利继续讲着他的故事。

"我们把四千多人疏散到了这个山洞里，当时在离洞口大约六十米的地方，我们在洞内墙壁和地上发现了一种海绵状的物质。它呈黑色，几乎和它生长的岩石难以区分。只要有人靠近它，它就会释放出一种细小的粉状物质，就像花粉，不过是灰色的，"他苦闷地笑了笑，"我和福勒称它们为风化层海绵。它们的颜色和细粉状物质让我们想起了月尘，我们本以为是无毒无害的。"

哈利陷入了沉默，眼中饱含泪水。

"最先出问题的是孩子们，他们先后都出现了咳嗽、高烧的症状，等我们注意到这种情况时，所有人均被感染。我们来山洞的时候随身带了一些药物，为了治疗这种疾病，尝试了抗生素、抗病毒药、消炎药等各种药物，我们最后甚至尝试了抗抑郁药和胰岛素，但都没有任何效果。"

他拿起一个数据驱动器——也就是现在插在我平板上这个。"我们所有的数据都在这里面了，"他放下驱动器看着镜头继续讲述，"在我们进入山洞八小时后就开始出现患者死亡的情况，接下来大家就像多米诺骨牌那样一个接一个地倒下。我们的第一反应是带所有人回迦太基城，让大家回到休眠袋里，但厄王龙群摧毁了大部分建筑，而且军队也凶多吉少。即便休眠设备完好无损，我们也要数天甚至数周才能让所有人进入休眠，更不用说无处不在的厄王龙，回迦太基城无疑是死路一条。更严重的是，如果你找到我们当中一些被感染的尸体，你也有被传染的概率。"

哈利沉重地叹了口气，移开了视线，说："我想过回迦太基城给你留个信息——警告你们洞穴和那些海绵的事，但我不可能躲过厄王龙，而且我大概也命不久矣。考虑到我们目前的死亡速度，我们注定时日无多，来不及找到有效的解药了。"

他抬手遮住嘴巴咳了咳，接着说："我们最后的选择就是离开那些风化层海绵，希望病症能就此消失。我们用石头挡住了洞口，以免有其他人找到这里，然后就离开了。我们无法去西边，所以便往东边行进，最后来到了这个洞穴。我检查了这里没有发现风化层海绵。我祈祷着或许远离它们，一切的病症就能得到治愈，但现在看来是我太天真了。"

他耸耸肩，努力挤出一个微笑："詹姆斯，你们一定不要去东边山脚下的那些山洞，我估计其他山洞也有这些风化层海绵。我猜测这处洞穴没有是因为洞穴里气温偏低不利于它们生存，又或许是因为这里有以它们为食的生物。如果'耶利哥号'有人感染了那些海绵，我希望这些数据能帮助你找到解药。我不知道我们的尸体有没有感染你，但我建议你最好自我隔离，直到确认你自己没有受到感染。总之，无论如何千万不要进入那些山洞。"

第九章

艾玛

兽群的声音掩盖了一切。在指挥所里，我看到布莱特维尔嘴巴在动，却听不见她在说什么，感觉自己仿佛在看一部无声电影。她正在和技术人员说话，但传进我耳中的只有厄王龙兽群跑动的声响。

她退后一步，用手在脖子前横划了一道，也就是切断的指示。只见所有技术人员立马仓促地关闭了所有机器，然后朝营房冲去。他们没有身穿能掩盖自己身体热量的服装。

她伸出一只手比了个"三"，另一只手比了个"○"。

三十秒。仅剩三十秒它们就要抵达城市了。

布莱特维尔戴上一副面罩遮住整个脸部，只有眼睛部位是由两块塑料遮挡。从外面看去里面漆黑一片，但从面罩里侧可以清楚地看清外面的情况。

在布莱特维尔戴上手套时，我也戴上面罩和手套，接过她递给我的自动步枪，快速跑出指挥所，身后还跟着两名同样穿着保护服的士兵。我们径直向离厄王龙兽群最远的城市边缘的营房跑去。

我们和格里戈里他们一行人几乎同一时间到达。

赵民对我说："它们就要来了——"

"我们知道，快进去。"

"你们看到田中泉了吗？"赵民快速问道。

"没有，她可能在医务室。"

他马上掉头准备朝医务室方向跑去，但我一把拉住他："没时间了，赵民，快进去，我们迟点再找她。"

他们进入建筑后，我抬头看了一眼穹顶，其表面正泛起阵阵涟漪，接着我在嘈杂声中听到一声震耳欲聋的兽吼，那声音狂野、粗犷，我从来没听过这种声音，这吼声就像指甲在黑板上划动的声音那般让我汗毛直竖。

厄王龙已经到达火墙位置了。

希望它们会因此转移方向，这样我们也许还能有活下去的机会。

布莱特维尔示意另外两名士兵把守营房两端，然后又转过来对着我指了指旁边一间公寓的入口，示意我躲进去。

我摇摇头，举起步枪，朝她把守的营房入口点了点头示意。虽然看不清她的脸，但我知道她不喜欢我跟着她把守入口，这样过于危险，可她还是指了指背后，示意我待在她身后，手中的步枪也被她抓得更紧了。

我蹲下来仔细听着外面的动静，判断着兽群的动向。厄王龙的吼叫声越来越近，踩踏的轰鸣声震颤着地板，地上的泥土和小石块被震得上下弹跳。

时间仿佛慢了下来，我的心怦怦直跳，我戴着面罩呼吸急促，手心也因为紧张冒出了冷汗，手中的枪突然变得沉重无比。我紧紧握着它，死死盯着外面空无一物的街道，头顶的穹顶在不断摇晃，黑色的浓烟正在慢慢渗入城市。

突然，一阵强风吹过，吹散了周围的黑烟，并拉扯着穹顶摇摆。难道沙暴已经抵达这里了？

紧接着一阵剧烈的声响瞬间响彻云霄，穹顶在厄王龙的猛攻下开始破裂，金属支架也变得扭曲，发出如动物受伤般的痛苦呻吟声。

城市里的黑烟越发浓烈，城市边缘草地燃烧的气味中夹杂着一些血腥味，显然厄王龙在强行突破火墙时并非毫发无伤。

又一声巨响传来，这次声音的方位距离我们很近。厄王龙开始撞击营房，在体形庞大的厄王龙的猛烈冲击下，建筑物摇摇欲坠。

不知道那些厄王龙身上是否还燃着火焰，我担心它们到处跑动会点燃营房，这样一来里面躲藏的平民必须得扑灭火焰，否则只能被迫逃出建筑物。不管怎样，他们都会陷入极大的危险中。

正在我感到担心时，布莱特维尔转过来指了指我身后的区域，她是在示意我向后撤退。

见我摇摇头拒绝服从，她放下步枪、抓住我肩膀，把我往后推，一边用身体掩护着我。

我恍然大悟。

突然，公寓瞬间从内部爆裂开来。碎片残骸瞬间击中了布莱特维尔的后背，冲击波使得她一下砸到了我身上。我反应不及，重重地摔在地上。我本以为布莱特维尔会自己爬起来，但她趴在我身上一动不动。

我轻轻地翻了个身，将她放在地上。

我将手放在她胸口，希望能摸到心跳，可由于戴着手套，我无法感知她的脉搏。

我抬起头，发现一只厄王龙躺在走廊尽头一动不动，可能是失去意识或是已经死亡。

它厚厚的鳞片状皮肤被火焰烧得焦黑，它冲撞营房时留下的大洞边缘还冒着零星的火光，在风中慢慢摇曳着。

突然，那只厄王龙睁开双眼，前臂的爪子胡乱地撕抓着周围的一切，它挣扎着试图站稳，反复甩动着头部。随着它的动作，整座建筑开始剧烈震颤。

我愣在原地，一只手搭在布莱特维尔胸口，她依然一动不动。

那只厄王龙突然停了下来。它慢慢将头转向我，扫视着我的身体，最后直勾勾地盯着我。

它张开血盆大口，朝我怒吼起来。

第十章

詹姆斯

画面中，哈利笑了笑，脸上布满了很深的皱纹，面色惨白。

"祝你好运，詹姆斯，之后就靠你了。"

他按下平板上的一个按键，视频画面黑了下去。

我站在原地许久未动。我指望亚瑟会做出攻击我或者摧毁平板的举动，又或是恶语相加，嘲讽我一番。在眼下这种情形，如果他真这么做，我可能会直接朝他开枪。

但他没有任何反应，只是盯着冰冷的洞穴内一直延伸至深处的无尽的黑暗。

这洞里一定有他不想让我找到的东西。是这个视频吗？还是其他什么？

我迅速浏览了驱动器里的其他文件。除了刚才那个视频外，其余的都是医疗文件。我可以看懂里面的图标和实验结果，但它们只有在田中泉手里才能真正派上用场。我得马上回到耶利哥城。

"走吧。"

亚瑟问我："去哪儿？"

"回家，你不是一直建议我这么做吗？"

"现在回可能有点迟了。"

"什么意思？"

亚瑟闭口不答。

时间在一分一秒中流逝。寒风在洞口呼啸而过，我装起平板，戴上手套。"你说迟了是什么意思？"我再次问他。

"厄俄斯的风暴已经回来了，詹姆斯，你应该早点离开的。"

"那就现在走吧。"

我举着能量武器指了指洞口，亚瑟开始朝外面走去，我的头灯指引着前方的道路。我不禁又向四周的墙上看了看，确实没有找到任何风化层海绵，正如哈利所说，这处洞穴里没有它们。

来到洞口更为冰冷，寒气渗透进我的面罩、大衣和手套，深入骨髓。

外面的景象令人目醉神醉。洁白的雪花在风中飘荡，像蒲公英种子那般自由飞舞。树木枝头悬挂着类似"西班牙苔藓"的植物，上面落满了皑皑白雪。我觉得自己像是被缩小放进了一个雪花玻璃球，厄俄斯从未像现在这般有外星球的异域感。

一阵狂风吹落了树上的积雪，瞬时间大雪纷飞，我目所能及之处皆是一望无际的白色。

亚瑟渐行渐远的脚步声让我回过神来，我举起武器喊道："停下。"

受到风雪影响我看不清他，不过听脚步声他应该是停下来了。

如果他要攻击我，这个时候是最好的选择。

他的声音空洞且平静："再不快点走，我们都会冻死在这里，詹姆斯。"

大风渐渐缓和下来，亚瑟的身影重新出现在我的视野里，我意识到他距离全地形车只剩一半的距离。

一般而言，在我回耶利哥城前，我会将亚瑟锁进太空舱内，还要装好炸药。那里就是一间封闭的牢房，能十分有效地控制他的行动。但这次我的直觉告诉我，我也许会需要他的帮助。艾玛和孩子们此时可能已经身陷危险。

　　"你跟我一起走。"

　　他扬起眉毛："不把我关起来了？"

　　"这次不关。"

　　我登上全地形车，示意他走在我前面，他跋涉的速度要远低于他的能力范围。

　　"别慢吞吞的。"我朝他喊道。

　　虽然他没有回复，但他渐渐加快了速度。

　　我从背包里掏出无线电："耶利哥城，这里是詹姆斯，收到请回答。"

　　无线电那端没有传来任何回复，只能听到车子在雪地里行驶的声音、亚瑟的脚步声，以及大风在林间的呼啸声。风力越来越强，周围落满了树上那种类似苔藓的物质。

　　"耶利哥城，收到请回答。"

　　我已经进入了通信范围，为什么没有人回应？

　　我将车速升至最快，然后对亚瑟吼道："快一点！"

　　当我们进入山峰的阴影地带时，茂密的树林变成了白雪覆盖的灌木，这片区域最为阴暗，但我们马上就能登上山脊并见到山谷了。

　　等我们到达足够的高度后，我感到身后有一阵劲风吹来，越过树冠层，我转身看到了阴暗面那肆虐的风暴。我从未见过这种场景，它犹如一堵极速翻滚旋转的雪墙。我的第一个念头是它就像陆地上的白色飓风，其下方是一条宽阔的河流，两边是冰原，而且它正朝我们袭来。如果它越过山脉进入山谷，整座城市的命运将不堪设想。它若是追上我，我只能先找到一处山洞并等它远去。

　　我让亚瑟再加快脚步，我们穿过岩石小路，终于到了一个湖边。这里是两处河流的源头，其中一条流入山谷，另外一条流入阴暗面。环湖的小径很窄，湖面还笼罩着一层厚厚的雾气。

　　绕着湖走到一半时，我听见远方传来雷声。这雷声没有停下的迹象，一直持续不断嗡嗡地响着，而且越来越大。

到湖的另一边后，我朝山谷望去。东丛林一片寂静，但我见到西丛林的冠层在颤抖，树上绿色、蓝色、紫色的叶子像湖面掀起涟漪那般不断摇晃。出什么事了？

在西丛林远方见到的景象顿时让我目瞪口呆：一堵巨大且翻滚的沙墙正在袭来，在恒星的照耀下，它散发出棕色、金色和血红色的光芒，像一只要吞噬整片丛林的沙漠巨兽。我身后则是一团冰暴，同样正朝山谷方向袭来。

"这是怎么回事？"我尽可能平静地问道。

"我告诉过你了。"

"再告诉我一遍。"

"厄俄斯的风暴已经回来了，詹姆斯，你应该早点离开的。"

第十一章

艾玛

营房里死一般的寂静。

厄王龙越过门口盯着我，我一只手搭在布莱特维尔的胸口，恐惧使我动弹不得。

厄王龙后背摇曳的火焰在风中逐渐熄灭，焦肉的刺鼻臭味飘进我鼻中。我的胃一阵翻腾，但我依然一动不动，担心如果我有所动作会吸引它的注意力。

屋外兽群的踩踏声音越来越大，我的身体在雷鸣般的动静下震颤。

兽群犹如带着狂风一起奔来，风力不断上升，像一阵龙卷风席卷整座城市，将撕扯下来的房屋碎片吹上天空，街道也落满了瓦砾碎片。

我盯着眼前的厄王龙，心就要跳到嗓子眼了。

在混乱中，我听到一个声音喊着："艾玛！"

是格里戈里的声音，他就在两扇门外的公寓内。

厄王龙立马扭头望向声音传来的方向。

"艾玛！"他又喊道，"你还好吗？"

厄王龙伸出手臂撕挠着内墙，想挣脱压在自己身上的厚重外墙。

刹那间，我做出了我的选择。我抽开搭在布莱特维尔身上的手，如果她已经牺牲，那我做什么也是无济于事；如果她只是昏迷不省人事，那我希望她暂时不要苏醒。

我弯着身子悄悄来到公寓外。

"艾玛！"格里戈里又喊道。

出走廊后，我拿起步枪，用肩膀抵住枪托，然后瞄准厄王龙头部。

我使出浑身力气大喊道："嘿！"

厄王龙转头朝我看来的瞬间，我扣下扳机。

我不停地扣动扳机，一颗颗子弹击在厄王龙身上。它发出痛苦的嘶吼，这吼声几乎要震破我的耳膜。在兽群吼叫声和狂风呼啸的包围下，我感觉自己正身处飓风的中心。

厄王龙颈部和头部的伤口还在不停地流淌血液，但眼前这只巨兽依然没有倒下。

我看得出它非常生气。

它又发出一声怒吼，张开血盆大口，终于挣脱开墙板朝我冲来。

我再次扣下扳机。

第十二章

詹姆斯

从耶利哥城一直延伸至西丛林的那片蓝绿色草地此时被厚厚的浓烟遮盖住了，在黑烟缭绕下，我瞥见大地已经被烧成焦土。

他们放火点燃了草地，还有零星火焰在继续燃烧。在浓烟中，我发现厄王龙群正穿过焦黑的大地，跑进耶利哥城穹顶之下，消失在我的视野中，穹顶表面十几道巨大的撕裂口在厄王龙的不断冲击下摇摇欲坠。

我一只手拿着望远镜，一只手启动了无线电。

"耶利哥城，这里是詹姆斯，收到请回答。"

无人回应。

一个念头突然出现在我脑海里：无线电的声音会不会置他们于危险之中？如果他们还没离开城市，此时肯定正在四处躲避。

我拿起望远镜仔细眺望，希望能看清楚下面到底发生了什么事，无奈，耶利哥城的一切动态都被穹顶和浓烟遮挡了。

我又向东丛林扫视，注意到树林间有一辆全地形车正拉着载满人的拖车——孩子和老人为主，后面还有背着背包的大人跟着车辆慢跑着。

他们正前往东山脉，去那个我们几周前发现的紧急疏散山洞。那里很可能有风化层海绵——就在山洞内，而侦察队伍当时草率的调查肯定未能发现它们的存在。

即便这样会暴露他们的位置，我也一定要警告他们不要进入山洞。

"耶利哥城，收到请马上回答，不要让大家进入东山脉的山洞，重复——千万不要进入东山脉的山洞！"

我等了一会儿，依然无人回答。

在接下来五分钟时间里，我一遍遍用无线电发送警告。渐渐地，厄王龙群的数目慢慢变少，草地上的浓烟也渐渐散去。

站在山谷上方的悬崖边上，亚瑟转过来对我说："当时你应该早点回家的，詹姆斯。"

"你对这些情况知道多少？告诉我。"

"没什么好说的，詹姆斯。"

"这就是网格之眼能看见的东西吗？"

他笑了："网格之眼能看见一切。"

他没完没了的含糊其词让我赶到厌倦。"走吧。回家？看起来，你的邻居们还在你们的草地上狂欢，最好等——"

"我们去山洞。"

他扬起眉毛："去山洞？"

"我们要去疏散山洞里的大家，那里可能有风化层海绵。"

"我不觉得这是个好主意。"

"我们要确保他们不会进入山洞，快走。"

亚瑟不情愿地开始朝山下走去。

随着我们渐渐靠近山脚，兽群的声音也越来越大。当到达山脚的林木线位置时，周围的声音突然小了下来，我们像是走进了一间隔音室。

和阳光明媚的湖边不同，树林里漆黑阴冷，感觉像到了厄俄斯的阴暗面，周围还有动物的叫声和各种动静，整片丛林像是有了生命，不断从我身边向南移动。这是怎么回事？

这处山谷在我们抵达前就已经存在了数十亿年，它有独特的节奏、季节和周期。时至今日，我明白自己仅仅是这里的外来访客，一名来自异星的殖民者。

当我穿过我们几个月前在这片茂密丛林开辟的道路时，我一路上都在尝试用无线电联系他们，但每一次都毫无回应。

风越来越大，一阵凉风吹得树冠沙沙作响，我也加快了脚步。兽群的声音在森林中回荡，离我们越来越近，它们应该正在进入东丛林区域的深处。

"我们不应该在这儿的，"亚瑟说，"风暴已经进入山脉，很快就会到这儿了。"

"有什么建议？"

"我们要先找掩护，因为还没遇上风暴我们就会先碰到兽群，而且无论哪种情况我们都活不下来。"

"不行，我们要先去山洞。"

"詹姆斯——"

"如果他们去了山洞，他们会死的，我不能眼睁睁看着他们去送死。"

亚瑟摇摇头，继续前进，不过这次，他快速跑了起来。

大风在我们身后呼啸而过，冰冷的雨水倾泻而下，透过树林落到我身上，枝叶也跟着风雨飘落。

我身子前倾站在车上不断加速，亚瑟在前面领着我，这次不需要我催促，他开始不遗余力地全速奔跑。

风速越来越大，冰冷的雨水中竟夹带着雪花，没过一会儿便下起了大雪。

根据厄王龙群方向传来的吼声判断，它们离我越来越近了。

我低头看了看平板，以目前的车速还需要三十分钟才能到达山洞。

嘈杂声中，我仿佛听见有人呼喊我的名字。我环顾四周，但周围只有大雪和丛林。一阵大风突然袭来，险些让我摔落在地。我咬紧牙关，死死抓住把手不放。

再坚持一会儿……

那个声音再次响起，在冰雹和冻雨的倾泻下听上去十分微弱。

我突然意识到，那是无线电里传来的声音。

是艾玛的声音。

我正想从背包掏出无线电回答，突然一阵大风刮来，我失去重心摔下了车子，朝一棵长满刺的灌木丛滚去。在皑皑的白雪中，我还没来得及看清情况便失去了意识。

我眼前一黑，一切仿佛都随着兽群和风声缓缓离我远去。

第十三章

艾玛

自动步枪的声音震耳欲聋，枪托在连发中冲击着我的肩膀，一颗颗金属弹壳掉落在地，像老虎机中了头奖那样发出哐当声。

子弹击中厄王龙的颈部和嘴部，它鲜血直流，接着嘶吼一声，身体重重倒地不再动弹。枪里的每一发子弹都已经射出，我松开扳机，急促的呼吸让我担心自己会换气过度。

现在只剩下兽群和大风的声音，但它们二者都越来越响。

我爬到布莱特维尔身边，她正躺在公寓的地上。

她还在呼吸，虽然呼吸微弱，但至少她还活着。

"塔拉。"我小声喊道。

她没有反应。

"格里戈里。"我尽可能小声地喊道。

"我在这儿。"

"大家没事吧？"

"算是吧。"他说。

我不喜欢这个回答，但眼下我也没有什么很好的办法。

"你待在原地别动，藏好自己。"

我爬回走廊捡回两支步枪。向走廊另一头望去，我看到其中一名士兵正从一处公寓内伸出头观察情况，我庆幸他们也及时藏了起来。

回到公寓，我从布莱特维尔的口袋中拿出一个弹匣给步枪上了子弹，然后又拿起另外一支步枪瞄准走廊，随时准备开火。

耶利哥城的路面在厄王龙群的踩踏下砰砰作响。

除了厄王龙群的动静外，我听到一个男人的喊叫声，紧接着，周围传来更多男男女女的叫喊声，但声音最后都停了下来。

我咽了一口口水，心脏怦怦跳个不停。我迫切地想出去帮助那些人，但我现在束手无策，因为我出去的话肯定会在厄王龙的踩踏下当场丧命，而且有可能让这处营房陷入危险中。

我所在的这间公寓是一个标准家庭间，里面一面墙边有一张大号床，另一面墙边是两张双层床，唯一的窗户边有一张桌子。我轻轻地将布莱特维尔拖向床边并将她塞进床底，她转头朝我嘀咕了什么，但我听不太清其中内容。

"你先好好休息。"我对她说。我将其中一张双层床的床垫扯了下来，并遮住床底一旁，以免有任何碎片击中她。

我轻手轻脚地将桌子转了个方向，然后躲在它后面举着步枪。

一秒钟后，营房像是发生了爆炸。两只或许三只厄王龙撞进建筑，嘴里发出震耳欲聋的咆哮，胸前的爪子在四处撕挠。其他营房传来了更多惊恐的叫喊。

我握紧步枪。

又有两只厄王龙向营房撞来，它们的速度更快，另外一边还有几只卡在建筑里的厄王龙。外面的动静越来越大，兽群的主体已经进入城市。

在我左方，我听到其中一只厄王龙挣脱了墙壁并进入走廊，开始捣毁我们隔壁的公寓，试图撞开墙板逃出营房。虽然双层床倒塌在地，但墙壁支撑住了厄王龙的攻击。在发现前方走不通后，它转而猛烈撞击和我们公寓相隔的墙壁。在尝试五六次之后，墙壁终于支撑不住破裂开来。

厄王龙两只锋利的前爪伸过墙壁疯狂地挥舞着。

我再次举起了步枪。

第十四章

詹姆斯

我醒来时周围一片漆黑和寒冷，气温低到可怕，是一种在漫长的寒冬期间也未曾体验过的极寒。寒意直入骨髓，仿佛要由内而外将我冰冻。

我伸出手，却只摸到坚硬的寒冰。我全身疼痛难忍，仿佛被人揍了个半死然后丢进冰棺材里。

"亚瑟！"我的喉咙沙哑无力。

"亚瑟！"我喊得更大声了，但声音只是像在漆黑的回音室里回响。

"亚——"

一只手突然打破寒冰伸了进来，外面的光线和寒气渗了进来，周围还有厄王龙在丛林间跑动的声音。

那只手一路向上摸到我的胸口，接着又向上摸去。

"亚瑟，你——"

"安静点。"他嘘了一声。

我尝试坐起来，但肋骨的剧痛让我喘不过气来，随后亚瑟又用手将我按了下去。我一只手抓住他，另一只手朝冰层开口捶去。

亚瑟立刻用手死死捏住我的脖子，他的力气比我大十倍，我拼死挣扎反抗。他见状将我按得更紧了。

我开始觉得呼吸困难，手脚剧烈挣扎，但他不为所动。

最后，我的视线再次慢慢陷入黑暗，像是跌下悬崖，落入了一个我永远无法逃出的黑洞中。

第十五章

艾玛

在我接连不断地射击下，厄王龙的手臂开始直冒鲜血。它疼得将手缩回墙壁另一侧，接着奋力用头撞击裂缝，用血红色的大眼盯着我。

极度的恐慌促使我再次扣动扳机。

突然，房间内又传来一声巨响。另一只想进入营房的厄王龙也已经冲进了隔壁的公寓，两只狭路相逢的厄王龙同时发出一阵怒吼。整座营房都开始不停地震动，地板隆隆作响，墙壁也逐渐支离破碎。

在我右边，我放在床边的床垫倒在了地上，布莱特维尔从床底爬了出来，她行动有些迟缓，不时地停下来听着外面的动静。透过墙上的裂缝看去，两只厄王龙正打斗纠缠在一起，她见状立马示意我跟着她离开房间。

我拦住她小声地问有什么计划，但她无视我直接朝走廊移动，看样子她的体力恢复了一些。

来到走廊，我看到了营房区的惨状。近乎一半的公寓墙壁都已经被厄王龙兽群撕碎，墙壁在撞击下损毁严重，地上流淌着血液，还躺有厄王龙的尸体，上面可以看到被同类踩踏和建筑碎片切割的伤痕。

布莱特维尔跑到营房中间的储藏室，里面是一个大型水回收装置，以及放置清洁用品还有洗漱用品的架子。她忍着腿上的疼痛蹲下身，打开地上的一个活板门。

"原来是营房下面的地基空间。"我嘀咕着。

"这里是唯一安全的地方，"她紧张地说，"快进去，我去找其他人。"

我还没来得及反对，她便再次跑开了。

我将步枪丢进眼前这个漆黑的小门，然后迅速顺着短梯向下爬去，一下便到了底部。下面这处空间高度大概只有一米二，里面还有与公共浴室连接的水管。

顶部的地板在厄王龙的打斗下不断震动。它们一定是跟在厄王龙群后方并落单的厄王龙。

又一只厄王龙向营房内撞来，地板格栅支撑不住重压开始弯曲。大概六米开外的地方，一只厄王龙脚突然压穿地板，然后又迅速抽了回去。

我压低身体朝后墙移去，那里是离兽群最远的方向。为什么我之前没想到让所有人藏在这下面？这里要比公寓内安全得多。我的错误决策又葬送了多少无辜人的性命？

我不能这样想，我只能尽力在当下做出最好的决定，并时刻准备在未来做出更好的选择。事后再自责内疚没有任何意义。

这时我看到格里戈里从短梯向下爬来，他满脸是血，但还是朝我疲惫地笑了笑。紧随其后的是赵民，接着指挥所其他人也顺利到达。虽然他们疲惫、惶恐，而且遍体鳞伤，但至少都还活着。

我们蜷缩在后面的基墙边，紧张地盯着上方的地板。忽然，兽群的轰鸣声再次响起，上方传来它们重重踩在地板上的声音。虽然这次来袭的厄王龙数量相对较少，但依然不可小觑。在那之后，厄王龙又陆续分几拨跑来，它们数量不一，均是脱离兽群主队伍的小群体。

我们上方的地板开始弯曲，还有许多东西从地板破洞掉下来，包括墙板和床的碎片，以及一些被疏散居民遗留在这里的个人物品。

兽群的动静渐渐变小，只剩下风吹过破烂的营房和地板的破洞时发出的阵阵呜呜声。

突然，砰的一声巨响，我吓了一跳。过了一会儿，我才意识到是怎么回事：强劲的大风吹断了穹顶的支撑框架。我推测此时的风速至少接近每小时一百公里。

外面的大风还没停歇，这时又下起了倾盆大雨，雨水像瀑布一般倾泻在我们上方破烂的营房。狂风将残骸废墟刮上天空并甩进营房内，在狂风呼啸下，本已支离破碎的耶利哥城遭到了更为严重的打击。建筑的墙板纷纷松动脱落，家具滑过门厅，越来越多的重量堆积在我们上方。

风暴正在摧毁我们的家园，但我只希望大家能活下去，因为只要活着，家园永远可以再重建。

第十六章

詹姆斯

一声巨响将我惊醒，我觉得那应该是一道闪电。

这里漆黑一片，但不及原来那般寒冷。

我的脸湿透了，身体也在疼痛。

又一声巨响，接着有什么东西落在我附近的地面上。

我的眼睛逐渐适应了黑暗。我环顾四周，发现自己周围仍旧是坚硬的寒冰，但上方渗进一丝微弱的光亮，冰里冻住的树枝看上去就像皮肤下的血管。

我被困在一个"单人冰屋"内，它能保存住我身体的热量，这也应该是我还活着的原因。

我意识到这都是亚瑟的决定。树枝落下将我砸昏后，他在我周围堆砌了一层冰，做成了眼前这个保护壳。这是个很棒的主意，不仅能让我维持体温，厚冰更能让厄王龙无法发现我的身体热量，还能使我免受坠落物体的伤害。

又一根树枝落到我附近的地面上。虽然我已经听不见风声，但厄王龙仍在丛林内到处造成各种破坏。

我失去意识多久了？或许几个小时，又或许已经过去了一个晚上。

我才意识到亚瑟之前掐住我并把我弄昏实际上又救了我一命，他担心我的动静和身体热量会引来厄王龙。那时候他本可以杀了我，可他在我失去意识后便松开了手。

我不明白他为什么要救我一命，又为何不想让我发现哈利的视频，我完全无法参透他这些行为背后的原因。离开洞穴后，我以为他企图拖慢速度，让我陷入风暴和兽群的危险中。当危险真正来临时，他反而救了我一命。

为什么?

对我而言, 他就是一个谜团, 一个我急需解开的谜团, 我感觉我自己甚至整个殖民地的存亡都取决于此。即便是现在, 我们的命运也和网格紧密相连。

眼下还有一件事没解决: 山洞, 我一定要警告艾玛洞内的危险。

我的背包已经不见踪影, 肯定是亚瑟在我昏迷时拿走了。他肯定关闭了我的平板, 因为其热量也会吸引兽群的注意。

我把手伸进口袋, 摸到了哈利留给我的驱动器。如果有人在山洞内受到感染, 这里面的数据可能就是拯救大家性命的关键。

"亚瑟。"我在漆黑中小声喊道。

我只听到大风吹过树枝和落叶的簌簌声, 一滴冷水滴到我的脸上。

"亚瑟。"我这次大声了一些。

一阵脚步声朝我靠近, 他用手击破寒冰, 手的距离正好停在我身体前, 接着弯下腰用一只眼睛朝里面看。

"风暴?"我问。

"暂时过去了。"

"那兽群呢?"

"也过去了, 不过还有几只落单的, 附近到处都是受伤的动物。"

"我们得离开这里。"

他点点头, 开始将冰和树枝搬开, 直接扔到了丛林地上。

我拉住他伸出的手, 忍住疼痛艰难地站了起来。

眼前的景象让我震惊不已。

丛林中笼罩着一层厚厚的浓雾, 从大雾中间的空隙可以看出风暴强大的威力。树木的树冠被全部摧毁, 原本遮挡天空的冠层已经消失殆尽。在我周围, 只有体形巨大的树木还屹立不倒, 而其他体形稍小的树木全都断成两半倒在地上, 半截树干埋在雪里。在倒下的树木周围到处都是厄王龙尸体, 我的视野中至少有十几只殒命的厄王龙, 皆是死于踩踏或者被倒下的树木压死。

一根掉落的树枝吸引了我的注意。我仔细望过去, 但没有发现任何后续的动静。

厄王龙是眼下主要的安全威胁，它们的视力很好，能穿透浓雾，而且听觉也很发达，可以观察和听到远距离的动静。能量武器没办法应付厄王龙的威胁，但我也没想到会遇上这种情况。它们之前从来没有来过东丛林，这片区域之前的顶级掠食者是一种长着三只眼睛的熊类动物，而且只有在幼崽受到威胁时才会攻击人类。

我在刚才被搬开的"冰屋"旁看到一个被压在树枝下的背包，它已经被撕扯开，而包里的无线电和平板严重开裂，这种损毁程度在眼下暂时无法修复。我拿出一根蛋白棒狼吞虎咽起来，直到看见食物我才意识到自己有多么饥饿。

漆黑的树林深处又传来一声咔嚓声，但我没看到树枝落下，浓雾也没有任何动静。

亚瑟盯着声音方向看了许久，然后才若无其事地转过身来，看来是没有什么危险。

"车子呢？"我小声地问。

"被毁了。"

头顶的大雾开始散去，一缕阳光照射下来，点亮了我和亚瑟站着的位置。他灰头土脸，衣衫褴褛。怎么回事？他完全可以关闭身体——隐藏自身热量。他没有找掩护吗？还是说他保护了我？

"你救了我。"

他慢慢看向我，说："别多愁善感的，詹姆斯。"

"我很理智，而且从理智角度看，这没有道理。"

"以后你会明白的。"

"什么时候？"

"很快。"

"我以为你只是想离开这颗星球，重新回到网格。"

"没错。"

"那你为什么还不离开？"

他从背包里拿出水瓶，又从口袋里拿出几根蛋白棒："我们别浪费时间了，走吧，拿好你的枪，祈祷它对厄王龙有用吧。"

亚瑟说完便向浓雾中走去，他的步伐小心谨慎，尽量不发出太大声音。

我吃完蛋白棒后将包装塞进口袋，跟在他后面，脑子里还在思考这一切。

亚瑟救了我。

亚瑟想离开厄俄斯。

哈利找到了亚瑟不想让我看见的东西。

这一切有什么关联吗？

突然，亚瑟停在原地，举起一只手示意我停下。他的视力和听力远超常人，他肯定是看见了什么。

接着，我听到树枝被折断和叶子窸窸窣窣的响声。

浓雾忽然被冲散，一只厄王龙正张着血盆大口，露出锋利的尖牙朝我们全速奔来。

=== 第十七章 ===

艾玛

一束束阳光从地板的破洞倾泻而下。地板下面寒冷、潮湿，我们靠着基墙紧紧地挤在一起，蜷缩在雨后的积水上方。我们下方的地面虽然被厚橡胶板封住，周围布满了排水管，但管道应该被上面的垃圾废墟堵塞住了。我们想过在橡胶板上打洞排出积水，但最后还是否决了，因为任何动静都可能吸引来厄王龙。

尽管有阳光照射进来，但这里的水还是冰冷刺骨，这地方就像一个地窖里的游泳池。

狂风和雨水都已经停止，只有营房时不时会吹过一阵大风。在数小时里，我们听着风暴穿过城市然后沿着河流朝南边移去。我好奇风暴是否已经结束，还是说只是暂时离开了。

在这下面根本不可能睡觉。首先，我们可以听到厄王龙和风暴还有废墟倒塌的噪声，其次便是下面这池冰凉的积水。这漫长的夜晚磨炼着我们的意志力，我们只能蹲着靠在墙上，静静地等待这一切过去。我中间有几次睡了过去，但在掉入水前便又惊醒过来。我们都深感疲惫和焦虑。

在昏暗的光线下，我检查了一下布莱特维尔背部的伤口，取出了几块碎片。我简单帮她检查了一下，她没有什么会危及生命的伤口。不过她头部结疤的伤口是我最担心的地方，如果田中泉还活着的话，我希望可以尽快找到她为布莱特维尔检查一番。田中泉当时在医务室，我希望她也想到了地板下方的这处空间，同时希望其他营房的居民也想到了。

"我觉得是时候出去看看了。"布莱特维尔小声说。

我点点头，然后戴上了面罩和手套。布莱特维尔的保护服已经受损，我只能寄希望于她不会被外面潜伏的厄王龙发现。她弓着身子穿过积水，积水上面还漂着几块塑料和木板，就像海面上漂着的沉船碎片。

格里戈里和赵民跟在我们后面，但她挥手示意他们别动。只有我和她还有另外两名士兵有保护服，她指示那两名士兵跟着我们。

如我所料，通往储藏室的活板门已经无法打开，我猜测应该是被残骸压住了。布莱特维尔移动至地板一处较大的破洞，我和她在两名士兵的帮助下相继爬出地板。她咬着牙眉头紧锁，看得出她的伤口一定十分疼痛。

我蹲伏在营房内，向外望去，城市的满目疮痍让我心碎万分。

所有营房都惨遭摧毁，屋顶的黑色太阳能电池板和白色的硬塑料瓷砖堆积在一起，各种碎片残骸散落一地，整座城市毁于一旦。我仿佛回到了七号营地，现在的场面让我恍惚觉得是小行星又一次撞击了我们的家园。

我们的首要任务毫无疑问是找到大家并安全逃离。

大雾笼罩在这片曾经是我们家园的废墟上，缓慢地朝东边飘去。在阳光下，穹顶的金属支架闪闪发光，犹如这座城市死去后遗留的骨架。在浓雾中，我看见所剩无几的穹顶顶棚散落在焦黑的草地上，如同一片撕破、扭曲的白旗在黑色旷野中飘荡。

除了时不时传来的废墟坍塌的声音外，整座城市一片死寂，大雾遮蔽住了周围的丛林，丛林里也没传来任何声响。我和布莱特维尔希望最坏的部分已经过去。

在寂静中，她小声问我："指令？"

在风暴到来前，我犯了个错误：我的指令过于绝对。我以为藏在远端的营房是最安全的，但活板门下面的空间实际上是个更好的选择。我无法让时光倒流改变我当时的决定，但我能从中汲取教训并改进。这一次，我会先指明大致的方向，然后与布莱特维尔商讨，最后再决定应该怎么做。

"我想救出幸存者，做好二次应对风暴和兽群的准备。在那之后，我们要和山洞取得联系，然后尽快赶到那里。你还有什么建议吗？"

"我建议挑选四座结构相对最为完整的营房，然后抽干地板下面狭小空隙间的水，将物资存在那里，作为应急避难用。"

我听完点了点头，布莱特维尔俯身向地板下面小声说道："救出指挥所成员，并开始在城市内施行救援行动。"

我们去了指挥所的所在地，这座穹顶建筑此时已经坍塌，这再一次让我想起七号营地。我和布莱特维尔不断沿着废墟向下挖去，轻手轻脚地将废墟残骸搬到一旁。在我周围，指挥所人员四处奔波，低声向废墟内叫喊，希望能听到幸存者的回应。终于，我找到了一台完好无损的无线电。

我检查了一下频道并打开电源。

"疏散小队，这里是耶利哥城，收到请回答。"

我稍加等待，期盼着搜救行动能顺利展开，当看到一名士兵从另一座营房地板的破洞爬出来时我备感欣慰，谢天谢地，他们也想到躲藏在地下的狭小空隙内。

"疏散小队，这里是耶利哥城，收到请回答。"

一阵雾气飘了过来，我看到赵民和格里戈里在医疗区的废墟中搜索。那里比指挥所的空间更大，但损毁程度同样严重。赵民在大声呼喊，格里戈里按住赵民肩膀，示意他小声一些。格里戈里在七号营地时也经历过这一切，当时他和詹姆斯在奥林匹斯大楼共同搜救，可惜为时已晚，莉娜已经不幸罹难。我知道格里戈里此时一定感同身受，只是他现在再一次迫不得已地看着自己的朋友陷入同样的噩梦之中。

"疏散小队，这里是耶利哥城，收到请回答。"

无线电里依然没有传来回应。

更重要的是，我想听到我妹妹麦迪逊、亚历克斯、大卫以及艾比的声音，我想确认我的孩子一切安好，我的家人们还活着，以及那些我负责保护的人没有遭遇不幸，至少不要全部遇难。

布莱特维尔正在统计幸存者和伤员还有逝者的人数，我不敢想象最后死者的人数会有多少。

"詹姆斯，这里是耶利哥城，收到请马上回答。"

詹姆斯那边也没有回应。

看着眼前这片笼罩着大雾的废墟，我不知道自己是否还能再见上我的家人一面。

第十八章

詹姆斯

那只厄王龙迈开双腿朝我奔来。

我迅速后退，手忙脚乱地想从包里拿出能量武器，但我的双手不受控制似的抖个不停。

后退时我被一根树枝绊了一下，慌乱中我失去重心向后倒去，好在厚大衣缓冲了落地的伤害，但我的头还是撞到了树干上。

厄王龙张开嘴发出一声咆哮，我再次伸进包里找能量武器，但还是晚了一步，它现在距离我仅剩两米，距离之近让我能清楚看到它张开的血盆大口里的牙齿。

突然，有什么东西和厄王龙碰撞在一起，紧紧地扼住它的颈部。

是亚瑟，他一只手抱住厄王龙的脖子，另一只手拿着一根约半米长的断枝，以闪电般的速度精准猛插进它的右眼。

厄王龙发出一声痛苦的嘶吼，然后使劲晃着身体想将亚瑟从自己身上甩下。但亚瑟死死抓住厄王龙，拔出尖刺后又刺向它的另一只眼睛，最后厄王龙重重摔倒在地，渐渐没了呼吸。

亚瑟跳回地面，厄王龙响亮的叫声在丛林中回荡，整片森林仿佛活了过来，灌木丛中飒飒作响，断枝纷纷落地，残存的树冠在风中左右摆荡，仿佛有一支百万军队即将到达这里。

"快找掩护。"亚瑟朝我嘘了一声。

他蹲下身子，头部不停地转动，试图定位丛林中各种声音的方向。突然，他猛地转向右边。

一只厄王龙飞速朝他扑去，撕咬着扯下了他的右臂。

第十九章

艾玛

耶利哥城废墟中的尸体堆积如山。

幸存者以五十人为单位挤在一起，狼吞虎咽地吃着我们从食堂废墟中挖出的少量食物，我们种在南边靠近河流位置的庄稼也因为焚烧和踩踏尽数被毁。

食物短缺将很快成为首要问题。

我们至今仍未收到詹姆斯或者疏散至山洞的其他人的任何消息。虽然我们告知疏散队伍在转移途中要关闭无线电，以免噪声吸引来厄王龙，但他们抵达山洞后理应就会重新打开无线电。他们至今杳无音信，生死未卜。

不过，我们还是收到了一些好消息。赵民和格里戈里在医疗区附近的营房内找到了田中泉和她的病人。

田中泉为了救治伤员忙得不可开交，在不同分组的病人之间来回奔波，进行伤势评估和优先照顾。我也没有歇着，不断安慰大家我们已经做得很好了。许多人都和自己的家人走散，失去了联系，他们都饥肠辘辘，疲惫不堪，而且心有余悸。

我们眼下最担心的依然是厄王龙兽群，它们在返回西丛林的自然栖息地时可能会重新经过耶利哥城，而此刻的东丛林比以前更为寒冷，若非迫不得已它们不会在那儿久留。鉴于此，我们现下正在排干净营房地板下的积水，准备随时回到营房地板下的空间。

布莱特维尔派了一支小队进入西丛林，试图寻找之前分散兽群的士兵。在指挥所旁，她拿着无线电放在耳朵旁听着那头的汇报，她已经将音量调至最小，但我还是听到其中一句话："已阵亡。"从我认识她以来，布莱特维尔便一直是一个喜怒不形于色的人。但此刻，我发觉她脸上流露出哀伤的神色。一朵云飘过城市的废墟上空，她被遮蔽在阴影之下。等云朵消散后，她又恢复了平静的神色。

我慰问完幸存者后回到布莱特维尔身边，她看起来陷入了沉思。

"我很抱歉那些士兵没能活下来。"

她看着东丛林，说："谢谢你，平民的情况怎么样？"

"仍心有余悸，不过他们已经准备好离开这儿了。"

"我们要派一支小队去往山洞。首先需要回收车辆，这样才能运输人口和食物。"

我问道："你觉得我们要在那里待多久？几天？还是几周？"

"我建议我们一直待到风暴季过去，时间不限，"布莱特维尔看着支离破碎的城市，"等厄王龙兽群返回时，我们绝对不能留在空旷地带。"

"我也同意，但食物是个问题。"

"没错，但眼下疏散才是主要任务。我会带一支小队前往山洞，确保道路通畅。我有三支配有保护服的军队，他们全部跟我走。我们还找到了半数被派往西丛林的特别行动小队，我们可以带回他们的遗体并使用他们的保护服，如果其他士兵能穿的话，那些人就可以留在这里保护平民。"

"我要和你去。"

"可是——"

"我也有保护服，而且我昨晚还杀了一只厄王龙。虽然我不及军队那般专业，但完全可以应付危险，我在外面也可以一切听你指挥。"

"我不能让你陷入危险。"

"我留在这里也没用，我要知道我的家人是否安好，你也知道多一个人多一份力量，而且我也观察到了，我的保护服尺寸不适合任何士兵使用。我一定要跟你们一起去。"

她点点头，大概是意识到再争论下去只会浪费时间。

布莱特维尔在武器库的废墟中四处挖掘，她找到一个金属储物柜。我帮她一起搬开上面的碎片，她撬开柜门时传来一阵刺耳的金属摩擦声。我和她立马停了下来扫视周围，好在平原上寂静无声，没有厄王龙活动的迹象。

布莱特维尔从储物柜中拿出一个背包，从里面掏出一个约苹果大小的金属球。

"你知道这是什么吗？"她伸到我面前给我看。

"手雷。"

"我们总共只有三颗，其实我带手雷来是违规的。你拿一颗，不到万不得已不要使用。"

"我怎么判断什么时候该用？"

"等时机到了你会知道的。"

第二十章

詹姆斯

我躺在潮湿的地上，惊恐地看着厄王龙撕咬下亚瑟的手臂，他仿生人躯体的肩窝部分跳着火花，电线裸露在身体外面。

厄王龙咯吱咯吱地嚼着亚瑟的手臂，接着顿了顿，似乎有些困惑这断肢的口感。

它短暂的停顿动作给了我机会，我趁机掏出能量武器瞄准厄王龙，这枪只能射击一次——我必须要一击命中，否则我和亚瑟必死无疑。

在它吐出亚瑟的手臂的瞬间，我迅速扣下扳机，一束电波击中厄王龙胸膛，它发出一声咆哮后轰然倒下。

我不知道它会昏迷多久。我也不想知道。

亚瑟也一样，他立马跳到我身边，全然不顾那只被撕扯下的手臂，俯下身子对我说道："快爬到我身上来。"

我不禁望向手中的能量武器。自从我让亚瑟来到厄俄斯，我就一直认为他会攻击我，我也时刻准备着用这把枪反击，这是我反抗他的唯一手段，但现在这枪已经没用了，更重要的是，我已经不确定自己是否还要留着它。亚瑟又一次救了我的命。为什么？

"快点，詹姆斯，其他厄王龙要来了。"

我抓着能量武器，不情愿地爬上他的后背。他迅速开始全力奔跑，敏捷地跳过倒下的树木，躲过藤蔓和树枝，背着我穿越丛林。他看似随机地调整奔跑方向，但我知道其实他是在茂密的丛林中时刻注意着厄王龙的身影，不过我只能听见树叶飒飒作响和树枝断裂的声音。

突然，亚瑟再一次改变方向，加快了奔跑速度，然后纵身越过沟壑。在沟壑对岸，他将我放回地面，然后把我推进沟底部。

"快趴下，"他对我说，"我掩护你。"

在靠近沟底的地方躺着一棵大树，它的根部裸露在空中，地上留着一个巨大的树洞。亚瑟把我推到里面，接着用雪和泥土遮住我的身体，又从自己衣服上撕下一块布盖在我脸上。潮湿的泥土和冰雪堆积在我身上，我感觉自己像是被活埋了。

我不敢睁开眼睛，但我听到亚瑟跑到一边，在远处喊道："傻恐龙们！我在这儿呢！你们快来看我这个独臂人！"

他成功吸引了厄王龙的注意，看来即使断了一只胳膊他也没丢掉他的幽默感。

================= 第二十一章 ================

艾玛

前往山洞的道路上散落着许多倒下的树木和断枝，在这凌乱中可以看到全地形车慌乱逃离耶利哥城时留下的车辙。

我们在沿途还发现了一些小玩意儿：一顶针织帽、一袋食物和一只玩具熊，它们就像面包屑那样散落在地上。

我总是忍不住想起萨姆、艾莉和卡尔森依偎在漆黑山洞中的场景，他们肯定在苦苦等着我的到来，我在内心不停祈祷他们还活着。每前进一步，我都十分担心会在沿途发现尸体。

在我身边，布莱特维尔和她的士兵正拿着枪支，小心谨慎地穿过丛林。丛林里的任何声响都会让他们十分警惕，我们每过几分钟便会停下脚步，弯下腰并警惕地盯着传来声响的方向。我一直认为我们会遭遇厄王龙，但暂时一切顺利，或许它们已经跑到东丛林更深处的地方了。

它们不会穿过山脉去到阴暗面，至少我们从没见过它们这样做。阴暗面气温太低，而且南边的河流对不会游泳的厄王龙而言也太宽，所以它们肯定还潜伏在丛林中，或者在休息，等待返回与沙漠接壤的西丛林。

这片丛林过于茂密，全地形车无法在林中正常行驶。因此我以为布莱特维尔和她的手下会清理开阻挡道路的树木，可与之相反的是，他们只是跨过这些林木，直接向山洞的方向进发。他们这样做也有道理：等抵达山洞后那里会有更多士兵，届时与他们会合后一并返回城市，毕竟人多力量大，我们眼下的首要任务是先抵达山洞。

远处，我听到一只厄王龙吼叫了两声，从另一个方向传来另一只厄王龙的叫声。这时又传来"啪"的一声，听上去不像是树枝折断的声音，更像是金属断裂的声音。

布莱特维尔立刻停下动作，全神贯注地朝声音方向望去。

我听到一声微弱且奇怪的哒哒声，像是激光发射的声音，而非生物的叫声。那会是什么呢？

一名士兵上前一步打算去一探究竟，但布莱特维尔拉住他摇了摇头。接下来，丛林重新归于平静，仿佛在等着谁先发出声音。

突然，我听到周围各个方向都传来动静，听上去像是某种大型动物，应该是厄王龙们纷纷被刚才的声音给吸引过去了。

布莱特维尔迅速带领大家离开这里，躲到附近一片倒下的树木和灌木丛后。我们拿着武器，蹲下身子，听着厄王龙轰隆的踩踏声，稀疏的树冠也随之抖动，每隔几秒就能听到厄王龙的咆哮。

在混乱声中，我听到一个人喊着什么，但音量实在太小，我听不清那人在喊什么。是詹姆斯吗？我觉得不是。或许是我们疏散的平民或者士兵，又或许是当兽群来袭时逃离城市的人。因为那样他们肯定会死在厄王龙脚下。

那个声音又再次响起，这次几乎是带着一种嘲弄的语气，听起来十分熟悉，但我一时半会儿就是想不起在哪儿听过。不管是谁，和凶猛的掠食者一起待在这片丛林，那这个人一定是绝望了或是疯了。

我靠过去看着布莱特维尔，虽然我们都戴着面罩，互相看不清对方脸上的表情，但我们如今都默契到能知道对方心里此刻在想什么。

没等我开口，她便直接说道："我们救不了那些人，有太多厄王龙了，而且我觉得那个声音只是想吸引厄王龙注意力，我觉得他们不会有事的。"

丛林中潮湿、冰凉，我们一直不敢继续移动，只能静静地听着厄王龙的动静逐渐远去，我感觉自己像是重新回到了地板下那处狭小的空隙。

终于，布莱特维尔示意我们回到小径。我们一行人继续向山洞前进，但少了些警惕感，取而代之的是一种急促感，我们都担心被那声音吸引走的厄王龙会再一次返回。

此时我们离山洞只有不到五分钟的距离，每靠近一些，我们就离知晓结果更近一步。

我紧紧抓着步枪，留心着各个方向，当我踩到一根小树枝时，所有人都停了下来。一名士兵回头朝后面望来，虽然看不到他的表情，但我知道他肯定皱着眉头，不知道如果是他的战友不小心发出这样的动静，他是否也会这样过分警惕。我们听从布莱特维尔的指令继续前进，一路上发现了更多倒下的树枝和树干，落叶也朝我们脸上飘来。

领头的士兵举起一只手示意我们停下，所有人都蹲下身子，举起步枪，在四周寻找着射击目标。

布莱特维尔轻手轻脚地向领头士兵走去，后者指了指我们左边，我们顺着方向望过去，发现地上有一个凸起。就在我仔细盯着它时，那凸起突然起身，接着又猛然倒了下去。原来那是一只瘫倒在地且奄奄一息的厄王龙。我小心翼翼地朝前挪了挪，想看清楚这只厄王龙的全貌。它非常年幼，体形大小应该只有成年厄王龙的三分之一，我完全不知道要怎么计算它的具体年龄。它的背部到右腿有一道深深的裂口，伤口凝固的血液颜色看上去就像是美国西部的红色峡谷。

我们一动不动。

厄王龙离我们只有不到三米，可以说近在咫尺。布莱特维尔转过来竖起一根手指放在嘴巴位置，示意我们保持安静，然后指了指道路让我们继续前进。她一步步小心翼翼地远离厄王龙，我们也紧随其后。我们的动作就像一群在夜晚作案的盗贼，我盯着厄王龙的视线一刻也没有挪开。

在倒下的厄王龙后方，一只巨大的厄王龙突然在丛林中伸出头来，看着地上睡着的幼兽。它很明显是一只成年厄王龙，身上没有受伤。

它直勾勾地盯着我们，我们全员愣在原地，一根手指也不敢挪动。

时间仿佛静止了。厄王龙先是挺直身子，然后又前倾俯视着我们，仿佛对眼前的景象感到困惑。我的呼吸不由自主开始加速，胸膛一起一伏，在隔热保护服下，我满头大汗。

厄王龙的鼻孔一张一缩，喷出一团热气，它左右打量着我们，然后又抬起头看着丛林，仿佛在对比眼前两种不同的景象。

它朝前走了一步，跳过地上倒着的厄王龙——那大概是它的孩子。它不断朝我们靠近，所有士兵依旧纹丝不动。它再次来回扫视，最后目光落在离它最近的一名士兵身上，它用头部触碰了一下他手中的步枪，然后迅速缩回，它大概没想到这会是冰凉的金属。

接着，它突然张开血盆大口朝士兵头部咬去。

刹那间士兵开火反击，子弹全部击中厄王龙，它发出一声嘶吼向后退去，左腿还踩踏到地上躺着的幼年厄王龙。另外三名士兵也同时开火，它疯狂地扭动身体，重重地倒在地上，发出歇斯底里的惨叫，不停挣扎。

布莱特维尔的声音盖过受伤厄王龙的哀鸣："快跑！"然后她拉我拼尽全力朝前方跑去，我们无视周围的声音全员跑动起来。在丛林各个方向，我听到各种动静，但看不清任何细节，我专注于盯着眼前的道路和前方疾跑的士兵。

突然，一只厄王龙飞速穿过小径，用胸前巨大的爪子一把抓住了一名士兵，接着又飞速地跑走了。

其他士兵立刻朝它开火。

这时，我们的右方也传来一声厄王龙的嘶吼，布莱特维尔和一旁的士兵迅速朝声音传来的方向射击。紧接着我的后方又传来吼叫，队伍后方的士兵也立马朝其开枪，厄王龙在枪林弹雨中连连后退，但一直没有倒下。它向前猛扑，巨大的头颅像锤子那般朝士兵撞去，士兵手中的步枪应声掉落在地。

我打开保险扣动扳机，朝厄王龙猛烈射击，但还是迟了一步，它距离我实在太近了。

它甩动头部将我撞飞，我像一只脆弱的布娃娃那样被抛向天空，落到了一棵巨大的树旁，这也是我们附近为数不多还屹立着的树。

我头晕目眩，全身剧痛无比。我的枪也不见了踪影。

厄王龙扑向倒下的士兵，后者顿时发出一声极为痛苦的惨叫。

我马上从口袋掏出那颗冰凉的圆形物体，抽出拉环朝它扔去。

第二十二章

詹姆斯

我躺在坑里，听着亚瑟将厄王龙引走。他朝它们大嚷大叫，用嘲弄的口气跟它们说话，吸引它们全部的注意力，就我听到的动静而言，外面至少有一百只甚至更多的厄王龙。

亚瑟用泥土和冰雪将我全身掩埋住，脸部则用一块布遮盖，这样能确保泥土不会进到我的口鼻里。幸好亚瑟想得周全，因为厄王龙群靠近时我会呼吸加速，这是我感到恐惧时无法自控的反应。没过多久，它们便开始从我身边走过，庞大的身躯跳过我上方的沟壑。

我的身体不由自主地战栗——既是因为寒冷，也是因为恐惧。如果有哪只厄王龙没跳过去，那就会直接踩在我的上方，我就会被它锋利的爪子开膛破肚。

亚瑟的声音逐渐远去，淹没在兽群在丛林中跑动的声音里。余下的厄王龙接二连三地从我上方不断跃过，让我胆战心惊。

时间犹如静止了，我身上还埋着泥土，眼前一片漆黑，土里的潮气慢慢渗透进我衣服里。我感觉大地仿佛在吞噬着我，消化我的肉体。

几分钟后——至少我感觉像是几分钟后，不过也可能是过了几个小时，厄王龙群的动静慢慢远去，周围重新陷入了寂静。

忽然，有什么东西在我上方定住了，不一会儿我感觉它开始迅速铲着泥土，朝我所在的位置挖来。有那么一秒钟，我想继续保持静止，但我突然意识到：不管是什么东西在向下挖掘，它肯定知道我的存在。我必须得反抗，虽然我已经精疲力竭，但我继续按兵不动只有死路一条。

我开始疯狂挥舞双臂，整个人努力掀走盖在身上的雪和泥土，一下坐起身，咬紧牙关，忍着疼痛拿掉脸上的破布，准备好直面眼前这只野兽。

亚瑟蹲在一旁看着我，手上还沾着泥土。

"你为什么不表明自己身份。"我擦着脖子和头发上的泥土，埋怨道。

"我怕你过度反应会引来厄王龙，你刚才叫得还挺大声。"

他向我伸出一只手。

"给我枪。"他做出口型向我说道。

"没子弹了，"我小声地说，"只能开一发。"

"我知道，给我。"

考虑到能量武器已经基本无法使用，我便递给了亚瑟，他用仅剩的左手接过武器，放在膝盖上，单手熟练地拆解了武器。

接着他从右肩处抓起一些电线，尽可能地拉长并检查着它们。

我看着亚瑟用牙齿咬脱电线外皮，并将其连接至武器电池附近的位置，最后静静地等着。

我终于意识到，他在给武器充能。

"你怎么逃脱的？"我问他。

"我通过不断改变奔跑方向判断它们的视觉范围，等跑出一定距离后，我就爬上了一棵树等它们离开。"

"一只手也能爬树？"

"还有两条腿，你造的这副身体比奥斯卡那副好多了。"

"奥利弗可是军用原型机。"

"你应该感到庆幸，这身体强大的力量救了你一命。"

他断开电线和枪的连接，然后又把枪还给我，这出乎我的意料。

"我们也许还用得到，"他说，"你还能走吗？"

"我试试。"

我的身体仍然疼痛，还没完全恢复过来，刚才又被埋了半天，情况根本没办法好转。

我忍住痛楚，颤抖地站起身来。

"我背你。"亚瑟说。

"我们要去疏散山洞。"我坚持道。

"那就去吧。"他弯下腰低声说道。

丛林里传出自动步枪的声音，枪声越来越猛烈，听上去至少有三到四人在相互射击或者反击厄王龙。

突然，传来一阵爆炸的巨响，听起来像是炸弹或者手雷。肯定是耶利哥城的人，甚至是艾玛或者亚历克斯。

"我们走。"

亚瑟抬起头问："去枪声方向？不太好——"

"我反正要去，你随意。"

我将武器塞进口袋，准备朝沟壑上面爬去。

亚瑟走到我面前蹲下来，说："上来吧。"

前方的战斗十分激烈，远处又响起两声爆炸，火光之亮足以穿过丛林让我们看到，树冠在冲击波中四处摇晃。

亚瑟背着我小心翼翼地前进，但我不明白这么做的意义——我们可是要走进战场。

"快一点。"我小声说道。

他加快了速度，但我知道这远远没到他的极限速度，他似乎一心想让我远离战斗——为了保护我。我再一次感到不解，这一谜团就像周围的浓雾那般让我摸不清方向。

很快我开始闻到焦肉的臭味，亚瑟在奔跑途中突然停下，差点将我从背上甩落。他蹲下来，轻轻地把我放在地上。

"他们距离我们还有十五米。"他小声地说。

"有多少？"

"四只死亡的厄王龙。"

"人类？"

"三名。"

"死了？"

"死了两个，有一个也快了。"

那可能是艾玛。

我站起身来，但亚瑟抓住我手臂说道："三十米位置有三只厄王龙——偏离我们目前方向二十五度。"

"它们——"

"正在吃一只死掉的厄王龙，而且快吃完了。"

"那我们最好快点了。"

我穿过浓密的树林，潮湿、覆雪的树叶擦过我的身体，每一步都踩陷进松软的土地。在前方，我看到一具扭曲的人类遗骸，一旁还有一个深坑和一具仅剩一半骨架的厄王龙尸骸。

我拿着能量武器，朝那士兵的尸体走去。他身上穿着隔热保护服，艾玛、布莱特维尔和她的士兵也有同样的服装。

我轻轻地取下他的面罩，面罩下是一个年轻男人，脸上还有几天没刮的胡楂。我认出他是特种部队的一员，虽然之前见过他，但我不知道他的名字。

我环顾四周，打量周围的环境，我意识到这是通往疏散山洞的道路。

"活的那个在哪儿？"我问亚瑟。

他半蹲着身子，领着我沿小径走去，经过另一只死亡的厄王龙。

就在前面，另一个穿着保护服的人类靠在树旁一动不动。

第二十三章

艾玛

手雷落到厄王龙身后，我以为它会马上爆炸，但事实不是这样，时间仿佛停了下来。

厄王龙发出一声咆哮，然后张开嘴撕咬士兵。大家朝它猛烈扫射。厄王龙接连后退，痛苦地尖叫，牙齿上满是鲜血。

我想朝地上的步枪爬去，但浑身的剧痛让我寸步难移，只得坐着靠在一棵倒下的大树旁。

我扔出的手雷终于引爆，爆炸声震耳欲聋，我顿时感到一阵耳鸣。

手雷撕碎了厄王龙，现场血肉横飞，碎土和尸块像雨点般从天上落下，爆炸冲击波将我压在树上，然后又向前弹了回去摔了下来，我趴在地上一时间无法动弹。

过了许久，我耳边还不停地响着刺耳的嗡嗡声。我升起一阵想要呕吐的恶心感。我撑着身体朝道路方向看去。

烟雾中不断飞过曳光弹，紧接着耳鸣逐渐减弱，我开始听到周遭的枪声和厄王龙痛苦愤怒的吼叫声，此起彼伏的吼叫声听起来像有数百只厄王龙在朝我们奔来。

我想站起身来，但身体的疼痛实在过于剧烈，我一直感到恶心。

我手脚并用地爬到步枪旁，拿起枪后我翻滚到一旁，并搜寻着目标。三只厄王龙从道路旁穿过，瞬间吸引了士兵们的火力，然后又消失在大雾中。

我将步枪切换至半自动模式，瞄准了最近的那只厄王龙头部，就在我扣下扳机时，又一颗手雷引爆了。

冲击波将我一把推开，我像个跌下山坡的圆桶一般不断翻滚，手里的步枪也飞了出去。

我头晕目眩，耳鸣声越来越大，心跳不断加速，我的肺部感觉喘不过气。持续不断的嗡嗡声和喘息声是我唯一能听见的声音。

突然附近又发生一起爆炸，一股热浪和冲击再次朝我袭来。我僵在原地，身体动弹不得。

碎片雨从天空落下。

我的意识开始变得昏沉。我在陷入昏迷的边缘苦苦挣扎。视线逐渐模糊。

第二十四章

詹姆斯

我朝那名士兵走去，但亚瑟挥挥手让我别去。"他已经死了，"他向道路旁一片灌木丛指了指，"活的在那边。"

森林此时已经安静下来，但地上的焦土依然缓缓升着细烟，像一个个在墓地中飘荡的幽灵。

我小心翼翼地走过去，时刻避免踩到任何树枝弄出声响。

在灌木丛后，另一个穿着保护服的人类倒在地上，他后背有一道深深的伤口。我摘下他的面罩，露出一张金色短发男人的脸。

我蹲下身，小声地说："嘿。"

他转过头看着我，疲惫的双眼布满了血丝。

"我现在带你离开这儿。"

亚瑟拉住我的手臂，说："詹姆斯，它们要来了。"

我挣脱开他。

我在右方听到树枝断裂的声音。

"詹姆斯，"亚瑟小声地说，"我们必须要走——"

"我不会丢下他的！"

我问躺在地上那名负伤的士兵："你还能走吗？"

"我不确定。"

亚瑟伸进一旁的树枝堆，在里面四处摸索搜寻着什么。我警惕地朝他瞪了一眼。

"它们已经看见你了，躲不了了。"

他拿起一根又长又尖的树枝，然后像扔标枪那样朝树林里扔去。大雾笼罩的森林里传来一声厄王龙的哀嚎，伴随其后的还有其他厄王龙愤怒的吼声。

"快走。"亚瑟指了指南边。

"可是山洞在东——"

"太远了。"

亚瑟又从地上捡起一根树枝朝树林里扔去，但这次应该没有击中任何要害——因为这次传回的吼叫声稍显没那么痛苦。

我抓着士兵手臂将他拉了起来。这名士兵咬紧牙关忍住疼痛，双腿无力地耷拉着，我猜测也许是后背的伤口影响到了他的脊椎。

"你背他，亚瑟。"

他瞪了我一眼，然后背起士兵开始往丛林深处跑去，我紧随其后。

奔跑时我不断躲避着枝叶，这让我不得不放慢速度，水和雪浸湿了我的衣服，我半低着头跟着亚瑟奔跑。

亚瑟穿过茂密的灌木丛，灵活地跃过一根倒在地上的树干。

我们的后方传来厄王龙的吼叫声，我回头一看，只见两只大约六米高的厄王龙对我们紧追不舍。我停下脚步，拿出能量武器，深吸一口气，瞄准它们。

我用能量武器击中了其中一只厄王龙的右胸处，它立刻翻倒在地，另一只厄王龙被分散了注意力，它放慢了脚步回头看向同伴。

趁这个时候，我立马加速赶上亚瑟。

有那么一瞬间，我以为自己跟丢了亚瑟，因为我听不到他的脚步声或是穿过丛林的声音，我只听到风声。在穿过一丛灌木后，我才意识到这声音不是风声，而是一条连接东南丛林的河流的水声。

亚瑟站在河岸边，身上依然背着那名负伤的士兵。在脚下三米的位置，又深又宽的河流因为风暴而变得汹涌，水流速度是正常情况下的两倍之多。

"快跳！"亚瑟的声音盖过了水声。

"我才不跳！"

亚瑟一言不发地将那名士兵丢进了水里。

身后传来树枝断裂的声音，我知道厄王龙已经接近。

在双腿无法动弹的情况下，这名士兵恐怕难以在激流中活下去。

但没有保护服和武器，我恐怕也无法在陆地上活下去。

我盯着亚瑟，无奈地摇了摇头，然后纵身一跃跳进水中。

第二十五章

艾玛

我只想闭上眼睛好好睡上一觉，但我知道那样我也许就再也醒不过来了，再也见不到我的孩子和丈夫了。

我翻了个身，用手肘撑起自己，但很快又体力不支地倒在地上。我实在太虚弱了。我靠着仅剩的一点力气手脚并用地向前爬去。

我爬到道路上后，前方的烟雾已经散去，目光所及之处只有厄王龙的尸体和像破碎的布娃娃那样躺在地上一动不动的士兵。

我忍住浑身疼痛，继续向前爬动。

忽然，有人抓住我的手臂，把我抬了起来。那人扶着我穿过丛林，我们二人的双腿颤颤巍巍，步伐也左摇右晃，虽然看不见她的脸，但我认得出她的声音。

"保持安静。"布莱特维尔步履蹒跚地扶着我沿着小路行走。

我伸手反抱住她的腰，试图减轻自己靠在她身上的重量。

大约一分钟后，我们二人体力不支摔倒在地。虽然这一跤摔得不轻，但方向感的迷失才是最严重的问题。

大雾又回来了。

浓雾中传来布莱特维尔虚弱的声音："我很抱歉。"

我试图爬回她身边帮助她，眨眼间我意识到这里还有其他人，三个人影将我包围并俯视着我，其中一人弯下腰小心地将我背了起来。

我认识他们，是疏散至山洞的士兵，他们肯定是听到声音后赶来帮助我们的。

"等等，"我小声说，"还有一个人在那边，快救她。"

那名士兵迅速背着我离开，布莱特维尔发出一声痛苦的呻吟，另外两名士兵马上顺着声音传来的方向跑过去帮忙。

很快，我们就到了山洞入口。

等我们进入山洞后，气温像是瞬间降了十摄氏度。全地形车和拖车集中停放在洞内十米左右的地方，再往后是洞穴的分岔口。背着我的士兵打开头灯，向山洞内走去。

我迫不及待想从他身上下来，我不希望我的孩子见到我这副模样，他们会吓坏的，特别是在这种时候，我一定要让他们感到安心。

"等等。"我声音沙哑地说。

他放慢脚步，但还没停下来。

"放我下来，我要缓一下。"

他停下脚步，轻轻将我放下。

努力尝试几秒钟后，我自己站了起来。

布莱特维尔也紧接着赶到，那两名士兵抬着她走了进来。她脸上布满瘀青，眼神却一如既往的刚毅。

"谢谢你。"我对她说。

"别客气。"她又对我身后那名士兵说道，"中士，跟我们一行的还有三人，派一个小队去寻找生还者。"他点点头后往洞穴深处走去，大概是去召集他的队友。

"詹姆斯还在外面。"我对布莱特维尔说。

她眉头紧皱，说："我们千辛万苦才到达这里，艾玛，如果他在外面，他大概已经躲起来等风暴和兽群过去。"

我咬着嘴唇思考着，急切地想为詹姆斯做点什么。

布莱特维尔一只手搭在我肩上，说："只要兽群离开东丛林，我们就立马去找他。"

"那可能要好几天，甚至几个月时间，他现在一个人在外面啊。"

"要说谁能在外面活下去，那肯定只有他了，放心吧。"

"那我们怎么办？只要厄王龙在丛林里，我们就不能回耶利哥城，城市里的人也没办法过来，我们的食物无法支撑我们太长时间。"

她表情凝重地点了点头，说："我们只能祈祷它们快点离开了。"

"或者赶走它们，"我想了一会儿，"放火？"

布莱特维尔摇摇头，说："很多树已经倒了，大雨和飘雪也浸湿了土地，放火是烧不远的，反而可能会吸引它们聚集。"

虽然无路可走，但我没打算坐以待毙，看得出布莱特维尔也一样。"我们休息过后再讨论计划吧，肯定能想到办法的。"

她点点头："好的。"

我转身向洞穴深处走去，双腿颤抖，步姿别扭，一名士兵走过来搀扶我。每走一步，我的步伐就愈加稳定。布莱特维尔走在我身后，她正在向手下了解最新情况。

我走进蜿蜒的过道，布莱特维尔的声音逐渐消失，士兵的头灯划破黑暗，照亮洞穴狭窄的通道。周围的墙壁呈灰黑色，潮湿而且滴着凝结的水珠。

过了一分钟左右，墙壁上开始出现一种东西——一种我从没见过的灰色海绵状物质，看起来就像海珊瑚，我估计应该是厄俄斯的某种真菌。

前方右侧出现一条隧道，我跟着士兵拐了进去。逃出来的居民都躺在睡袋和床单上，以四到五人为单位聚在一起，见到我们过来，他们纷纷眯起眼睛躲避刺眼的光亮。

角落里一个女人站了起来，她用手挡着光照。那是我的妹妹麦迪逊，她绕过人群跑向我，紧紧地抱住我。

我发出一声呻吟，她立马松开我，问道："你受伤了？"

我重新抱住她，无视身体的疼痛，说："我没事，孩子们呢？"

"在那里。"

她牵着我穿过人群，萨姆和艾莉正躺在角落里熟睡着，艾比也在一旁抱着熟睡的卡尔森。

看到他们平安无事，我热泪盈眶。

另一边，一个男孩咳了咳，接着附近的一个大人也咳了咳。

我蹲下来坐到地上。虽然洞穴的地面又硬又凉，还有一点潮湿，但这里是此时我最愿意待的地方。

我躺到孩子们身边，很快便感到了浓浓的睡意。

—— 第二十六章 ————

詹姆斯

我纵身一跃跳进水中，冰凉的河水瞬间将我包裹，像无数根针扎在我皮肤上那般刺痛。有那么一瞬间，我完全失去了方向感，仿佛在无垠、冰冷的漆黑深空中漫无目的地飘荡。

终于，我浮出了水面。湍急的水流让我很难控制住自己的身体，我不断地深呼吸，眼前光亮明暗不定，我手忙脚乱地用四肢划着水，试图稳定住自己。

亚瑟在河边一路奔跑，他盯着我，用仅剩的手臂推开挡路的树枝和灌木。他的身体防水，而且可以抵御穿刺伤，无奈他右臂位置已经是一个大窟窿，如果他跳入河中，河水会立马灌入他身体，所以他不得不留在岸上。

我们也并不孤单。一只厄王龙从我刚才跳下的位置跑了出来，朝着湍急的河流发出一声怒吼。那只野兽不会游泳，因此不可能跟着我跳进河流，所以亚瑟这主意确实不错，将士兵丢下水应该是能让我跳下去的唯一办法，而这也是躲过厄王龙攻击的唯一途径。

在我的前方，那名士兵一动不动，脸朝下漂在河面上。我立刻朝他游去，顺流游动使我很快便游到他身边。我的脚踩不到河底，但我还是尽力将他翻了个身，并用左臂紧紧抱住他。

他睁开眼咳了咳，在激流中几乎听不清其他声音。

我用一只手努力朝岸边游去，双脚吃力地拍打着水流，让我们头部都尽量待在水面上，同时希望能踩到河床。

亚瑟见状迅速指了指下游，示意我待在水中不要上来。他说的没错，我得顺着河流穿过东丛林，但我的手渐渐无力支撑，双腿也像铅块那般沉重。我不知道是因为士兵的重量还是吸饱了河水的衣服，又或者是水流越发汹涌，我感觉自己渐渐体力不支，身体逐渐下沉，无力再维持留在水面上，我必须要到岸边休息片刻。

岸边奔跑的亚瑟见我朝岸边游去，他立马又指了指下游。

我摇了摇头。我做不到。我太虚弱了。

我一点点地朝岸边游去，希望双脚可以触到河底。

亚瑟看了我一眼，接着消失在丛林中。

我终于体力不支，沉入水下，吞了一大口冰凉的河水，一股透心凉的感觉瞬间传遍身体内部。我用一只手臂在水面挥舞拍打着，双腿也不停挣扎着踩着河水，终于又浮上了水面，眼睛里的水让我视线模糊。我翻了个身漂在水面上，短暂地松开一旁的士兵。

片刻过后，我转身面朝河岸，开始更努力地游动，一手抓着士兵试图让他和我一起前往岸边，但失败了。水流不断冲击着我，我必须要一直浮在水面上，这是我不被淹死的唯一办法。

第二十七章

艾玛

我醒来后发现四周的人都在咳嗽。此起彼伏的咳嗽声在山洞内不断回响。洞穴的角落里有一盏 LED 灯，昏暗的灯光照亮着我躺下的地方，我的家人们也都在一旁。艾莉和萨姆还没醒，麦迪逊盘腿坐在地上，双眼盯着前方。

一团灰色薄雾笼罩在熟睡的居民上方。肯定是洞外的大雾飘了进来。

我撑起自己时，胳膊还会微微发抖。

"嗨。"麦迪逊小声地说。

"嗨，谢谢你帮我照顾孩子。"

"没事，外面的情况怎样？"

"还很危险。"

我身体虚弱，无力再继续和她谈话下去，况且也确实没有什么新消息好讲，厄王龙和风暴的危险仍在，现在还不适合离开山洞。

"我睡了多久？"我问。

她咳了咳，耸耸肩说："不知道，我的表忘在家里了。"

家，这个字像一把锋利的刀划在我心上。我没有勇气告诉她，我们辛苦建立起来的城市遭到了多么惨绝人寰的打击。

过了一会儿，麦迪逊从包里掏出一份即食口粮，里面是我的最爱之一——鸡汤面。我安静地吃着，听着周围的咳嗽声，我开始不禁思考起究竟是寒冷还是洞穴里的空气让大家纷纷开始咳嗽。在昏暗的灯光下，我见到一些灰色的细粉落到食物上。

"是墙壁上那些东西，"麦迪逊小声地说道，"如果你靠得太近，它们就会释放出那些粉末。"

我把那些黏糊糊的灰色物质擦去，然后快速吃完了手中的食物。我们粮食有限，千万不能浪费任何一点。

在我咽下最后一口食物后，我感觉喉咙很不舒服，像覆盖了一层沙砾。我清了清嗓子想把它咳出来，但无论我怎样尝试，那种感觉都无法消除，喉咙里有一种挥之不去的瘙痒感。

麦迪逊递给我一瓶水，说："那感觉是消除不掉的，你只能慢慢习惯它。"

"谢谢，"我接过水喝了起来，"我去周围检查一下。"

我站起来时依然浑身疼痛，艾比正在一旁替我抱着卡尔森，卡尔森正在安详地熟睡着。家人们都平安无事，我深怀感激。

"他怎么样？"我小声地问道。

"挺好的，我觉得他还挺适应这里的环境。"

艾比想让我放下心来，但我还是看得出她脸上的担忧。我在宝宝额头上吻了吻，捏了捏他的小手，然后离开洞穴去了过道那边。前方是个 T 字形的岔路口，右侧照来一团柔和的光亮，让我得以看清前方的道路。

在我靠近时，我听到一个男人说道："杨绝对没办法那样掷出一根尖刺。"

一个女人又回应道："那你觉得是辛克莱？那家伙只是个科学家，不是打超级碗橄榄球比赛的四分卫。"

男人又说："就算是四分卫也不可能有那样的力气去——"

就在我经过拐角时，一名留着黑色短发的士兵看到我便喊道"市长"，然后示意另外三名士兵安静下来。其中的一位女兵正穿着隔热保护服，服装后背位置还有一道裂缝，已经用胶水和针线缝合起来，那是牺牲在外面的士兵的服装。

"布莱特维尔上校在指挥所，"他说，"我带你去。"

在我经过时，其他士兵向我点点头，而且他们也在咳嗽着。

随着往指挥所深处走去，山洞地板逐渐倾斜，气温也在上升。墙上那些海绵越来越少，最后那些灰色的粉状物质也消失不见，只剩光秃、潮湿的石壁，呼吸也更加顺畅。指挥所就在离入口不远处。

布莱特维尔坐在一辆拖车的床上看着平板，她的士兵看见我，纷纷点点头问好。

"我睡了多久？"我问她。

"应该没多久。"

"你救回不少士兵了。"

她看了看另一辆拖车，从毯子的形状上看，下面放了两具尸体。

"阵亡两人。"

"但我们当时有三名士兵。"

"对，还有一名下落不明。"

"你觉得他逃出升天了吗？"

"希望如此吧，"布莱特维尔低头看着平板，"他也可能被厄王龙带走了。"

她将平板转过来给我看，上面是一幅厄王龙躺在雪中的画面，嘴中插着一根东西，很显然击穿了厄王龙大脑，但未完全刺穿整个头部。

"我们认为有人用这根'矛'击倒了一只厄王龙，你认为有可能是詹姆斯干的吗？"

"有可能……不过前提是他有什么发射装置，或是提前将矛插在了地上。"

"我们认为这东西是被扔出去的，"布莱特维尔指了指厄王龙前方积雪的痕迹，"根据它倒下的方式，应该是这个物体凭借着一定力量从前方击中了厄王龙。"

"也就是说，詹姆斯还在外面的某个地方。"

"看起来是这样，"布莱特维尔又重新看着平板，"也许是耶利哥城的人，或者是别的什么人。"

"可能是谁？"

"好问题。"她低着头说，我看得出她心里已经有了猜测。

"我们得找到他。"

布莱特维尔重新转回平板说："如果这真是他做的，那他应该要比我们安全得多。"

我坐在布莱特维尔身旁休息："现在怎么办？就在这里等？"

"暂时只能等待了。"

"山洞深处的每个人都在咳嗽。"

"肯定是因为空气中的灰色粉末，那些粉末具有刺激性。"

"我们之前为什么不知道？"

"因为那些粉尘只有在山洞深处才有，调查小队当时没有深入洞穴内部探查，所以也就没有发现。我们可以让他们分批出来呼吸新鲜空气，我相信只要离开山洞就会没事了。"

第二十八章

詹姆斯

我身边溅起一团冰凉的水花，看见一块扁宽的木头漂在水面——是风暴从树上刮下的木片。亚瑟已经重新回到岸边，指着那块木板。

我用尽仅剩的一点力气游到木板前，我靠在木头上朝士兵游去，他正在激流中不断翻滚。

我一把将他拉了上来，谢天谢地，他也抓住了木板。我们二人紧紧抓住木板在水中颠簸，双腿还垂在水流中。

亚瑟在岸上看着我们，不断移动身体，躲过一丛丛灌木。

几分钟后，丛林开始变得稀疏，慢慢出现草原——或者说大火燃烧剩下的焦土更为准确。耶利哥城就在这片草地以北的位置。

我朝岸边游去，但亚瑟又指了指下游。他想得没错——西丛林是我们唯一能躲避厄王龙的去处。

耶利哥城附近蓝绿色的蒿草的确被烧得一干二净，但西边的蒿草叶燃烧情况较为轻微，大雨和风暴肯定熄灭了大火。

岸边的景色从草原又慢慢变成一片浓密的树林。因为潮汐锁定的原因，所以我没办法判断现在的时间。我露出水面的部分身体依然湿漉漉的。

我伸手晃了晃士兵，他用疲惫的眼神望着我，至少我们都还活着，活着才是最重要的。

他张开嘴说了什么，看口型应该是"谢谢"二字。我向他点点头示意，我们二人一起跟着水流向下漂去，看着沿途经过的风景。

很快，我的视野里开始出现更多被撞断和踩扁的树木，水温也开始回暖。

亚瑟消失了一会儿。再次出现时，他手里拿着一根长树枝向我们伸来。我紧紧抓着树枝，然后亚瑟将我们拉回了岸上。

我的身体因为寒冷在不停颤抖，那名士兵的情况更严重，不仅是因为冰凉的河水，他还失血过多。

"你叫什么名字？"我调整着呼吸问道。

他闭着眼睛，用极为细微的声音说道："瑞安·杨，下士。"

"好，瑞安·杨下士，你不会有事的。"

亚瑟恼怒地看了我一眼。

"帮我抬一下他。"我小声说道。

我们将他拖进丛林，小心地将他安顿在地上。

我检查了士兵的伤势，他背上脊椎位置有一道伤口。我觉得没有切断脊椎，但应该有软组织损伤，因为背部中间有些肿胀。

他需要一名真正的医生，他需要田中泉。而我需要答案。

"耶利哥城出什么事了？"我检查着他的伤口，"我看到了被烧焦的草原和厄王龙群。"

"布莱特维尔派了A、B两支队伍进入丛林试图分散兽群方向，"瑞安咽了一口口水继续说道，"但根本没用，市长下令放火，撤下穹顶，然后疏散所有居民。"

"疏散"二字像一记重锤朝我击来，证实了我最害怕的猜想："疏散到东边山脚的山洞？"

他转到一边，点了点头。

我太迟了。我愣在原地，不知所措。

我握住他的肩膀晃了晃，强迫他睁开眼睛，继续问："所有人都去山洞了？"

他摇摇头："时间……来不及。"

"有人留在了耶利哥城？"

"对。"

"他们还在那里？"

"是的。"他气喘吁吁，呼吸有些不均匀。

"艾玛还在耶利哥城吗？"

"谁？"

"马修斯市长，她人还在不在耶利哥城？"

"嗯。"

"什么？"我靠到他嘴边想听清他在嘀咕什么。他马上就要失去意识了。

"保护服……小道。"

保护服，小道。

艾玛有一套隔热保护服，她当时在小道上。那里有三名穿着保护服的人，两名死亡，我检查了其中一名，但我没看另外一名——也就是说，那具靠在树旁的尸体是艾玛。

我顿时瘫坐在地上，呆若木鸡，脑子里一片空白。

亚瑟的声音听起来模糊且遥远，像是和我之间隔了一面玻璃墙。

"……和你们小队一起在去山洞途中遭遇了战斗？"

我没听清回答，只听清"手雷"二字。

"她丢了颗手雷？"亚瑟问。

"对。"

她死了，我的妻子死了。

我的世界逐渐崩塌。亚瑟在和我说话，但我根本听不清他在讲什么，内心深处传来撕心裂肺的痛楚。

第二十九章

艾玛

在我返回山洞深处回到家人身边时，艾莉和萨姆已经醒了，周围的咳嗽声越来越大，几乎所有人都坐了起来。

"妈咪。"艾莉见到我后抱住我。

她靠在我的肩膀上，我感到她在我怀中是如此脆弱。我将萨姆也拉过来抱着，虽然他和我没有血缘关系，但他同样是家庭的一分子，我也一直在努力让他融入我们。自从小行星撞击夺走他的双亲后，他便一直和我们生活在一起。随着时间的不断流逝，他逐渐对我、詹姆斯、艾莉和卡尔森敞开心扉。

我松开艾莉后，她靠在我胸前咳了咳，我摸了摸她的额头，感觉有些流汗和发烫。

"妈咪，我生病了。"她抱怨道。

萨姆也咳了咳，但他看起来坚强一点。

我环顾四周，发现几乎每个人都在咳嗽，而且眼睛红肿。

"没事的，宝宝，只是这里空气有点不好。"

"我想回家。"她又咳了咳。

"我们会回家的。"

"什么时候？"

"很快了，宝宝，我离开一下马上回来。"

山洞内有许多硐室，就像主过道两边的小房间。在带着一组居民进入这些硐室后，我确信发生在我孩子身上的病症已经同样在山洞内广为扩散。

在布莱特维尔的士兵帮助下，我们将呼吸困难的人群转移到山洞入口附近，那里的墙壁上没有那些海绵状物质，空气中也没有孢子，但这里没有硐室，所以人们只能都挤在主隧道内。他们被安顿在墙壁两端，身上裹着毯子和大衣，不停地咳嗽着。

即便这里空气清新，大家依然咳个不停，我希望他们的症状能随着时间逐渐好转。虽然山洞里也有一名医生，但他是麻醉科医生，我们需要的是田中泉。

我返回指挥所，将布莱特维尔拉到一旁，说："我感觉这不是简单的过敏，我们需要田中泉来检查一下这些病人，山洞内可能比外面更危险。"我回头看了看隧道，咳嗽声此起彼伏，"要是找不来田中泉，我们只能离开山洞了"。

布莱特维尔朝洞口外的东丛林望去，外面正下着雪，风速也越来越大。

"我会派一个小队去找田中泉，最好的方式是走路，这样不会发出什么动静，吸引厄王龙注意的概率也会小很多。不过这样耗时较长，而且你也知道，我们不能保证这一路会绝对安全，"她点点头，看上去内心在做着什么决定，"我们派一辆全地形车和三名士兵吧，给他们提供最好的装备。"

第三十章

詹姆斯

我听到亚瑟喊："詹姆斯、詹姆斯，快醒醒。"

我睁开眼睛，看到大雾和几缕从稀松树冠上照下的阳光。我躺在带着沟壑的潮湿松软的地上，我知道这些沟壑是厄王龙群穿越丛林时留下的痕迹。

我浑身疼痛，但最痛的伤口是我心里的那个。我回想起艾玛的画面，想到她站在公寓里，在我动身前往阴暗面调查那些球体前最后给我的亲吻。

现在她死了。我不仅失去了地球，我还失去了她。是我没准备好应对厄俄斯的情况，我应该保护好她的。

也许亚瑟说得没错，我应该重视风暴，不应该执迷于去研究那些深埋地下的球体。如果我早点回家，也许她现在还会活着。

"詹姆斯，"亚瑟低吼道，"快起来。"

我想起来，我的身体却一动不动。

"詹姆斯。"

"闭嘴……"我喃喃低语道。

他弯下腰将脸凑到我面前说道："快给我起来啊。"

"她死了。"

"你根本不能确定。"

"就算没死，她现在也在山洞，也就是说她马上就会死了。"

"所以你才要快点起来。"

他用仅存的手臂拉着我坐了起来。

"你的孩子需要你，你的同伴也需要你。"

"你很在乎吗？说真的你为什么还在这儿？"

"时间会给你答案的。"

我想掰开他按在我肩上的手，但他紧抓着我不放。

"放开我。"

"不行，你要振作起来，你还要继续带领你的同伴战斗下去。"

"我们已经战斗过了，你看看我们现在的下场，这一切根本没有尽头。地球、厄俄斯，在哪儿都一样，这个新世界不过是另一个地狱罢了。"

"事情会好起来的。"

"不会的。"

"会的，相信我。"

我不禁大笑起来："相信你？"

"我在数千个世界经历过数千次人生，詹姆斯，我已经为我的人民战斗过很久了。"

我闭上眼睛，倦意慢慢向我袭来。我已经没有力气和他争吵，连一想到要站起来都深感疲惫。

"我知道你累了，詹姆斯，我知道你浑身湿透，全身疼痛，饥饿难耐，但我也知道你会不惜一切代价继续站起来为你的人民战斗，因为这就是你，也因为你是他们唯一的希望。我不知道艾玛和你的孩子们现在怎样了，他们要么藏在耶利哥城担惊受怕，要么就躲在山洞里生着病，同样无处可去。无论哪种情况，你的家人和其他所有人都在指望着你，你是他们唯一的希望，只有你能帮他们。如果你现在放弃，那一切都结束了，"他盯着我，"我知道你迟早会振作起来，只要你有战斗的目标，你就一刻也不会放弃，但你必须现在就站起来，因为时间已经不多了。"

我叹了口气，虽然不愿意承认——但我深知他说的没错。突然，我恍然大悟。"你需要我起来是吧？或者说网格需要我起来。"

"现在不是说这个的时候。"

"你待在这儿不是因为我，你根本不在乎我，但出于某种原因，你需要我，"他没有回应，我继续说了下去，"在飞船上，你跟我说宇宙中有股你迄今为止见过的最强大的力量，你本以为物质和能量是构成宇宙的基础，实际并非如此——那两股更加强大的力量是什么？"

"现在还不是时候，詹姆斯，别想了。"

"那两股处于战争中的力量是什么？这一切都是关于它们，对吧？所以你才需要我。"

"你别高估你自己了。"

"没有，我说得肯定没错。"

"行，那你继续待在这里问这些缥缈的问题吧，我就静静地在这里等你做好准备，你慢慢问。你的孩子现在正发着高烧，咳嗽不止，我好奇他们现在有没有意识到情况不对呢？"

"够了！"我愤怒地吼道，心脏怦怦跳个不停。

我站起身来，周围的一团团浓雾仍然没有散尽。

瑞安下士靠在一棵大树旁，双眼紧闭，呼吸微弱。我蹲下来检查了一下他后背的伤口，滴到地上的血液已经凝固。虽然伤口处的血液已经凝固，但他失血过多，很可能还受了内伤，我必须尽快将他送往田中泉那里。

"嘿，下士，能听到我说话吗？"

见他毫无反应，我轻轻地摇了摇他。他费力地睁开眼，红肿的眼睛布满血丝。

"田中泉疏散到山洞了吗？"

他困惑地看着我。

"集中注意力，我要问你个问题。"

他稍微打起一点精神。

"田中泉还在城市里吗？还是去了山洞？"

"谁？"

"田中泉医生，她去山洞了吗？"

"没有，她还在城市里。"

"还有谁在城市？"

他摇摇头："很……很多人。"

"为什么？"

"没时间……疏散。"

我坐了下来。照他说的来看是个好消息，那些留在耶利哥城的人不会受到山洞的感染，我们也许还有足够的人口重建——前提是能找到解药，而田中泉是唯一的希望。如果她没有被感染，那我们就还有机会，更重要的是，我们有"迦太基号"殖民者收集的数据信息。我伸进口袋，确认哈利的数据驱动器还在。由于驱动器设计是用于太空环境的，所以它密封良好，应该不会进水。我必须要把这些数据交给田中泉。

瑞安停顿了一下，继续说道："我们当时在检查通往山洞的小道，但厄王龙突然集体发起攻击。而且有其他人也打算跟着我们。"

"耶利哥城的其他人也要疏散至山洞？"

他点了点头："计划是这样的。"

"我们要抓紧时间行动了。"亚瑟平静地说。

终于，我们达成一致。

亚瑟将我拉到一旁："我不建议转移他。"

"他在河里活了下来。"

"我当时不得不这么做，至少比被厄王龙活活吃掉要好。现在我觉得我们应该把他留在这儿，而且……他会拖慢我们的行进速度。"

"你有什么建议？"

"我建议给你找一件保护服。"

"什么？"我看了看瑞安，"如果我们要留他在这儿，我绝对不能拿走他的保护服。"

"他那件你也不合适，而且你说得没错，他也需要保护服。东丛林的厄王龙随时可能离开，它们届时会经过这里，而且会非常饥饿。"

"那我们上哪儿去找保护服？"刚问完我便立马想到了答案，"布莱特维尔派去丛林里的小队。"

"没错，我们可以在去耶利哥城的路上找一件。"

我将计划告诉了瑞安，他疲惫地点了点头，双眼几乎无法睁开。他看起来不害怕被留在这里，大概也是已经累到没有力气害怕了。

我和亚瑟静悄悄地往西丛林深处走去，河流声逐渐消失，我感觉周围很冷，而且地上一片狼藉。

亚瑟推开一根长着紫色叶子的树枝，然后定在原地不动了。他转过来用口型说了句"安静"。

他改道往右边走去，每一步都极为谨慎，避免踩到树枝发出声响。在走了两步后，我看见一只厄王龙躺在地上，眼睛盯着我。它体形巨大，是一只完全成年的个体。

它的胸膛不停起伏，难道是在睡觉？它一动不动，只是盯着我，我的呼吸逐渐加速。

亚瑟拽了拽我，示意我别愣在原地。

在前方不到十米的位置，我看到另一只厄王龙，它同样躺在地上，双眼睁开——和刚才那只一样。它身体侧面有一道深深的伤痕，里面血肉鲜红，可以看到突出的白骨。

在我观察它时，它突然挣扎着动了起来。它还活着。

亚瑟摆了摆头，示意我快点跟上他。一分钟后，等我们远离了那些受伤的厄王龙，我拉住他问道："它们是怎么回事？"

"是另一种对厄王龙致命的掠食者造成的。"

如果有动物能对厄王龙造成这种伤害，那我们无疑陷入了更加危险的境地。

第三十一章

艾玛

高烧就像是在我体内燃起了一团无法扑灭的烈火，不单是我，所有人都生病了。

无论那些孢子是什么东西，它们对我们的健康造成了极大影响。而且疾病并不是唯一的麻烦。

我站在山洞入口，看着外面纷飞的大雪，大风也丝毫没有缓和的趋势，裹挟着雪花在空中随风飘舞。

另一场风暴即将到来，刚刚经过东山脉，正在积蓄力量试图越过山峰，到达这处山谷。

天空开始乌云密布，打起了闷雷，地上的兽群正在逃离东丛林，为了远离寒冷和风暴。

我想这是好消息吧。

大风吹进山洞里，呜呜的风声时起时落。不久，一辆全地形车从远处驶来，后面拉着一辆拖车，里面载满了躺着的人，身上披着厚厚的毯子。布莱特维尔的小队本应该只带回田中泉，或许她还一并带了其他伤员过来。我们得做好防护措施，不能让他们也生病。带他们过来本身就包含着极大的风险，不过大雪应该很好地掩盖了他们的身体热量，再加上厄王龙群现在自身难保，应该没精力再四处袭击我们了。

士兵们经过我身边，向昏暗、大雪覆盖着的丛林中跑去，我跟在他们后面。一名士兵领着拖车内的幸存者往山洞入口处走去，驾驶员也走下车并摘下面罩，我认识他，他是布莱特维尔的一名手下。其中一名乘客也摘下面罩，是田中泉。

"有多少病人？"她边朝山洞走去边问道。

"所有人都病了。"

第一辆全地形车到达后，陆续出现了其他抵达的车辆。

"你还带了其他人？"

"他们坚持也要一起来，整座城市已经基本被完全摧毁，他们没有食物吃，也没有可以藏身的地方，所有人都在赶来的路上。"

"快用无线电通知他们先别来，这里可能更加危险。"

第三十二章

詹姆斯

大风变得越来越刺骨，天空的乌云也逐渐聚拢，遮住了穿过树冠照下的橘色阳光。一场风暴正从东边的阴暗面袭来。

我和亚瑟依旧在丛林中穿行。我们周围充满生机，仿佛丛林里所有生物都在忙着准备应对风暴——躲藏或是离开。

亚瑟抬起手示意我停下，接着他弯下腰小心谨慎地继续前进，然后躲在一棵长着宽叶子的巨大植物旁，示意我跟在他后面。

我顺着他的目光望过去，发现了他这么做的原因——一只倒地的厄王龙。与之前两只一样，它目光呆滞，遍体鳞伤，奄奄一息。

我看着它陷入了沉思。

"你看它的伤口。"亚瑟小声地说。

我朝厄王龙的伤口望去，发现有某种胶状物覆盖在伤口表面，我不知道那些物质究竟是什么。

亚瑟示意我看地上。顺着他手指的方向看去，我看到一只昆虫正在爬行着，其长度大概和我食指接近。除了腿部，它的整个身体呈半透明状，尾巴上还有一根尖刺，这让我想起了蝎子。不过从理论上来讲，蝎子是蛛形纲蝎目动物，不是昆虫，眼前这只生物应该介于这两者之间。

"那是什么？"我小声问道。

"西山脉的本土生物，它们倾向于待在靠近沙漠的地区，我们就叫它西部山地蝎吧。"

这解释了我为什么从来没见过这种生物。我们没有进入过西边的山脉，因为和西山脉接壤的丛林地区，也就是我现在的西边，是厄王龙的领地。

那只蝎子不停地向前弹跳，一直到了厄王龙身边，爬上它的伤口并和其他半透明的蝎子挤在一起，远远看上去就像伤口上的胶状物。

"它们一般不到丛林，"亚瑟说，"是沙暴带它们过来的。"

"你怎么知道？"

"我们是网格，詹姆斯。"

我叹了口气，对这个答案感到沮丧："它们以受伤的厄王龙为食？"

"是的，就是它们放倒了厄王龙。"

"什么？"

"它们的毒刺会释放出一种有毒物质，能麻痹猎物，一只毒刺就足够瘫痪一只成年厄王龙了，"他顿了顿，看着那些蝎子说，"它们会生吃自己的猎物。"

"它们的毒液对人类有毒吗？"

"是的，它们会一直待在这儿，直到兽群离开，而且应该也快了。"

"什么意思？"

"东边的风暴会驱赶更多厄王龙穿过这里，届时这些蝎子将饱餐一顿。"

亚瑟领着我离开眼前这只倒下的厄王龙，继续向东去往耶利哥城。一路上我低着头走路，时刻留心地上有没有蝎子。虽然确实看见几只，但并没有攻击我，而是朝着倒下的厄王龙的方向前进。

亚瑟似乎知道我想要问什么，他说："它们用信息素交流，当一只蝎子蜇中猎物时，它会在空中释放一种化学物质吸引其他蝎子同伴，如果有必要它们还会共同捕猎——分享猎物。"

我们继续赶路。耳边风声越来越大，亚瑟好像认得路，没过多久我们便发现一具人类尸体。这应该是一名穿着保护服的士兵。附近有一支自动步枪半埋在地上，我捡起来擦干净上面的泥土，检查了一番，枪里并没有子弹，他战斗到了最后一刻。

我将步枪挂在肩上，亚瑟拆下这名士兵的战术腰带并递给了我，上面配有一把战术刀和照明弹。

他继续带路，我们又看到了三名士兵的尸体，他们的保护服也已经受损，无法使用，不过我从他们身上回收了三个没用完的弹匣。

"这里。"亚瑟指着一棵倒下的树，小声说道。

一只厄王龙躺在树根部附近，还有一名士兵被压在树下，不过尸体完好，应该是厄王龙撞倒树木压死了士兵。

我们将他挖了出来，幸运的是他体形和我相仿，虽然脱死人的衣服感觉不太尊重对方，但眼下我也没有别的办法。

可惜的是，他的无线电坏了。

亚瑟从士兵的战术腰带上拿下一颗手雷，接着拿起他的步枪检查了一下子弹，把枪夹在仅剩的一只手臂下，他在感觉到我盯着他后停下了动作。

"我的命中率比你高多了，你马上就会感激我有枪了。"

几天前，我死也不可能让亚瑟拿到武器，但现在我只是点点头，没有多说什么。有了步枪和保护服，我感觉自己在丛林里安全了许多，就仿佛我之前一直光着身子，现在终于穿上衣服一样。

风越来越大，树林里传来飒飒的声音。天上雷声滚滚，远处低沉的嗡嗡声越来越响。

"快点。"亚瑟说完跑了起来。

我跟在他身后，枝叶不断与我擦肩而过，天空落下寒冷的雨水，雨点噼里啪啦地砸向我们。在大风呼啸中，暴雨倾盆而下，淋湿了大地和树木。

在前方，我听到像是风掠过丛林的声音。突然，亚瑟转身一把抱住我，将我按在地上。

那个声音越来越大、越来越近。我的心怦怦狂跳。

我旁边的土地突然爆裂，湿黏的黑色泥土飞溅到我的面罩上，刹那间，一只带着闪光、锋利的白色爪子踩进我旁边的土里，一只厄王龙就这样瞬间出现在我们眼皮底下。

"你得爬树了。"亚瑟小声地说。

我立马想到那名被树压死的士兵。

又一只厄王龙呼啸而过，将湿漉漉的碎土溅到我身上。远处响起了枪声。是耶利哥城，他们在战斗。

我挣扎着想向枪声方向爬去，但亚瑟将我牢牢按在地上。

"别做傻事，詹姆斯。"

"你不帮我就别拦着我，放开我。"

亚瑟摇摇头，松开了我。

我拿起步枪穿过丛林，寒冷的雨水变成了雨夹雪，像小石子一样从树冠上落下砸在我的防护服上，发出砰砰的响声。远处的噪声像是无线电里传来的静电声，枪声像井里的鞭炮声，遥远而微弱。

在我右方六米左右的位置，一只厄王龙疾驰而过，多亏了保护服，它没有发现我的存在。

等我走出丛林后，我终于看到了失去穹顶遮蔽的耶利哥城。周围的草原已经几乎完全烧毁，焦黑的大地上满是厄王龙群留下的痕迹。

我看到营房的惨状后心头一颤，它们支离破碎，摇摇欲坠，树枝从营房一侧伸出，里面还躺着厄王龙的尸体。这场屠杀使我想起小行星撞击后的七号营地，一切均被夷为平地。

城市尽头停着两辆全地形车和拖车，一些士兵躲在后面遮挡自己的身体热量，同时向从东丛林中缓缓走出的厄王龙开火。虽然枪声转移了厄王龙的注意力，但它们数量众多，不断有新的厄王龙走出丛林。

雨夹雪落在我脸上，我的双腿陷进焦黑潮湿的土地中，跑动速度受到了影响。就连亚瑟也慢了下来。

至少有两百人躲在城市边缘地带。他们蜂拥进破碎的营房里，爬进地板下面的狭小空间。

突然，东丛林冲出十几只——不，至少几百只厄王龙。耶利哥城就在我和厄王龙群中间，而且它们的移动速度远比我快得多。

亚瑟在我身边停下，站稳了身子。只见他放下步枪，从口袋掏出一颗手雷，然后朝东丛林的林木线位置扔了过去。手雷像一发子弹极速飞向天空，过了很久才开始下落，没有人类能扔出这样的力道——十分之一也难以企及，他的力量和精确度让我瞠目结舌。

手雷最后正好落在林木线处，然后爆炸。两只厄王龙瞬间陷入火海之中，冲击波连带着让树林摇晃起来。

躲在全地形车后的士兵面面相觑。

在我身后，亚瑟拿起步枪开始朝他们身后的厄王龙开火。子弹从士兵身旁呼啸而过，但没有误伤一名士兵，亚瑟端着步枪的手臂纹丝不动。

一个男人从全地形车后走出来，是格里戈里，他大喊了一声，但我听不清内容。只见他端起步枪，开始朝亚瑟开火，一旁的士兵也纷纷对我们进行无差别开火。

第三十三章

艾玛

伴随着风暴，丛林里下起了大雪。在山洞入口的士兵用岩石和空物资箱堵住了山洞口，希望能维持洞内的热量。

东丛林的厄王龙群正在撤离，重新往耶利哥城方向跑去。

不幸的是，大批殖民者已经跟着田中泉离开了耶利哥城，他们认为山洞内会更安全，实际上未必如此。我们讨论过将他们送回耶利哥城，但平民们——甚至士兵们——都在抗议，想要拒绝。我也不怪他们，在风暴肆虐和厄王龙群无处不在的环境下，我也不想离开山洞。我们将新抵达的殖民者在入口附近隔离，以远离那些海绵和疾病。

我们还用无线电通知城市，让大家暂时停止疏散行动，可大家对此命令充满了怀疑与不安。他们知道厄王龙群将再次穿越城市，这次的伤亡与损失也许会更为严重，因为大部分房屋已经支离破碎，缺少足够的庇护空间。

厄王龙这次会彻底将城市夷为平地——甚至杀死躲藏的人类吗？

我多么希望自己能帮上忙。

在我身后山洞入口附近，田中泉搭建起一所野战医院，一些病人躺在拖车床上，其他人则躺在冰凉的地上。田中泉和她的团队穿着个人防护用品——包括防护服、防护手套和面罩。如果田中泉也生病，那我们就麻烦了。我希望远离那些海绵和孢子能确保她不会感染或中毒，因为我们仍不确定具体病因。我们甚至可能一直在吸入某种化学物质甚至生物，可能是细菌、真菌或者病毒，我们对此一无所知。

目前为止，成年人情况最为严重，也许是因为他们的肺活量更大，因此更多吸入了这种物质，又或许是他们成熟的免疫系统反应能力更为迅速。

我关心隧道内的所有病人，特别是麦迪逊。我来到她躺着的拖车旁，她双眼红肿，面色苍白。

我握住她的手，在她湿冷的脸上亲了一下。她的高烧已经退去，但这让我更加担心，因为这似乎是病情恶化的前兆。

她伸手捂住嘴巴，又控制不住地咳嗽起来。

我再次握住她的手，但她摇摇头说："退后点，我不想你——"

"生病？太迟了。"

"还是别太靠近我吧。"

我蹲下来看着她："一切都会好起来的。"

她挤出一个笑容，脸上露出一条条皱纹，我从没见过我的妹妹这般疲倦："我知道，无论怎样，事情一定会好转的。"

她艰难地咽了口唾沫，不由得喘起气来，调整自己的呼吸，说："去陪孩子们吧，他们肯定害怕死了。"

"我哪儿也不去——"

突然，一声警报响起，在山洞过道里不断回响。田中泉立马跑了起来，另外两名护士紧随其后。

我看见，拖车内的一名病人正在剧烈抽搐。

第三十四章

詹姆斯

子弹呼啸而过，击中我身边焦黑的土地，我迅速趴下身子，手中的枪随之掉落。亚瑟也趴下来，问道："需要我解决他们吗？"

"不用！"

我举起双手，这样一来也许他们会停火。

"格里戈里！"我大喊道。我几乎听不清自己的声音。

兽群领头的厄王龙已经从我们身边经过，幸运的是它们没有注意到我们。在东丛林内，兽群主体奔跑的轰隆声越来越大。

朝我们射击的火力逐渐减弱，但枪声还在继续。他们将注意力转向了正在接近城市的厄王龙。

"待在这儿！"我对亚瑟喊道。

"坏主意。"

我跳出来扯下面罩，这样能散发身体部分热量，让我成为厄王龙的攻击目标，但我别无选择，我要让格里戈里认出我。

我使出浑身力气向烧毁的草原跑去，厄王龙群的主体就在前方，即将穿过林木线抵达城市。

躲在全地形车后的士兵逃离掩体，向营房内跑去，格里戈里发现我之后眉头紧锁，一脸惊讶。

我拼命奔跑，感觉心脏就快炸裂了。如果不能先于兽群抵达营房，那我就玩儿完了。即便是亚瑟也无法抵御兽群，他会被踩在脚下，四分五裂。

我向后望了一眼，发现他已经离开朝林木线跑去，准备撤退回丛林。感谢他没有听我的话待在原地。

在前方，一只远远领先兽群的厄王龙发出一声咆哮，然后改变方向直直朝我跑来。我内心顿时升起一阵恐慌，几乎麻痹了我的身体。我应该在格里戈里认出我后戴上面罩的。

格里戈里正站在一间营房的残骸内，周围是全副武装的士兵，正往地板下的空间转移。他转头对士兵说了什么，之后他们举起步枪朝我的方向开火。

不过我不是目标，数发子弹击中朝我来袭的厄王龙，但火力远远不够，而且已经太迟了，它距离我只剩不到三十米。

我改变奔跑方向，但厄王龙同样转向，张开血盆大口扑向我。

我紧张得心脏快要蹦出体外，我尝试克服恐惧，但我感觉自己的腿像系了石头那般沉重，仿佛每一步都在逐渐下陷。

我举起步枪想瞄准厄王龙。

但在快速奔跑下根本无法瞄准。

只剩十五米了。

忽然，格里戈里方向射来的一发子弹击中厄王龙侧面，让它放慢了速度。厄王龙张大嘴巴扯出一声嘶吼，它锋利的尖牙我看得一清二楚，舌头也痛苦地直伸着。

又一声枪响从我身后传来，厄王龙的头部猛地一甩，然后重重地倒在地上，如地雷引爆那般掀起土地，碎块飞溅到我的身上。

是亚瑟，他直接击中了厄王龙的眼睛——唯有机器能如此精准。

我的机会来了。我朝营房跑去，格里戈里已经躲进地板下面。就在我跑到地板入口处几秒后，兽群冲进了城市。

时间紧迫，我没有使用梯子爬下，而是直接跳了进去，狼狈地摔到一旁，格里戈里在旁边盯着我。

一名士兵立马关闭了地板的活动门，将我拉到一旁。

"我没事。"我上气不接下气，体内肾上腺素狂飙，仿佛注射了兴奋剂，药效迟迟不肯退去。

士兵将我扶起靠在墙边，格里戈里摇摇晃晃地走过来，后面还跟着赵民。

"我看见亚瑟了，"格里戈里说，"没想到保护服里面是你，我看不到你的脸，我们还以为你是——"

"敌人，没关系。"

格里戈里盯着我："亚瑟还在外面。"

"是他救了我。"

"什么？"

"在东丛林里，刚才也是他救了我。"

格里戈里转过去："我们不能相信他。"

"我知道。"

我们三人坐着一言不发，听着兽群经过的声音。上方的地板有三个破洞，呈拳头大小，橘色的光线从中照进。在昏暗中，我仔细观察了一下周围的环境。地上的泥土铺着一层防水挡板，而且以一定倾斜角度通向排水渠。还有人在这些塑料挡板上戳了几个洞，这样防积水效果更好。不过整块挡板依然潮湿，还有几处很浅的小水坑，这下面以前肯定淹过，下水道中应该还有建筑的碎片残骸。

一只厄王龙经过时地板嘎吱作响，接着动静越来越大——越来越多的厄王龙穿过我们支离破碎的城市。地板格栅在重压下出现形变，发出一声犹如哀鸣的声音。

几分钟后，一只厄王龙没站稳或者被踩踏到，重重地摔在地板上，三根支撑格栅立即破裂。它的头直接砸穿地板，砸出一个直径大约半米多的破洞。它的下颚从洞口伸进来，橘色的阳光也倾洒而下，珍珠般的白色尖牙展露在我们眼前。

下面大概二十个人见状连忙往反方向小跳到一边，包括我在内。我们看着厄王龙，但是它一动不动，看上去已经死亡。为什么会这样？

厄王龙群的动静仍未停息，紧接着又有一只厄王龙倒下，离第一只仅有几米不到，而且直接压断格栅，整块地板倒塌，两只厄王龙脸部朝下掉了进来。

所有人都屏住呼吸。我的枪在另一边靠近入口的方向，就在厄王龙身旁。

它们还活着，我能见到它们胸口呼吸的起伏。但我肉眼没看到任何伤口。它们肯定是被那种蝎子蜇了。

雨夹雪落到它们身上，融水不断流下，积水比排水速度更为迅速，它们看起来就像是河岸边凸起的石块。

我们静静地等着。时间一分一秒地流逝。

兽群仍然源源不断地靠近这里，它们的数量到底有多少？总得有停的时候吧。

风越刮越大，雨夹雪变成了彻底的雪。

地板下方至少积了大约三厘米深的水，较低的区域更为严重。

大部分厄王龙已经去了别处，现在每隔几分钟只有一只厄王龙经过，很显然后面还有许多落单的厄王龙，我们得等所有厄王龙经过后才能出去。离开时，我们还经过那两只倒地的厄王龙。

就在我思考着如何出去时，又一只厄王龙经过上方，撞到倒地的两只厄王龙，但它们依然没有任何动静。

"饿了吗？"格里戈里小声地问。

我突然意识到自己有多么饥饿。我已经不记得上次吃东西是什么时候，肾上腺素和恐惧抑制了我对食物的需求。

"饿。"我说。

他递给我一份即食口粮，我没有加热就直接狼吞虎咽起来，没必要让食物的热量引来更多麻烦。

"我们抽干了几处地下空间，存了些食物，"格里戈里说，"不过这里没有。"

"没事，"我说，"这里也能提供庇护，我们马上就会出去了。"

我希望如此。

"你收到疏散到山洞那批人的消息了吗？"

"嗯，他们之前派了一支队伍来接田中泉，那山洞导致所有人都生病了。"

听到这儿，我明白我最害怕的事情还是发生了。接下来我问了一个不得不问的问题，虽然害怕听到答案，但还是默默祈祷他们遭遇的情况和害死哈利以及"迦太基号"其他殖民者的有所不同。

"有什么症状？"

"咳嗽，高烧。我们也不是很清楚，他们走得很匆忙。"

赵民垂着头，看得出他想和田中泉一起去山洞，但他得留在这儿帮助有需要的人。

"有很多人跟着田中泉和军队去往山洞，"格里戈里小声地说道，"他们觉得那里比较安全，虽然士兵让他们待在这里，但他们不愿意，离开城市的人远比计划的要多。"

我想告诉格里戈里和赵民我的发现，但现在还不是时候。我们要尽可能保持安静，而且在经过长途跋涉、草原上的疯狂冲刺后，我需要好好休息。

格里戈里指着离我们最近的厄王龙，它的脖子有一道巨大的伤口，西部山地蝎正聚在伤口处进食着。

"那些半透明的蝎子会释放一种麻痹毒液，"我小声地告诉他，"千万别靠近它们。"

我感觉度秒如年。落单的厄王龙也逐渐过境，外面终于安静下来。地板下面还在不停地积水，我们暂时无法逃离这里。厄王龙的尸体堵住了出口，西部山地蝎在源源不断地爬上去饱餐一顿。等那些小型掠食者饱餐之后，希望它们能自行离开。

但现实不尽如人意。厄王龙尸体几乎被蚕食殆尽，只剩下一具白骨。那些蝎子饱餐一顿后并没有离开，反而滑进水中开始朝我们游来。

第三十五章

艾玛

死亡人数已经上升到一百人。

与此同时，还有数十人处在死亡边缘。

其中一辆拖车里，一个名叫杰夫的病人开始抽搐起来，田中泉立马展开救治，但与之前那些殖民者一样，死亡同样迅速降临在了他的身上。四名士兵抓起杰夫身下的床单，将他抬到了另一辆拖车内。那里现在已经成了我们的灵车，我看着他们一步步朝隧道深处走去。

田中泉摘下头罩扔到地上。

"不要，田中泉！快戴上！"我见状着急地喊道。

她闭上了双眼，脸上微微颤抖，一滴眼泪落了下来。她的医疗团队开始收拾病床，为下一个病人做准备。

"无所谓了，"她说，"我可能也早就感染了。"

"不要这么说。"

她看了看身后，士兵正在堆垒石头挡住山洞入口，以确保我们不会被冻死。

"就算我没被感染，应该也快了。"

透过逐渐减小的入口空间，我看到外面大风肆虐，暴雪飞舞，积雪渐渐覆盖住丛林和山洞入口。

"山洞里的空气有限。"田中泉说。

"你可以走，带上几名——"

"去哪儿？耶利哥城已经没有我可以工作的地方了。"

我突然有了一个想法："迦太基城。"

她摇摇头："那里大概也遭到了厄王龙群的摧毁，再加上风暴，而且我们怎么能保证迦太基城里没有这种……病菌或者什么的？所以我们最初才没有在那里扎营，就是怕遇到其他生物威胁。"

"你先戴上头罩，"我对她说，"拜托了，我们可以派人去迦太基城检查。如果那里被摧毁了，那我们就……就继续待在这里。不然我们可以去那里——那里肯定比山洞干净，在那里你至少有机会避免感染。"

她静静地看着士兵封闭入口。终于，她点点头重新戴上头罩。在她身后，又一名病人开始抽搐，她赶忙转身跑过去开始忙活起来。

我来到指挥所，布莱特维尔正坐在一张折叠椅上，低着头，眼睛下方是颜色很深的黑眼袋。

"上校，我们需要派人去迦太基城检查一下那里是否适合住人，田中泉需要无菌无污染的工作环境。"

"收到，夫人。"

"你和耶利哥城取得联系了吗？"

"没有，他们一直没有应答，估计兽群正在经过那里。"

"尽快和他们取得联系，警告他们不要来山洞。如果迦太基城适合居住，让他们转移到那里。"

"好的，我会派一支小队去传达这一消息。"她心不在焉地说道。

第三十六章

詹姆斯

厄王龙尸体上的半透明蝎子像老鼠那般灵活地跳入水中，它们能缓慢地游动——应该是用水下的脚进行划动，同时借助跳入水中时产生的波浪。

这些乳白色半透明的杀手向我们慢慢游来，十几名幸存者害怕地挤在一个角落里。

我们的枪还在倒下的厄王龙旁边，不过此时枪也派不上什么用场。

有些人害怕地挪了挪身子，试图躲在别人的身后。但一名士兵主动朝前方走去，他伸手掰断了一根破裂的地板格栅。我以为他要用波浪推开那些蝎子，但我错了，他另有主意。

他将木板末端伸入水中，然后挑起最近的蝎子，将它用力按在墙壁上，等蝎子四分五裂后，士兵松开了木板，它们的尸体又掉回水中。

就在他撑起第二只蝎子准备继续时，另外两名士兵也加入进来。他们扯下两块木板加入战斗。一人负责将蝎子抵住墙壁碾碎，另一人在水中用波浪推动蝎子。这个办法确实有效。

我也加入战斗，站在中间用木板把蝎子推给左边的士兵，后者将其推到一边的墙上。

突然，地板的一角传来咚咚的声音。我抬头一看，无数蝎子正从地板的破洞中拥入我们所在之处。我马上意识到是怎么回事：当蝎子接触到木板时，它们会用尾部蜇刺木板，并释放一种能召唤更多蝎子的信息素，其他蝎子便以为这下面有猎物。

墙边的人又开始陷入恐慌之中，他们不断拍打水面或是扭动身子，荡起的波浪却将这些蝎子赶向我以及站在他们前方的士兵。我不知道它们的蜇刺能不能刺穿我的保护服，因此我不能冒这个险。

我身旁一个男人突然抽搐着落入水中，他手中的木棍也掉了下来。我知道肯定是有蝎子在混乱中蜇了他。他睁大双眼，惊恐地盯着我，无声地祈求我的帮助。男人落入水中后产生波浪反推，导致周围的蝎子全部朝我们靠来。

我将男人拉了起来，虽然知道蝎子可能还在他身上，但我别无选择——否则他会淹死在水里。我检查了他的身体，没有发现蝎子，也许是他摔倒后被水冲掉了，我只能这样祈祷。

我边躲避边后撤，它们接近半透明的身体在水中和昏暗的灯光下几乎难以发现，只有身上的泥土或者血液能让我看清它们——可水流的波浪也正在清洗掉它们身上的这些痕迹。

我将那名麻痹的男人转移给赵民和格里戈里，他们将他放在墙边。

我突然感到身体边传来一阵刺痛，我立马转身查看，担心自己是被蝎子蜇中，好在只是漂浮在水面上的一根木棍击中了我的背部。

就在我观察之际，一只蝎子趁机露出水面，爬上那根棍子，朝旁边的士兵腾跳过去。它的尾巴在空中摆动，准备进行攻击。我还没来得及提醒那名士兵，那只蝎子便发起进攻，士兵立刻浑身一僵，倒入水中。

我立刻抓住他的衣领将他拉到水面以上，那只蝎子已经不见踪影。

越来越多的蝎子从地板上的破洞拥入。

又一名士兵应声倒下，他的队友见状立刻蹚水向他走去。

我看向格里戈里，他的表情和我一样——我们有大麻烦了。

—————— 第三十七章 ——————

艾玛

我坐在漆黑、潮湿的山洞里，眼泪顺着我的脸颊流了下来。我的妹妹枕在我的腿上，毫无生气。我颤抖地摸着她的脸，合上了她的眼睛。我想失声痛哭，释放内心的悲痛，但我只感到无尽的麻木，我的心已经碎落一地。我的胸口随着咳嗽不断起伏，呼吸着这处致命山洞内的冷空气。

"夫人。"

我能听到呼喊，但还是愣在原地。

"夫人。"

士兵见我没有反应只能转身离开。她回来时身边跟着另一个人，这个人将一只手放在我肩上。

是布莱特维尔。

"艾玛。"

我抬起头看着她。

"我们要带走她了。"

我恍惚地点了点头。

两名士兵抓住麦迪逊，把她像抬一只巨大的洋娃娃那样抬起来。她的身体软绵绵的，没有一丝生命迹象。他们将她抬到全地形车后面的尸堆——那些人曾是别人的丈夫、妻子、母亲、兄弟……还有妹妹。

眼前这一切都像一场梦。一场噩梦。我依旧呆呆地愣在原地。

"艾玛。"

"艾玛，"布莱特维尔提高音量，"艾莉病得很严重。"

我本能地回过神来，甚至没来得及处理消化这句话。我撑着冰冷的墙壁站起身来，然后双腿沉重地往山洞内部走去。艾比正蜷缩在一个角落，怀里抱着卡尔森，亚历克斯则坐在一旁紧闭着双眼，不停地咳嗽着。艾莉靠在艾比身边，一样咳个不停。萨姆作为我们最年长的孩子，正双手交叉、面色严肃地站在一旁，像一个小卫士。

见到病重的艾莉、勇敢的萨姆还有号啕大哭的卡尔森，我不禁心头一颤，没有任何事情能与之相比。无论是国际空间站的毁灭，还是贝塔夺走"天炉星号"成员的性命，抑或是谷神星大战，受困在地堡无法逃脱——和此刻的恐怖相比，它们都显得如此苍白。

我的家人正在一个个死去。

第三十八章

詹姆斯

看着无处不在的蝎子，我的大脑陷入一片空白。

"橡胶衬板！"我对格里戈里他们喊道，"铺盖地板的那些！快！扯下来摆成一道墙！"

一名士兵掏出一把战术刀，沿着墙面插进橡胶板里。他把厚橡胶垫子的一端拉起，不停地切割着，并将割下的橡胶块分给周围的人。

在所有人都分到一块垫子后，我们便举起垫子，把水和蝎子抵挡在外——所有人围成一个圈站在一起。

一名士兵拿起垫子一端，并用小刀将其插牢固定在格栅上，另一名士兵也同样照做。尽管用上了所有刀，依然无法固定住所有区域。剩余四人必须得举着橡胶垫才能不让蝎子进入。

在另一边，我们能听到蝎子抵在挡板上的咔嚓声，它们的小脚挣扎着想爬上垫子，现在它们尾部的毒针也蜇不到任何猎物。

"詹姆斯！"格里戈里指着一边喊道。

我立马发现了格里戈里叫我的原因。眼前这块橡胶垫在几处地方有许多小洞——要么是我们刚才的动作造成的，要么是以前为了躲避厄王龙攻击而抽干积水的人留下的。

一只蝎子从其中一个小洞钻了进来。一名士兵小心翼翼地用木棍将它引导至墙边，然后使劲把它压成了碎块。

雨越下越大，越来越多的水涌了进来。每隔几秒，橡胶垫的洞口外就有蝎子跟着水流钻进来，我们便会立刻粉碎这些敌人。

目前的情况仍在可控范围之内，我们暂时能保证自己的安全，但无处可走。水位会越涨越高。最终，所有蝎子都会越过橡胶垫顶部进来，而且水压也可能彻底压垮我们的整个防御圈。

另一个麻烦在于那四名被蜇中的麻痹士兵，我完全不知道蝎子的毒液会让他们的身体产生怎样的反应。毒性会慢慢消退吗？如果会，还需要多久？还是说他们最后会死掉？

我快速检查了那三个男人和一个女人的身体情况，他们的生命体征看上去正常，却完全无法动弹——连眼睛也一样。不过，他们的胸口随着呼吸依然可以看到起伏。

格里戈里朝我靠来。

"这些昆虫都浮在水面上，等水足够深时，我们就扔掉垫子潜入水中游走。"

"太冒险了，它们也许会等着我们浮出水面后再攻击，"我看了看那几名无法动弹的士兵，"而且我们要把他们带出去，游泳的话他们可能会溺水。"

他双手一摊："那我们就没办法了。"

"也不是，你有没有无线电？"

"远程无线电在外面，应该已经被损毁了。我有一个城市范围内使用的手持无线电，但没办法联系到山洞。"

"不用联系山洞。"

"你想联系其他困在地板下面的人？"

"不是，我要联系亚瑟。"

格里戈里讽刺地笑了笑，摇摇头说道："你觉得他会救我们出去？"

"值得一试，我和你说了，他之前帮了我。"

"他想杀了我们，而且他也的确杀了数千人。"

"那是战争，而且现在和当时情况不同，他是我们离开这里的唯一办法。"

"你想与我们不共戴天的敌人联系，告诉他我们被困在这里，真是聪明。詹姆斯，真是个好主意。"

"他在最后一天救了我好几次，不知为何，他现在不一样了。"

格里戈里盯着我："你一开始为什么要放他出来，詹姆斯？有什么值得你冒这个险？"

"网格之眼，我解决了。格里戈里，我找到眼睛中心的东西了。"

他皱着眉困惑地看着我。

"是一个洞穴，我找到哈利了。"

"他——"

"死了，'迦太基号'的其他人也一样。"

"怎么会？什么时候？"

"那颗流浪行星曾经经过厄俄斯，风暴、厄王龙逃窜，这一切都不是首次发生。'迦太基号'殖民者当时在一个山洞内避难，和我们的人现在待的山洞类似。山洞里面的墙壁上有一种海绵会释放毒素，或者说病菌。他们开始生病，最后所有人都死了。不过他们做了很多实验，也收集了很多数据，数据就在我手上。我需要把它给田中泉，这是我们找到解药的唯一办法。"

"哈利为什么不留下警告？比如在我们肯定能发现的空旷地带。"

"没办法，等他们生病后，东丛林内到处都是厄王龙，哈利没来得及回迦太基城留下信息，他们甚至没来得及安葬尸体。他将他们带到网格之眼中心的洞穴，是因为那里没有那种海绵，他本希望那样就能让大家痊愈，但都是徒劳。不过他们去那里还有另一个原因：哈利希望洞穴内有解决网格之眼谜团的关键，他认为这和风暴、病菌都有关联，他觉得这一切都是某个过程的一部分。"

"什么过程？"

"我不知道，但我觉得亚瑟知道怎么回事，这也许是他一直在帮助我的原因，他需要我们。"

"这可真是让我感到好极了。"格里戈里嘀咕道。

在我们身后，一名士兵又解决掉一只蝎子。

"我们快没时间了，格里戈里，我们需要亚瑟帮我们离开这里。蝎子的毒液对他没有影响，他能清理干净上面，开个洞拉我们出去，"我掏出口袋的小型数据驱动器，"我们必须把这个给田中泉，如果我们的人生病了，其他所有事情都不重要了。"

他缓缓点了点头，然后把无线电递给了我。

我将无线电举到嘴边，以免周围还有厄王龙在游荡。我小声地说道："亚瑟，收到请回答，我们需要一些帮助。"

第三十九章

艾玛

我妹妹的死让我心如刀绞。

当我的侄子杰克同样被疾病夺走性命后，我感觉自己灵魂的一部分也随之死去了。

亚历克斯还有艾比站在拖车旁啜泣，摸着他们的儿子，他双眼紧闭、平静地躺在车内。

我想说一些话安慰他们，但言语在死亡面前显得如此苍白。我希望时间能治愈一切，但恐怕我们的时间都不多了。

我背靠一面冰凉的石墙而坐，怀里抱着我的女儿，艾莉是如此轻，她的身体仿佛被抽干，只剩一个空壳。她一边咳嗽一边扭动，温暖的呼吸吹到我的胸膛。

"坚持住，宝宝。"我细声说道。

在山洞入口，田中泉正忙着照顾车内另一名抽搐的病人。

艾莉转头想看，但我紧抱她并转身背对入口。我不想让她看到眼前的恐怖。她还太小，单纯且无辜，不能面对这些事情，也不能理解自己出了什么事。一个小时前还在世的杰克也一样。

我小声对她说道："一切都会好起来的。"

我不断重复这句谎言，不想让她听到我身后的动静。

等过道安静下来后，我听到田中泉的声音："把她和其他人放在一起。"她又转身对我喊道，"艾玛，把她带过来吧。"

就在我转身后，艾莉钻进我怀里使尽全力抱住我，哭诉道："妈咪，不要——"

"没事的，宝宝。"

"不要，妈咪，我不想去。"

"田中泉医生会让你好起来的。"

"我要回家。"

"我们会回家的，我保证。"

我试着让她躺在床上，躺在这个刚刚死过人的地方。但艾莉拼命挣扎不愿放开我，她的身体不断颤抖，不知因为寒冷还是恐惧，或许是两者都有。

我蹲下，看着她的双眼安慰道："没事的，我在这里陪你。"

田中泉也摘下面罩靠过来，对艾莉示好地笑了笑。我警惕地给了她一个眼神，担心她会被艾莉感染。可是田中泉无视我，对艾莉说道："嗨，艾莉，我知道你身体不舒服，我有办法让你呼吸更顺畅。"

她拿起一个吸入器。

艾莉拼命摇头拒绝："不要……"

"不痛的，"田中泉说，"你看。"

她拿起吸入器放到嘴边，然后深吸了一口。

"看到了吧？"

田中泉擦干净吸入器，然后递给艾莉："你拿着，你要是觉得呼吸不舒服，就吸这个，会好一点的，我保证。"

艾莉谨慎地接过吸入器，一秒钟后，她又剧烈地咳嗽起来。

田中泉握着艾莉的手说："你现在试试。"

她抓着吸入器放到艾莉嘴旁，我看着我的女儿深深地吸了一口，接着艾莉立刻感到呼吸顺畅许多，她胸口的起伏舒缓下来，神情看上去平静多了。

田中泉把我带到一旁，小声地说道："我想的是如果她能呼吸，她的身体便会自愈。"

我不自觉地看向杰克和入口石头旁的一堆堆尸体。

"要是她不能自愈怎么办？"

"我们最好的办法就是离开这里，离开山洞，去外面呼吸新鲜的空气或许能让大家都好起来。我做了各种测试，但这个……东西……我从来没见过，完全不像地球上的任何病菌。我认为是一种古菌导致人体产生了细胞因子风暴。"

我点点头，但我根本不知道她这些话是什么意思。而且，我已经疲倦到不想再问任何问题，我只想在仅剩的时间里再抱抱我的孩子。

我们坐在拖车的床上，我紧紧地抱着艾莉维持她的体温，唱着她喜欢的儿歌，多么希望此时我还能给她读一本故事书。

第四十章

詹姆斯

"亚瑟，你能听到我说话吗？"

我举起无线电静静地等着，但那头没有传来任何回复。或许他的广播功能在和厄王龙的战斗中受损，又或许是他自己关闭了。

每隔一分钟左右就会有蝎子钻进隔板，接着士兵就会将它们碾碎在墙上。

其中一名士兵想用无线电联系另外三组困在城市的人，两组没有回复，第三组回复他们也被困住了。

格里戈里看着我，无声地问我下一步该怎么办。

我们所面临的情况越来越糟。

突然，上方的地板传来刮擦声，仿佛有一只厄王龙在走过。在橡胶板外，我听到有什么东西落入水中——大概是蝎子吧。

接着哗啦一声，地板裂开一个破洞，碎片像雨点般落下，明亮的阳光从外面照射进来。

我举起手臂呈防御姿态，眯着眼睛向上望去。

亚瑟从洞口外往下望，说道："是你给我打电话吗？"

"你就不能回复一下吗？"

"我觉得这种戏剧性的营救更加惊喜，这样你会对我感激不尽。"

"别说了，快带我们出去。"

他扩大了洞口，先搬走了被麻痹的士兵，我们剩余的人再一个个地爬出去。

外面的地板已经没有蝎子——刚才听到的刮擦声显然是亚瑟将它们推到另一个洞里的声音。我们暂时摆脱了蝎子的威胁。

现在，城市被彻底夷为了平地。所有房子都彻底倒塌，碎片散落在泥泞的道路上。我们一度引以为豪的城市现在看上去就像一艘失事的船只，在撞上石头后残骸被冲刷上了岸边。废墟中间，一动不动的厄王龙躺在地上，身上爬满乳白色的蝎子，尸体逐渐被啃食干净。

爬出来的士兵纷纷散开在废墟旁小声地呼唤着自己的队友，我们又营救出另外三组人员。我们只剩十几名士兵和被蝎子蜇中的平民，至少十人死亡，还有些人没来得及躲藏便丧命在厄王龙脚下，剩下的人均死在躲避空间里——要么是厄王龙压碎了地板，要么是被蝎子蜇中后溺水而亡。

"亚瑟，去找瑞安下士，带他过来。"

"他大概已经死了——"

"死了也带过来，"我盯着亚瑟，"你去比较安全，快点。"

他一言不发地离开了。我感觉格里戈里在盯着我，仿佛在质疑我让亚瑟自由行动的决定。

大雪已经减弱至小雪，天空阴沉沉的，风暴似乎还远未结束，只不过是短暂停息。

士兵们迅速在其中一座房子的废墟上建立起营地，他们挖掘了一条深深的沟壑，竖起一面弯曲的墙板，以此来抵御蝎子的危险。

在士兵忙着评估人员情况时，我和赵民还有格里戈里专注于设备方面。

城市内所有全地形车都被压烂，远程无线电也无一幸免，我们没办法和山洞取得联络。

一想到山洞我便无法不想到艾玛的牺牲。就算我们能熬过去，我要怎么继续没有艾玛的生活？还有我的孩子、殖民地，所有这一切在失去她后仿佛都不再有任何希望。我甚至无法设想失去艾玛的世界。

我只能专心面对当下，我们急需什么？庇护——能够抵御风暴、厄王龙和蝎子的庇护所。

山洞是不可能的——所有山洞应该都有风化层海绵的存在。那我们还剩什么选择？迦太基城？那里的情况大概和耶利哥城一样不容乐观，甚至更糟糕。

我看着阴沉的天空，希望能想出一个解决方案。就在这时，我灵机一动。

格里戈里和赵民蹲在附近，为一堆损坏的电子设备争吵，我认出那是3D 打印机的零件。

"你们找到通信面板了吗？"我问。

格里戈里摇摇头："留在外面的面板应该已经毁坏了，"他打开背包，露出一摞小面板，"艾玛让我们留着四块以防万一。"

"艾玛"二字让我心头一颤，我感觉泪水正在眼眶汇聚，我努力压低声音说道："装好它们，向现在正经过上空的飞船发送信息。"

"发送什么信息？"赵民问。

"降落指令。"

格里戈里摇着头说："让飞船降落？那样飞船会严重损毁，而且会在大气层燃烧。"

"没错，但也比我们在野外安全，幸运的话，飞船的休眠设备会完好无损，那样我们可以让伤员进入休眠，争取一些时间，直到找到解药。我们没其他办法了。"

"降落地点？"赵民已经开始在设置降落序列。

"靠近迦太基城，如果运气好，那里应该还有可以使用的材料。"

我再次抬起头望向天空，看着飞船在阳光下的反光，那是其中一艘帮助我们逃离地球的飞船，现在它将成为我们最后的避难所。

第四十一章

艾玛

艾莉时而清醒，时而昏迷。萨姆躺在她身边，握着她的手，用另一只手捂住嘴企图掩饰自己的咳嗽。他的病情也愈加严重。

就在山洞入口，一名情报员从石堆开口爬进来后，其他士兵又迅速封堵住入口。我听见那人迅速和布莱特维尔说了什么，他们讨论了一番，然后她走过来，双眼疲倦地看着我说："迦太基城有三座建筑部分完整。"

我心不在焉地点了点头。

一阵沉默后，布莱特维尔轻声喊我："艾玛。"

"厄王龙呢？"我试着打起精神，但体内仿佛在沸腾。

"情报员发现四只都独自落单在森林里。可能受了伤，我们应该可以应付。"

"下命令吧。"

十五分钟后，一支车队谨慎地穿越东丛林。我坐在其中一辆拖车床上，怀里抱着卡尔森，身边还有艾莉和萨姆。我们身上盖着一床厚厚的毯子，勉强可以保持温暖。士兵坐在车辆两边，手里拿着步枪，时刻警惕厄王龙的攻击。

我们的车辆在融雪中轧断树枝，发出咔嚓的响声，还有那些被挤来挤去的病员的呻吟。我们发出了不小的噪声，暂时还没有引来厄王龙的注意。

我们这趟穿过冰冷、疮痍荒野的旅程让我回想起在地球的最后时光。当时，我们的幸存者从七号营地的中央司令部地堡前往九号营地仓库，也就是我们最后一战的战场。我们曾处灭绝的边缘，我害怕一切会重蹈覆辙。这难道就是我们以后的生存常态？不断为生存而战？我们的后代会生活在怎样的世界？他们在厄俄斯真的有未来吗？

第四十二章

詹姆斯

此时飞过上空的是"耶利哥号"，这也非常合适——我们最后的希望就是我们乘坐的飞船。

"耶利哥号"的设计不适合再入大气，也不能降落。我知道大部分船体会在中途燃烧殆尽，这会让飞船所剩无几。但它是一艘大船，我希望在飞船和迦太基城的残骸中间，能想办法拼凑出一处庇护所，至少能让我们争取一些时间。

飞船在掉入大气燃烧后像在天空划开一道口子，我们让它落在距离迦太基城 1.6 公里的位置——靠近东丛林边缘。实际上，我们打算利用树木来缓冲飞船坠毁的冲击。

亚瑟已经带回瑞安下士，后者虽然陷入昏迷，好在还活着。

"你这样做飞船就没法再复原了。"亚瑟嘀咕道。

格里戈里瞥了他一眼。

"你觉得我们应该让它留在上面？"我问。

"没，这是唯一的选择，"亚瑟笑着说，"我们都计划好了。"

"谁计划好了？"赵民问。

"网格。"

我突然警觉地走上前问他："你什么意思？"

"我们给'耶利哥号'做了几处升级——船体外面，你们注意不到的地方。"

"什么升级。"

"能够承担迫降的升级，我们加强了飞船的外壳承受力，装了几个推进器来缓冲降落。"

"推进器？"赵民问。

亚瑟看着通信面板说："你们控制不了的，不过它们在必要时会启动，它们有距离传感器，能够减缓飞船降落速度，不过飞船还是会摔得很惨。"亚瑟头朝林木线方向一摆，"有人来咯。"

我周围的士兵立马举起步枪。

"是一辆全地形车，"亚瑟解释道，"我猜应该是山洞的人。"

一辆全地形车冲出林木线，全速朝我们驶来。驾驶员穿着一套破旧的保护服，他大概是从艾玛队伍中死去的士兵身上回收的，就和我一样。他停在城市边缘，走下车，摘下面罩，一脸震惊地看着眼前的狼藉。

就在他弯下腰研究一只蝎子时，我对他喊道："离远点，列兵，它们有剧毒。"

他点点头，迅速躲开蝎子朝我们走来："很高兴见到你，先生，我们都不确定你还活着。"

"山洞的情况怎么样了？"我问。

先锋
PIONEER

关注新华先锋官方微信

您将有机会获得以下权益：

▼

先锋好书，码上领取

原创投稿及建议反馈

热门经典书单及新书资讯

优质听书抢先体验

热门经典书单及新书资讯

原创投稿及建议反馈

每日优厚赠书福利

更多惊喜，敬请关注

村上春树·音乐

探访村上春树的世界，走进音乐和文字的盛宴

作者：(日) 栗原裕一郎
书号：978-7-5695-0996-0
定价：49.00元

▶ 给我一首歌的时间，为你呈现村上文学的另类打开方式
▶ 知名乐评人专业解读，每首歌均配专有辑封面面和中英对照歌名
▶ 附赠超值手绘照片

话说对了，孩子就会听

日本育儿作家杉山美奈子33堂亲子沟通情景课

作者：(日) 杉山美奈子
　　　(日) 田村记久惠 绘
书号：978-7-201-13553-3
定价：59.00元

▶ 父母与孩子交流的实用指南
▶ 父母告别压力，"熊孩子"成为乖宝贝
▶ 儿童教育专家"知心姐姐"卢勤作序推荐
▶ "樊登读书"五星指数推荐

一路向西：东西方3000年

历史作家陈舜臣横跨7000公里，穿越3000余年

作者：(日) 陈舜臣
书号：978-7-5168-2544-0
定价：79.00元

▶ 一路向西，开启探寻历史文化的新征程
▶ 凝聚古今智慧之光，追溯人类文明之源；精彩呈现一部描绘世界文明走向的壮阔史诗

帝国与文明

东京大学&早稻田大学教授写给现代人的历史研修课

作者：(日) 出口治明
书号：978-7-5511-5982-1
定价：89.00元

▶ 每一座城，都是一部世界史
▶ 从伊斯坦布尔到罗马，十个影响人类文明进程的城市，带你读懂全球帝国史

借钱

钱不是问题，没钱才是问题一本借钱都要买的书

作者：(美) 查尔斯·R. 盖斯特
书号：978-7-5596-2993-7
定价：168.00元

▶ 曼哈顿教授教你摸清"钱生钱"的门道
▶ 跳出"富人越富，穷人越穷"的怪圈
▶ 摆脱隐形贫困，实现财富自由

先锋旗舰店
天天折上折

新华先锋天猫店
(淘宝扫码，进店挑选)

"很严重，先生，死了差不多三百人，几乎所有人都病了。"

"田中泉医生在那里吗？"

"对，先生，她一直在做测试，但我觉得应该没什么进展。"

"明白了，我们要回到山洞，我手里有她需要的东西。"

他摇摇头："马修斯博士让我们疏散。"

我听到艾玛的名字愣在原地，盯着眼前这个男人。我反复回想刚才听到的话，思考自己是否听错了，我整个人呆住了。

"疏散到哪儿？"赵民问。

"她还活着？"我终于回过神来，"马修斯博士？"

列兵看了看赵民，又看了看我，在想要先回答谁的问题。

"对……我走的时候她还活着，不过她病了，她就在第一批离开山洞的车队里。"

难以置信，她竟然还活着。说明还有机会。

"他们要疏散到哪里？"赵民不耐烦地问。

"迦太基城。"

我抓住他的肩膀着急地说道："快点用无线电联络他们，让他们立刻过来。"

他困惑地看着我。

"一艘飞船马上要在他们前往的地方降落了。"

他睁大眼睛吃惊地看着我，然后迅速从包里掏出无线电尝试联络车队。我没有听到他们的对话，因为我已经朝他的车子跑去，亚瑟也紧紧跟在我后面。

第四十三章

艾玛

风暴声越来越响，云层里的暴雷一刻也不停歇。

我睁开眼睛，想看一眼风暴的模样。我们必须要找到庇护所，司机肯定也意识到这点，所以不断加快速度，开足马力向着庇护所驶去。我们肯定快到东丛林的边缘地带了，这里落雪很薄，融雪的水珠从树上滴落。

透过稀疏的树冠，我看到一团火球正从天空落下，直直朝我们飞来。

我突然意识到，我们听到的声音不是风暴，而是一颗小行星，甚至说是……一艘飞船。"耶利哥号"就要降落了。

"快停下！"我连忙大喊。

肾上腺素在我体内狂飙，高烧带来的疲惫感顿时消失不见。

我们的车辆慢了下来，我听见司机拿着无线电匆忙地说着什么，然后又踩下油门，之后做了个急转弯，泥土在车轮转动下飞溅，整个车队都在掉头，引擎发出咆哮。坐在车里的人有的惊恐尖叫着，有的在问各种问题，但司机完全无视他们。上方的火球越来越亮，声音也更加靠近。

我抱着卡尔森，坐起来对着司机再次喊道："快停车！"

一旁的艾莉和萨姆也醒了过来，紧紧抓着床的两边。

司机回头看了我一眼，但没有减速。

"我们要找掩护！"

他又回头看了一眼。

"这是命令！"

终于，车子停了下来。林子里的其他车辆继续全速行驶超过我们。

我爬下床，怀里还抱着卡尔森，他正在哭泣，但哭声被头顶的飞船轰鸣掩盖。那艘飞船——不管它是什么——马上就要落地了。

我的心怦怦狂跳，我扫视周围的森林，寻找着希望能……终于，我找到了我的目标——掩体。我冲到一棵倒下的巨大树木旁，它的树冠指向将要撞击的方向，庞大的根部像一把扇子躺在地面上，而在它原本扎根的地上留下一个深坑。这是一处天然的壕沟。

"快过来！"我对着拖车内的十几人喊道。

艾莉和萨姆跟了过来，我顺着地上的裂缝爬了下去。树根上残留着湿漉漉的黑色泥土，地下爬满了各种昆虫，我无视它们，继续往下爬，直到抵达坑内最深处。我靠在倒下树木的根部土球边，其他人则挤在我周围，我们蹲下身子，相互抱在一起准备迎接撞击。

第四十四章

詹姆斯

我全速驾驶着全地形车，尽力保持车速平稳。沿途的粗树枝以及石块使我剧烈颠簸。

突然，一只手抓住我后背并以超乎常人的力量将我拽下车子，将我摁倒在地，并趴在我身上护住我。

是亚瑟。

几秒钟后我听到撞击的巨响，附近响起响亮的爆炸声和金属扭曲发出的嘎吱声，接着一团热浪席卷而来。

碎片和树枝在森林里飞射，像射出了数百万支木箭，其中一支击中了亚瑟的后背，但他依旧岿然不动。一团浓烟在树林里升起，空中散落着碎片。

等一切安静下来后，亚瑟放开我站起来，从身上拔下一块木碎片。

起来后，我扫视了一下周围的情况，我听见哭喊声和呼叫声。

"你看到什么？"我问亚瑟。

"六十名幸存者，死亡十二名，多数死于飞溅的碎片。"

我使出全力朝着浓烟飘来的方向喊道："艾玛！"

无人回应。

我的全地形车还没倒下，这是好消息。我登上车子准备向坠落地点驶去，但根本没用，森林被严重摧毁，倒下的树木挡住了道路。我只好徒步朝飞船赶去，一路上不断四处呼喊。就在一片嘈杂中，我听到艾玛的呼声。

"詹姆斯！"

我从倒下的树木间隙中爬了过去，看见她时我已经浑身是泥。艾玛正紧紧抱着卡尔森，呼喊着我的名字，艾莉和萨姆也在这个倒下的树木留下的坑内相互依偎。

艾玛伸出一只手阻止我靠近，说："别过来，詹姆斯，你别过来。"

我抓住她的手，紧紧抱住她和孩子，我亲吻了她的脸颊，她尝试推开我说:"我们生病了，你不要——"

"我知道，我会治好你的。"

她摇摇头:"太迟了。"

"还来得及，我保证。"

第四十五章

艾玛

亚瑟说，在我们离开地球前往厄俄斯的途中，网格实际上已经升级改造了"耶利哥号"。对于这点我相信，因为我们在地球建造的飞船不可能承受得了这样的撞击。

飞船底部深深陷进土里，对应的舱段也被完全摧毁，但飞船中部和顶部的部分依然可以使用。

最重要的是，存放休眠袋的主舱室完好无损。

我们从迦太基城拿来了床垫，将它们排成一排，并把床单挂起来作为帘子把各个床铺分隔开来，改造出了一家简陋的临时医院。这让我想起中央司令部地堡的时光，只不过这次有数千病人在咳嗽、哭泣、一动不动地躺着，嘴里含混地说着话，因为高烧而大汗淋漓。山洞里所有人都撤离完毕，等待解药……或者其他未知情况。

多个小队一直在从耶利哥城和迦太基的废墟回收休眠袋，其中许多已经受损，但两处殖民地的存量加起来应该也完全足够了。

耶利哥城的幸存者也已经转移至迦太基城，那里尚存庇护所——而且距离飞船更近。我们十分谨慎，将他们和回收休眠袋的队伍区别开来，希望他们不会同样受到感染。

在医疗区，田中泉夜以继日不停地工作，仔细研究着詹姆斯提供的资料——但他一直不愿意透露任何信息，比如资料的来源。那些资料只可能

108

来自两个地方：网格或者"迦太基号"殖民者。这对我们意味着什么？

如我们所料，新鲜空气对我们确实有好处，能使呼吸更加顺畅，而且我觉得能见到阳光也振奋了大家的精神。在山洞的时候，在风化层海绵的威胁下——詹姆斯是这样叫它的——那时候感觉像在经历漫长的寒冬里最黑暗的那段时光，阳光慢慢减弱，我们困在七号营地相互依偎；这情景也像"堡垒"里的时光，我们被深埋地下、无处可逃，忍受饥饿之苦；还像太阳之战的尾声，地球的太阳永远落下了。

离开山洞后，我们也未必能找到解药，但至少能回到地面，在阳光下死去。

我们再一次集结在"耶利哥号"狭小的主控室，这也许是我们最后一次会议了。我记得第一次走进这里并俯瞰厄俄斯的时候，我内心充满喜悦和希望。而此时此刻，我正挣扎着尽力留住一丝那分希望。

在显示屏上，格里戈里和赵民看着我们，他们背后是迦太基城。布莱特维尔站在我身边的角落，面色苍白，眼窝凹陷。田中泉坐在主控室的航行站，看上去仿佛老了二十岁。亚瑟平静地看着我们，像一名研究员看着猴笼里的实验一样。

"情况很明显了，"詹姆斯说，"我们要让人们进入休眠，我们每小时都有病人去世……田中泉，多少人？"

"大约一百人，数字还在上涨，"她停顿了一会儿，"不过，我们还不知道这种疾病在休眠时会有什么反应，也许休眠也没用。"

"我们没有其他办法了。"我小声道，心里想着赶紧让艾莉、萨姆和卡尔森进入休眠袋。

"你说得没错，"田中泉说，"但有一个问题，我们没有足够的人手照顾病人，让数千名病人同时进入休眠需要耗费大量人力，而且，那些身体尚能行动的人用不了多久也会倒下。"

主控室里所有人都看着我，作为这里的市长，严格意义上来讲应该由我来做决定。

我对布莱特维尔点点头："开始休眠，上校，越快越好，病情最重和年纪最小的人优先。"

"我们能帮忙。"赵民说。

田中泉难过地说道:"不行,你们要留在迦太基城,你们不能被感染——"

"我们还不能确定这场瘟疫可以人传人,"赵民向镜头靠了过来,画面中的他变得更大了,"我们只知道,直接接触那些海绵是唯一染病的途径。"

田中泉举起手反驳:"所以说我们还不知道,你们就有可能被传染,我们不能冒这个险。我们要为全人类的生存考虑。"

空气中安静了下来。

终于,布莱特维尔清了清嗓子,对我说道:"夫人,恕我直言,虽然决定人类存亡不在我的权限之内,但我可以参与帮忙休眠工作。"

"好,谢谢你,上校。"

布莱特维尔离开后,赵民说:"我们到底在讨论什么?"

"靠剩下未感染的人类在迦太基城重建殖民地。"田中泉说。

赵民苦笑道:"你别开玩笑了,未感染人员中只有四十个男人和两个女人,你这么做只是不想让我感染,田中泉。"

"没错,"田中泉加大声音说道,"我就是在保护你,我没日没夜地研究这玩意儿,但我不觉得我能找到什么解药,至少在短时间里不行。我们目前只有两条路可选,要么找到解药,要么幸存下来的人在迦太基城重新开始。"

"不,"赵民说,"就算我们可以重新开始,在这里的很多人的亲戚也去了山洞避难。我不能代表所有人说话,但如果这就是尽头,我要选择陪在你身边,和你一起走,失去你我也没有活着的意义。"

田中泉低着头,透过她黑色的头发,我看到一滴泪水落下。

一阵良久的沉默过后,詹姆斯开口问道:"那克隆怎么样?"

这个问题像篮球比赛中进行跳球,只不过现场无人争夺。

"田中泉?"詹姆斯靠过去想看着她的眼睛,但田中泉没有回应。

"你有什么想法?"我问道,希望詹姆斯能说出更多信息让大家讨论。

"对于那些留在迦太基城的人,我们可以克隆他们的亲人、朋友,由那些幸存者负责养育克隆人,这样我们也许还能把人口数量恢复到从前的水平。我们应该需要用上 3D 打印机制造用于克隆的机器。"

"我们一个月内应该能造出一台。"格里戈里说。

"这就是问题所在,"田中泉喃喃自语,"时间,如果我有一年时间,我应该能展开一个克隆项目,但我们只剩几天,这行不通的。"

詹姆斯转向亚瑟说道："我们需要些帮助。"

他扬起眉毛，假装惊讶地说："这可不是小帮助啊。"

"我认真的。"

"我们已经帮助过你们了，"亚瑟扬了扬仅存的手臂，"看看这飞船，没有我们的改造，它早就成一堆碎片了。"

"要不是你们，我们也不会落到这般地步，"詹姆斯说，"你知道风暴的事，肯定也知道'迦太基号'殖民者的事情，但你什么也没说，你本可以救我们的。"

亚瑟翻了个白眼："好啊，都怪这个独臂人，是他干的，都是他干的——"

"你想让这一切发生，你早就谋划好了对吧？所以你才改造了飞船——你知道我们会让它降落。"

"我们是网格，詹姆斯。"

"别再讲什么'我们是网格'这样的狗屁了，你有治疗这场瘟疫的解药，对吧？说实话，瘟疫都是你一手制造的吧？"

"不是，我们也没有解药。"

"骗子。"

"这场瘟疫没有解药。"

"你怎么知道？"

"我只能说，以前就有和你这般聪明的人尝试寻找过解药，而且找了非常久。"

"什么意思？"

"等你明白后，你就知道走出困境的办法了，不是解药，是办法。"

詹姆斯一拳砸在工作台上："滚出去！"

亚瑟耸耸肩，离开了主控室。

"我们会找到解药的。"詹姆斯小声地说。

田中泉站起身："我要去工作了。"

她刚迈出一步就有些摇晃，在她摔倒前我及时抓住了她，重压使得我的腿部传来一阵刺痛，詹姆斯连忙帮我扶着田中泉。

"我没事，"她虚弱地说道，"放我下来，我只是血糖有点低。"

"你要休息。"詹姆斯抱着她，往主控室旁的船员舱走去。

屏幕上，赵民和格里戈里站了起来："我们现在过去。"

"你们也听到田中泉的话了？"我叫住他们。

赵民转过身来说："你们需要我们帮助，艾玛，我们不会袖手旁观，看着你们一个个死去的。"

第四十六章

詹姆斯

天上厚厚的云朵缓慢飘过。我带着亚瑟离开飞船去到森林谈话。我不想让其他人听到我们的谈话，如果我真的得到了我想要的答案，那这个答案一定会令人不安。

"我要答案。"

亚瑟耸耸肩："你得说详细点。"

"解决瘟疫的办法是什么？"

"你已经掌握拼图的所有碎片了，詹姆斯，而且你有个聪明绝顶的脑袋，即便你还没有意识到。好好想想吧。"

我转过身在林子里来回踱步，思考着已知的信息。

我知道网格希望我们来厄俄斯，这是它们允许我们安全离开地球的唯一原因，也是它们无数次拯救飞船的原因。网格完全有能力让"耶利哥号"和"迦太基号"同时抵达厄俄斯，但它们没这么做，"迦太基号"先于我们到达，这也是它们的计划。它们知道风暴的存在，肯定想要"迦太基号"殖民者生病，好让我追逐谜团。它们加固了"耶利哥号"，确保其能再入大气并降落在此。

"所有这一切——厄俄斯，'耶利哥号'降落，瘟疫——都是网格的计划，你们想要这一切发生。"

"我不会说'想要'二字。"

"你们需要这一切发生，所有事情都有目的，是吗？"

112

"我能说什么呢，詹姆斯？宇宙就是一个方程，遗憾的是，其中的变量比你想象中少得多。"

"你得说详细点。"

他对我重复他的话只是笑了笑。

"网格要我们有什么用？"我问，"你为什么需要我们？"

"这就是问题所在，不是吗？"

"在'耶利哥号'时，你说网格曾经以为物质和能量是宇宙的基础，所以网格才如此渴望收割所有恒星的能量输出。但你们错了，你们最近发现了一种……你怎么说来着……宇宙中一种更加宏大的结构，两股极其强大而且对立的力量，你说我们不过是战场上飘浮的尘埃。"

"那就是问题的答案。"

"那两股力量是什么？"

"不能告诉你。"

"为什么？"

"这样是行不通的，詹姆斯，你很快会明白的。"

"我能救他们吗？艾玛？我的孩子？"

"问题不在于你能否救他们，而在于你愿意付出多大的代价。"

突然我听到树枝折断声，我希望没有人听到我们的对话，更希望那不是一只厄王龙。

在雾气中，一个人影站在森林里。

艾玛。她一脸困惑，盯着我和亚瑟许久，然后开口道："是时候了。"

第四十七章

艾玛

在医疗区，萨姆看着休眠袋。

詹姆斯蹲下来对他说："只是小睡一会儿，不会很久的。"

萨姆点点头，一脸痛苦。他察觉到出了大问题，但他比其他孩子表现得更好，他本可以迟点再进入休眠，但根据安排，一家人应该共同进入休眠，这主要是希望年长孩子能起到表率作用，以安抚年幼孩子。

我的弟媳艾比正抱着卡尔森，我抱着艾莉，她在我怀里有些沉甸甸的，但我还是紧紧抱住她不想松手，因为这可能是我最后一次抱着艾莉了。她正发着高烧，时常会陷入昏迷。

我吻了吻她的脸颊，尝到一颗咸咸的泪珠。这时，她睁开眼睛，正好看到萨姆进入休眠袋，里面的空气逐渐被抽干，袋子收缩紧紧地贴着他的身体。

"不要，妈咪。"艾莉哭喊道。

"没事的，宝宝。"

我把她递给詹姆斯，但艾莉的手死死抓住我不放。

"没事的，"我小声安慰道，她不断挣扎，不愿松开抱住我的手，"我哪儿也不去，就在这里陪你。"

田中泉给她注射了药物，艾莉慢慢陷入睡眠。

"谢谢你。"我用口型向她说道，她点点头。

田中泉越来越虚弱，我觉得不仅仅是瘟疫的原因，还有重压和疲惫——她深知自己是我们活下去的唯一希望，而所剩不多的时间正在悄然流逝。

詹姆斯抱起卡尔森，在他额头上吻了一下，然后把他递给我。我在他烧得发烫的脸颊上亲了一下，轻轻地将他放入休眠袋。我知道我该坚强起来，但我做不到。看着休眠袋逐渐裹住卡尔森，我终于忍不住啜泣出声。詹姆斯张开手臂将我拥入怀中。

在我身后，我的妹夫大卫说："来吧，欧文，到你了。"

他弯下腰抱了抱欧文，后者一脸勇敢。此时此刻，我心里想的全是我那已经逝去的妹妹，这成了我心中永远的痛。我的心情跌入谷底。

我想抱抱欧文和他的妹妹艾德琳，跟他们讲他们的妈妈非常爱他们，她现在化作天上的一颗星星，会永远守护着他们，永远为他们二人感到骄傲。但我的喉咙像被锁上了一样，说不出任何话。我蹲下身，抱了抱欧文和艾德琳，然后大卫将他们抱入休眠袋中。

接下来是亚历克斯和艾比的女儿萨拉。如果杰克还活着，他也会在这里，跟萨拉一起进入休眠。他的逝去像一朵笼罩在我们头顶的乌云，时刻提醒着我们致命疾病的存在，以及它夺走的一条条鲜活的生命。

亚历克斯将萨拉抱进休眠袋，詹姆斯将手搭在他兄弟肩上给他安慰。

我们尽快离开了医疗区，时间是我们现在最珍贵的东西。我们每慢一秒钟，幸存者们就会少一秒活下去的希望。时间所剩无几了。

格里戈里、赵民还有其他在迦太基城的人此时都赶来了，有的人帮助抬运和存放休眠袋，有的人与士兵们一起将死者从临时医院中搬出。我、艾比、亚历克斯、大卫和詹姆斯都在医院帮忙，分配流食和消炎药，搀扶病人前往厕所。飞船只有一间厕所，而且是为在太空时使用而设计的，所以我们不得不在山洞附近搭建户外厕所，这样人们也能出去呼吸新鲜空气。我们现在生活的方方面面，都只能物尽其用、随机应变。

在接下来的几个小时里，我尽力看望更多的幸存者，握住他们的手，安抚他们的情绪，告诉他们，我们正在竭尽所能找到治疗的方法。

在走廊尽头，詹姆斯正在用瓶子喂一名老妇人喝水。他看见我后，冲我笑了笑。虽然他面容疲倦，但明亮的笑容还是温暖了我的内心。接着，他转过头去咳了咳，额头上也附着许多汗珠。

当他前往下一张床时，我走过去拉住他，说："你病了。"

"我没有，只是这里有点闷。"

他想挣脱开我的手，但我抓着他的胳膊紧紧不放："詹姆斯。"

"别这样，我们还有工作要做。"

在接下来的一小时里，我们继续帮助病人。终于，我问他："你确定这是你该忙活的地方？"

"什么意思？"

"意思是，用亚瑟的话说，'没有解药，只有办法'。你们俩之前在树林里讨论什么？"

"说实话，我也不明白我们究竟在讲什么，不过……"他往下一张床走去，"这能帮助我理清思绪，为解决问题提供一些想法。"

"你有什么想法？"

"我在想，这一切——风暴、瘟疫、坠落的飞船——都有关联。"

"有什么关联？"

"一切都巧妙地指引回网格之眼，也就是我们在迦太基城找到的图案实际上是一张厄俄斯的地图。在每段弧线尽头我都找到了数个空心的球体，深埋在雪下。"

我停下来看着他："这就是你一直在阴暗面找寻的东西？"

"没错。"

"里面有什么？"

"球体？里面什么也没有，不过有一件奇怪的事：越靠近眼部中心的弧线，里面的球体就越小。"

"这有什么含义吗？也许应该将小的装进大的球体里？"

詹姆斯挪开视线，我看得出他在飞速思考，像一个小孩发现新玩具那般琢磨着各种可能性。我们一言不发地走着，几分钟后，他睁大眼睛说："哦。"

"哦什么？"

"没什么。"

"我刚才说对了？"

"不完全对，但从某种程度上来讲没错，这就是关键。"

第四十八章

詹姆斯

在想明白后，我几乎是飞奔出飞船，一直跑到一个没人能听见我声音的地方，然后呕吐出来，直到我的胃空空如也，我大口喘着粗气。

此时我靠在船体旁，发烫的身体靠在冰凉的金属上，我的高烧越来越严重，几乎可以确定我已经受到感染。但我应该还来得及救大家。

我四处张望，发现亚瑟在一棵树下，格里戈里拿着步枪坐在附近盯着亚瑟的一举一动。他一直坚持要看守亚瑟，他不信任亚瑟，但这也不怪他，毕竟网格害死了他的至爱。

"没事吧，詹姆斯？"亚瑟语带嘲讽地向我喊道。

我无视他："格里戈里，我要和亚瑟说点事情。"

"说吧。"格里戈里盯着亚瑟说。

"我要和他私下说。"

"不行。"

"格里戈里，拜托了，他不会伤害我的，"我看了亚瑟一眼，"他需要我，飞船那边也需要你帮忙，他们正在往飞船上装载已经放入休眠袋的大人。"

格里戈里用俄语嘀咕了什么，很显然不是什么好听的话，但他还是往飞船走去。

"要我翻译吗？"亚瑟礼貌地问道。

我指了指树林："快走。"

"觉得热吗？"我们向潮湿、安静的树林深处走去。

"瘟疫可以空气传播，对吧？可以人传人。"

"当然了。"

"我猜所有人都已经感染了吧？"

"你猜得没错。"

"还有个猜想：是网格制造了那些球体。"

亚瑟没有说话，脸上看不出任何情绪。

"你不希望我找到它们，因为它们就是关键，对吧？如果我过早找到并成功组装起来，你的计划就泡汤了。这就是你那所谓的宇宙方程式中为数不多的变量吧？"

"没错，很好。"

"而且我已经解开方程了，顺带一提，这两种力量大于物质和能量。如果物质加速到光速，它就会转变成能量。网格以为它收割所有能量，并转换所有物质，就能掌控全宇宙的能量，以为这样一来就能控制万物。如果我们假设在万物之初一片虚无，接着发生了大爆炸，在宇宙形成之初释放出能量和物质，自然以为只要控制了能量便能重启整个循环——也就能控制整个宇宙。但没那么简单，是吧？"

"事情从来没简单过。"

"如你所说，在更高层级之上还有东西。"

"永远会有更高层级。"

"两股根本的力量，一场跨越宇宙诞生到终结的战争，比物质和能量更为强大的力量。确实让我思考了挺久，但只要搞明白那些球体，一切便一目了然。那两股力量就是空间和时间。"

"是的。"

"那些球体里面曾经装着网格，是吗？每个更大的球体都装着版本更加强大的网格。"

"又说对了。"

"为什么它们会在这儿？在这颗星球？"

"我不能告诉你。"

"因为这对你不利，所以你不想让我找到它们，我由此推断你肯定牵涉其中。"

"詹姆斯，这对你而言更为不利。在我们浪费时间讨论这些的时候，你的病情正在急速恶化，其他幸存者也是。让他们都进入休眠，我就给你真正的答案，能拯救你们族群的答案。"

"你现在就告诉我，否则我就撕碎你。"

"你可以这么做，但你还是找不到你要的东西。你要的数据——一切事情的真相——就存在附近的一个受到妥善保管的数据设备中。那些球体是解开所有一切的关键，詹姆斯，它们出现在这里的缘由将揭示你们物种的命运。我会给你需要的信息，前提是所有剩下的人都进入休眠，这是他们唯一的机会。"

第四十九章

艾玛

所有幸存者仅剩十二人还没进入休眠，我们已经停止记录他们的病情发展，而且我们遇到了其他问题。

当"耶利哥号"在轨道上时，飞船就已经充能完毕，但其太阳能电池在降落时受损，飞船的动力储备正在枯竭，无法供能休眠系统。如果继续这样下去，所有人都会因此丧命。从某种程度上讲，我们又陷入了当时在九号营地同样的处境——如果没有能源，人类就将灭亡。

看上去，对我们而言，一切又回到了能源。

我们已经做了决定——这也是我们唯一能做的决定——那就是除了詹姆斯和格里戈里外，所有人都进入休眠状态。他们将负责重新组装 3D 打印机并修好太阳能电池。他们二人已经感染——所有人都一样——但詹姆斯和格里戈里均未去过山洞，他们的病情会发展得缓慢一些。如果他们同样丧失工作能力，就唤醒下一批殖民者，并将工作一直传递下去。一场绝望的求生接力赛。

田中泉玩儿命似的工作着，赵民经常会跟她争论此事。最终，田中泉决定让步。眼下的计划是解决能源问题后唤醒田中泉，让她继续研发解药，这是我们唯一的希望。

不过有一件事让我备感奇怪，我以为詹姆斯会疯狂工作，入魔似的顺着亚瑟的暗指寻找解决办法。相反的是，我发现他站在飞船外，看着天空的那颗红矮星。

"我和格里戈里还有赵民要去耶利哥城回收太阳能电池，你要一起来吗？"

他摇摇头："我有个更好的主意，金拉米卡牌游戏。"

他牵起我的手带我登上飞船，去到主控室，坐在一张小桌子旁，我们在前往厄俄斯途中曾在这里玩过卡牌游戏。

"你确定你没事吗？"

他笑了笑："除了某种神秘的外星真菌疾病外吗？嗯，我没事，来吧，我发牌。"

他看上去很忧郁，但比平常更为健谈，提起了过去的事情。我们和死亡的擦肩而过，还有失去的家人、朋友。他似乎觉得这就是我们在一起的最后时光。

"詹姆斯。"

他拿着卡牌看着我。

"我能问你件事吗？"

"说吧。"

"你放弃了吗？"

"你了解我的。"

"你解开谜团了？亚瑟说的……解决办法？"

"快了。"

"你看起来一点也不担心。"

"你也别担心了，我们就享受当下吧，把这当作我们最后的时光。"

"真是如此吗？"

"我会努力找到解决办法，避免这种情况发生。"

✳

一行人收集完太阳能电池的碎片后，布莱特维尔命令士兵和所剩平民都进入休眠。之后，就只剩我们的领导团队了：詹姆斯、格里戈里、田中泉、赵民、布莱特维尔还有我。

我们决定最后再聚一餐……因为我们过后只能轮换苏醒了。至少，在危机结束前会是如此。

布莱特维尔是唯一拒绝邀请的人："我的病情正急转直下，"她的语气像是在播天气预报那般轻松，"我应该尽早进入休眠了。"

在医疗区，她径直向休眠袋走去。詹姆斯拦住她并和她握了握手："是你保证了我们的安全，上校。"

"你做得也很好，先生。"

"在412仓库时，我就应该听你的。"

"那都是上个世界的事了，先生。"

接下来该轮到亚历克斯和艾比了。詹姆斯跟他的兄弟久久地抱在一起，在他耳边小声说道："杰克的离开，我也感到很难过。"

他们泫然欲泣，我也张开手臂紧紧抱住艾比。他们坚强地进入休眠袋，在沉睡前一直看着我们。

等他们进入休眠后，只剩下詹姆斯、格里戈里、赵民、田中泉和我。我们来到主控室一起用餐，就像初到厄俄斯那天一样，像死刑犯最后挥霍的一顿美味大餐一样，我们都挑选了自己最喜欢的口味的即食口粮。当下就是这种氛围。格里戈里一言不发。赵民一只手抱着田中泉，用另一只手吃着食物。我和詹姆斯靠在一起，小声地谈论着我们的孩子，他们喜爱的东西，还说着什么"事情也没那么糟糕……以前的情况才严重……特别是和贝塔未知物体的战斗……在谷神星……地堡……还有 903 仓库"之类的话。但以前我们都还有战斗的机会，而不是坐在这里追忆往事，任由黑暗侵袭。这次不同以往，关于这点我们都明白。

詹姆斯举起杯子："我想敬一杯，敬莉娜、夏洛特、哈利还有福勒，"他顿了顿，"要不是他们，我们没办法走这么远。"

用餐结束后，大家各自离场。格里戈里面色凝重，悄悄地离开了。亚瑟也不见踪影——大概是因为格里戈里无时不在的杀心。赵民和田中泉回到船员舱，紧紧相拥在一起。詹姆斯坚持想再玩一盘金拉米。

"你确定吗？"我问。

"我们可以玩扑克啊，不过两个人——"

"詹姆斯，你有点吓到我了，到底出什么事了？会发生什么？"

"我也不知道，我只知道，也是我最近明白的一件事，就是万事皆有因。"

"行，这对我们有什么帮助吗？"

"如果我告诉你宇宙中有一股更为强大的力量呢？"

"比如……"

"比如某种我们暂时不能完全理解的东西，但马上就能理解了。"

"如果你这么说，我会非常担心你的状况。"

他笑了——一种无忧无虑、发自内心的大笑："也是，但我一直在思考这种想法。因为某种程度而言，宇宙中有某种更宏大的存在这一想法，要比什么也没有更讲得通。"

"你是不是有点精神崩溃？是因为生病的原因吗？"

"不是。"

"你有什么事情瞒着我吗？"

"现在，整个世界只有一个问题值得问。"

他看着我，嘴角露出一丝微笑，眼神自信且温柔，就像我第一次遇见他那样。

"你会相信我吗？"

"完全相信。"

✳

在医疗区，田中泉率先进入休眠，她是我们目前剩下的人当中病情最为严重的，接着是赵民。最后，终于轮到我了，我躺在休眠袋里看着詹姆斯。格里戈里走出房间，给我们留了一些空间。

"我们几分钟后见。"詹姆斯说完，俯身给了我一个吻。

"你保证吗？"

"我保证。"

第五十章

詹姆斯

等艾玛的休眠袋也封存好后，我多次检查系统状态，确保一切正常。接下来，我彻底搜索了医疗区，想找到那个东西。有那么一会儿，我还担心它们已经被用完了。幸好就在格里戈里进来前，我找到了。

"我们有工作要做。"格里戈里转身向门走去。

我走了两大步，然后一只手臂箍住他胸膛，另一只手将注射器刺进他的脖子。他转过身将我甩开，惊恐地盯着我。

"詹姆斯，你——"

他左摇右晃，见状就要摔倒在地。我冲过去想接住他，但还是迟了一步，他的头重重撞在地上，双眼无神、满脸惊慌。我立马检查了一下他的脉搏，依然十分平稳。

我将他抬到桌子上，装进准备好的休眠袋，迅速设定休眠程序。

当我看到系统检查闪过绿色后，我松了一口气。

亚瑟的声音突然出现，吓了我一跳："刚才可真是危险啊。"

"我也没办法，我还无法和他解释，特别是我自己也没有完全明白的时候。"

"确实，那我们在哪儿开始呢？"

"我说过，我要见到初始——网格之眼见到的东西。"

"很好。"

"你能投放到屏幕上吗？"

"我们有别的办法。"

这时走廊传来一阵脚步声。不可能，所有人都已经休眠了。是一只小厄王龙？还是其他掠食者？

我扫视周围环境，想找一件可以用作武器的东西。正好那件能量武器就在一旁，而且已经充能完毕了。就在我准备拿起它时，亚瑟说道："别紧张，都是朋友，还可以说是你的家人。"

奥斯卡出现在门口，他脸上的平静和亚瑟的傲慢全然不同。

"你好，先生。"

"奥斯卡。"

"我跟你说过那些数据要妥善保管，"亚瑟说，"路上还顺利吧，兄弟？"

"没问题。"奥斯卡回答。

"你们一直在联系？"我问。

"当然，"亚瑟说，"经常联系。顺便一提，他真的可担心你了。"

"为什么飞船之前在轨道时我们没发现——"

"我们是网格。"

我闭上眼，不耐烦地点了点头："是，我知道你们是网格，你们可以藏匿飞船，还能对传输距离说谎，天知道你们还有其他什么事没告诉我呢。"

"基本就这么多。"亚瑟说。

"我们继续吧，我要看网格之眼看到的所有东西，从最初开始。"

"这可不是什么家庭电影，詹姆斯，"亚瑟看着我笑着说，"虽然我很希望看到你意识到事情究竟是怎么回事时的表情。"

"如果不是电影，是什么？"

"就称之为体验吧。"

"虚拟现实？"

"类似，"亚瑟对旁边的空休眠袋示意道，"你进去我就给你展示。"

"不可能。"

"为何不？"亚瑟不耐烦地说。

"说实话，我觉得还是保持清醒比较好，免得你想耍花招或者杀了所有人。对于这点，从我们遇见之初你就有这个倾向了。"

"先生，"奥斯卡说，"我可以保证，我会保护你，就像当时他们想找到我时你保护我那样。"

我看了看奥斯卡，又看了看亚瑟，他们二人就像一枚硬币的两面，一善一恶的对立面。奥斯卡能保护我吗？亚瑟的身体是军用原型机，力量更加强大，速度也更为敏捷。但奥斯卡有两只手臂，而亚瑟仅剩一只，应该还是奥斯卡略占优势。况且我还有什么选择呢？

"你到底来不来？"亚瑟厌烦地问道。

"好。"

休眠袋逐渐裹住我的身体，休眠气体进入我的肺部，我不知道自己是否做了正确的选择。

第五十一章

詹姆斯

再次睁开眼时，没想到眼前并不是厄俄斯，而是那个我曾推测一切开始的地方。

映入眼帘的是我童年在北卡罗来纳州阿什维尔市附近的家。我蹲在车道上，正在用一把螺丝刀拆下亚历克斯的幼儿自行车的辅助轮，然后助推他一把。我在后面为他加油欢呼，但他骑车骑得摇摇晃晃，最终失去控制，撞上车道前方的红砖柱子。我心急火燎地朝他奔去，他摔倒后痛得大叫，我紧紧将他抱在怀里低声安慰着。

眼前画面慢慢模糊，接着画面一转，我朝房子后院后面的树林走去，手里拿着一把彩弹枪。刚走到草地边时，耳边传来一声枪响，腹部顿时传来剧烈疼痛。我痛得跪倒在地，胃里泛起一阵恶心。在树林入口，亚历克斯拿着彩弹枪走了出来。

"你应该躲到树林里的！"我喊道。

"我是在树林里啊。"

接下来是大学时期的回忆，我在戴夫·卡德尼亚狭小的公寓参加派对，公寓里正放着林纳德·斯金纳德乐队的音乐。音乐声震耳欲聋，完全盖过了说话声，几乎让我无法思考。我正拿着一个装满啤酒的红色塑料杯——已经是我的第四杯了，在酒精作用下，我更加无法保持清醒。不过，这倒是能给我壮一点胆。

她的名字叫奥莉维亚·洛伊德，她穿着牛仔裤和一件没扣纽扣的白衬衫。她一头黑发，绑着马尾辫，和她脸上的那副黑框眼镜十分搭配。她终于离开和她聊了整晚的那四个女孩，然后穿过拥挤的房间，朝洗手间门口排起的队伍走去。我目不转睛地盯着她，就在她经过我旁边时，她仰起头朝我露出一丝漫不经心的笑容，仿佛在无声地问：你在看什么呢？

机不可失，时不再来。

在我的幻想中，我泰然自若地穿过人群，偷偷溜进她排着的队伍里。但现实情况一团糟，我十分艰难地挤开人群，紧紧拿着手中的啤酒，举到头上以免被撞洒在地，大声地喊着"小心点"和"借过一下"，狼狈至极。

我顺利排到了奥莉维亚身后，这位置再迟一秒就要被另一个男人占了。

她转过来看到我，脸上又露出微笑。

"嘿。"我盖过歌声朝她喊道，当时正播着 *Tuesday's Gone*。

"嘿。"

"你是钱德勒物理班的，对吧？"

"对。"

"他挺奇怪的。"

"他确实是个怪人。"

我喝了一口啤酒，脑子里默默回忆着我已经排练过大概 680 万次的台词。

"我在想——"

"什么？"她靠过来想听清楚一点。

"我说，我在想也许我们可以找个时间一起学习之类的。"

"什么？"

"你要不要一起学习？准备期中考？"

她靠回去，笑着摇摇头说道："不用。"

"你……"

"不想和你学习。"

不知道是因为啤酒还是尴尬，我脸红得发烫，感觉自己就快要尿裤子了。我尴尬得恨不得地上有条裂缝能让我钻进去。虽然站在这里无比尴尬，突然走人只会让事情变得更加诡异，我只好继续排队。

好在队伍不长，马上就要轮到奥莉维亚了。这样也好，隧道尽头终会迎来光明。

洗手间的门打开后，一男一女有说有笑地从里面走出来，脸颊和我一样通红。

背景的歌声结束了，接下来是让人难以忍受的寂静。我看着天花板，打量着破裂的干板墙，我坐立不安，甚至难以自持。

奥莉维亚没有进入洗手间，而是对着我身后那个喝着啤酒的男人说道："你先上吧。"

"你确定？"话虽如此，他已经向洗手间走去，并解开他的裤腰带。

"我确定。"她低语道，看着他走进去后，奥莉维亚又转过来对我说："你刚才是想约我出去吗？"

"什么？才不是！"这时背景响起了乐队的另一首歌 *Call Me the Breeze*，歌声盖过了我的声音，让我更加没有底气，"我是说，我当时，我，我们可以一起准备考试——"

"你如果想说约我，我会答应的。"

此刻，我的脑子突然像糨糊一般乱成一团，我不得不在脑中搜寻着一个个字母，并试着快速拼凑出我要说的话。

"你，约你出去……"

她仰头大笑起来："对，我，约我出去——我会答应的。所以，你是想约我出去吗？"

我点点头，看着她有些着迷，也许还有点醉了："我绝对是在约你出去。"

"那我绝对会答应。"

"好啊。"

洗手间的门打开，那个男人跟跟跄跄地走了出来。奥莉维亚停在门口对我说："等我上完厕所，我们就出去。"

"我等你。"

她是我曾见过最风趣可爱、聪明伶俐的人，对生活充满激情，对物理、自然、政治等不同学科都有浓厚兴趣，对你能想到的所有学科都沉迷其中，还经常会研究并和我分享新课题。

她对我产生的最大影响在于她改变了我对世界的看法。她从不浅尝辄止，无论是听闻的趣事、新闻的内容或是书上的事物，只要对一个主题感兴趣，她就会深入研究——翻阅书籍、浏览文章、搜索信息——甚至会寻找相关领域内的专家并亲自咨询，就说自己是一名正在做研究的大学生，需要他们提供知识和观点。而我只是看着她摇摇头，我觉得在大学时光中，她从没真正想明白自己未来的追求，或是对什么感兴趣，她尝试理解事物只停留在精神层面。

对她而言，这不是随机无目标的追求。她坚信，如果你要对某个重要主题发表自己的看法，就得先对其全面了解。所以她每次开口，都十分清楚自己在说什么。

她思维敏锐、思想深刻，可以引经据典来支撑自己的观点。我们一起上课时，她驳倒教授就像垃圾车碾轧玩具车那样轻松。在和别人激烈争辩时，她可以塑造你的认知——举出的事实可以完全改变你对问题和整个世界的看法。这不仅难以置信，而且令人陶醉。她就是一个活生生的现实扭曲场。

在那时，她就已经是一名积极分子。她用化名写了专栏文章，而且被广泛阅读、分享和讨论，她也沉湎其中。她有一个核心信仰——如果你对某件事的看法是正确的，那你便应该笃定地做出行动，坚持并维护它。结果其实并不重要，因为世界迟早会跟上你的脚步。

从某种意义上讲，她的这一信仰对我造成了深刻的影响，后来也给我带来了巨大的麻烦。

如果说我爱上她了，未免有些轻描淡写。我像是一个在闲暇下午漫步的男孩，吹着口哨准备去钓鱼，不慎跌入一口废井。事情发生得如此迅速，我转眼间便深困在井底，无处可逃。

　　那年圣诞，我带她回家见了父母。他们十分满意，当时还在读高中的亚历克斯也非常崇拜她。

　　她父母离异，父亲是一名民权律师，她跟父亲的关系不好，和母亲的关系也没好到哪儿去。她的父母更像是一对老友，曾经亲密无比，但现在仅仅是因为习惯还在保持联系。当我问及原因时，她说是因为母亲沉浸于美国国立卫生研究院的研究工作，实际上奥莉维亚对于家庭关系的维持也没有付出什么努力。

　　很快我便了解到，她也有自己的问题。和她在一起就像坐过山车——不断上下颠簸。在那段时间里，我努力抓紧生活中美好的一瞬。

　　在她陷入抑郁、情绪沮丧时，她对所有事物失去了兴趣，一切都仿佛没有任何意义。然后突然地，她又重整旗鼓，重拾激情，仿佛什么也没发生过一样。我曾建议她到健康中心检查一下，但她根本听不进去，反而说"还不如让我做脑叶切断术算了"之类的话。

　　在我大三时，我对人生方向有了个大概的想法，那就是陪在她身边并从医。我进了医学院学习，督促她尽快找到自己的方向。我知道我们还没到结婚的年纪，她现在肯定不会同意，但我还是迫切想留在她身旁。

　　"我知道我要做什么了。"一天晚上，她在公寓里向我宣布道。

　　"什么？"

　　"我的人生。"

　　"哦，人生啊。"

　　"下一个世界基金会。"

　　"没听说过。"

　　"当然，这是新创立的，我今天成立了法人组织。"

　　"你现在还学法了？"

　　"也不算，我在网上找了法律服务，向加州州务卿提交了公司注册文件。其实挺简单的，我现在是一个新成立的非营利性组织的创始人和唯一董事。"

　　"哇，我现在是该叫你 CEO 还是董事长呢？"

她挥挥手说："别搞得那么隆重，叫我'人类命运的建筑师和主人'就行了。"

"念起来好像不怎么顺口。"

"你会习惯的。"

"那下一个世界基金会的主要工作是什么？"

"联合世界。"

"就这样？"

"我是认真的。"

"这点我倒是相信，但你能说详细点吗？"

"很简单。人类文明现在所创造的世界，还有非常非常多的人没有他们的位置。我们有第一世界，由发达且主要是消费驱动型经济体构成，拥有先进的技术和停滞的人口增长。我们还有第三世界，人口不断急速膨胀，多数人的生活方式还和一万年前一样。所有人居住在同一个星球——土地资源、水资源、食物都有限。简而言之，地球能承载的人口数量有限。在不干预的情况下，第三世界的人口将需要整颗星球的资源。可是，这些资源都在第一世界的保护下，这样一来不会有什么好结果。"

"这是一个很复杂的问题。"

"但解决办法很简单——融合。"

"怎么融合？"

"除了自然资源外，第三世界中只有一样东西是第一世界需要的——消费者。"

"但这些消费者的购买力和经济价值远不及第一世界的消费者。"

"如今确实如此，但事情会改变的。现在，在第三世界的某个地方，一个天才正在诞生。在我说完这句话的同时，又一个天才已经降生。他们是人民过上更好未来的希望，问题在于，我们无法知道他们是谁。如果我们知道，想想我们能取得怎样的成就。一群跨国公司——他们明白第三世界的发展对他们的长期成功至关重要——如果能为基金会捐款，我指的捐款也不多，只需要一年几百万，占他们慈善预算中的一小部分，但想想如果有一百家公司捐款……"

"积少成多。"

"对，有了这些钱，我们就能和世界范围内的教育部门合作，找出有天赋的学生，送他们上最好的学校，其中多数人会向往更大的目标，但也有人会返回自己的家乡，那些孩子是他们故乡加入第一世界的最大希望。"

"那这些公司能有什么回报？你知道，他们肯定不会白白给你钱。"

"除了正面的媒体报道外，他们还得以在第三世界未来的领导人生活中占一席之地。每一名基金会奖学金获得者将接受免费教育，作为回报，他们可以在基金会捐款者数百家公司中任意选择，并进行两年的实习期。如我之前所说，我相信多数人两年后会根据自己意愿自由发展。有些人会继续留在公司，而公司很可能会将这些聪明的年轻人送回故乡，开设新的办公处、扩张公司现有的业务。他们会成为第一世界和第三世界中的佼佼者、公司发展的关键和祖国赶上第一世界的希望。相信通过一代人，整个世界都能因此改变。"

"这想法太好了，而且简单、可以实现，有巨大潜力。"

她眉开眼笑地说："我也这么认为。"

"我们从哪儿开始？"我的思维疯狂转动起来，"也许先找一些教授加入董事会担任顾问？他们可以介绍一些愿意捐款的公司。"

"我已经发了几封邮件。"

"还有什么……我觉得我们需要某种能力测试。"

"这是整个项目的关键，过去也有和下一个世界基金会类似的举措，他们只在小范围内取得了成功，失败点在于人员选拔上。他们的选拔标准过于单一，只看单纯的智力因素和问题解决能力以及在标准化考试中出类拔萃的能力，这并不能判断一个人未来能否成功。想想你遇到过的那些人，当然，那些名列前茅的人通常会在生活中出类拔萃。但至少在我的高中里，有很多顶尖学生之外的人，他们在生活和现实世界中的表现要比学校中好得多。他们有许多传统测试无法衡量的品质：生活经验丰富、积极上进、有勇气。我们要找到这种孩子。"

"你说得没错，我们需要使用全新的测试系统，需要一名学习专家，也许还要心理学家和职业规划专家，而且测试题目还需要翻译成不同语言。我们要判断适合他们的学校，我认为奖学金获得者还必须要学英语。"

"詹姆斯。"

等我抬起头时，奥莉维亚脸上的笑容已经消失。

"这将是我毕生的事业。"

"好，我可以帮助你。"

"不，你不用。"

"你会需要很多帮助的。"

"是，但这不是为你准备的。"

"什么？"

"我不能和你一起做这个。"

我摇摇头，不明白她在讲什么。"我不懂，我可以帮助你啊。"

"你可以帮助我，但这是我选择的道路，我不希望你只是跟在我后面。"

"也许支持你就是我的道路呢？"

"这就是我想说的，如果你加入进来，你永远也不知道你真正热爱的事情，真正属于你的道路。你有你自己的路，我不会剥夺它的。"

"听着，我又不是在让你嫁给我，"她一听到这个字就退缩了，我忍不住苦笑道，"我只是想自愿加入你的事业。"

"我们不能就这样成为同事。"

"为什么？"

"你知道原因的，我们天生一对，你能平衡我的……情绪起伏，你和直布罗陀岩一样坚固。"

"我不明白，这难道是坏事吗？"

"我知道，如果我们在一起，我会为你改变我的人生。你是那种女生愿意带回家的男人，那种草坪修得整整齐齐，还有三个小孩的男人，但我不知道那是否是我想要的生活。我长大的家庭环境……并不好，我不知道自己想要什么。我只希望能尽早完成这件事，或许我们以后还会再遇到对方。"

这是奥莉维亚典型的风格，她花了很长时间认真思考，而且已经下定决心，这场争辩的一方已经败下阵来——我想要留在她身边的希望也就此破灭。

这场对话以一个意想不到的走向结束。她靠过来给了我一个吻，一个久久没有松开的深吻，就像我们有一年没见那样。

"我知道你现在很伤心，詹姆斯，但长痛不如短痛。"

我点点头，依然不敢相信这就是我们的分手。

"有一件事不会变，"她几乎贴着我的嘴唇说道，"我会一直爱你。"

她脱下身上的斯坦福 T 恤，解开内衣，同时我也迅速脱掉衣服，我们连卧室都没有去。可以这么说，那天的欢愉缓和了分离的痛苦，至少让我不再深陷其中。

那是我第一次真正尝到心碎的滋味。虽然心痛，但我们的分手也并非如此决绝，而是一个渐进的过程。我们依然会一起用餐，像什么事也没发生那样相互攀谈，每周做三次爱，后面降低至两次、一次，最后两人便慢慢漂离了彼此的人生。我确实一度感到无所依靠、茫然无措，像掉进大海，勉强地浮在水面，看着我梦想的船只驶过地平线，永远消失在了另一端。自那以后，我的生活发生了很大改变。我更加孤僻，我本就是个害羞的人——主要是因为我的口吃问题，虽然已经基本克服语言障碍，但我的内在从来没有真正改变。

我全身心地投入到学习中，重新找回了我的初心——阅读。这是一种逃避，在我治愈内心时分散注意力的方式。

我还明白一件事，时间的疗伤能力有限，在那以后我就像变了个人。或许是我当时在读的科幻小说和超人类主义运动，抑或是了解到世上人性的各种邪恶与丑陋，总之，我将自己的重心转移到机器上。在某种程度上，我想这是因为有人曾经如此狠心地伤害了我，而机器人不一样，它们只做编程之内的事情，而我作为编程者对它们拥有完全掌控权。机器人不会像她那样伤害我，将自己的努力用在机器上似乎更加安全。

在医学院的第二年，我开始研发奥斯卡，我花了整整十年时间才将他制造完成。

我也和别人约会过，但从未与她们感到灵魂的契合。潜意识中，我会将她们和奥莉维亚比较——实际上，当时我从来没有放下过她，所以后来发生的事才让人如此难以忍受。

在记忆中，我穿着西装站在队伍里，每隔几秒才能艰难地向前走几步。奥莉维亚的母亲抱了抱我，她的父亲没有落泪，他有力地握着我的肩膀，领着我向前走去。

棺材上奥莉维亚的那张照片肯定是最近拍的——她站在丛林中，手臂搭着的那人已经从照片中剪去。她的脸晒得黝黑，脸上有轻微的皱纹，但她的笑容依然和那晚在酒桶派对认识她时一样，一种古灵精怪和善解人意的独特结合。

事情发生得很突然。她乘坐的飞机在孟加拉国坠毁。我不禁设想，若是我们一起踏上了那条道路，我现在的生活又会有何不同。

我一直觉得自己爱上一个人的能力就这样和她一起逝去了，在我最意想不到的时候，我的心又苏醒了过来，也就是在漫长的寒冬和艾玛相遇时。她和奥莉维亚一样对生活充满激情，甚至更胜一筹。她们在许多方面非常相似，但艾玛没有奥莉维亚挣扎对抗的阴暗面。

她们二人真正有所区别的地方在于，当我们的生活遇到分岔口时，奥莉维亚选择了逃脱，而艾玛一直陪伴在我左右，没有一次放弃过我，甚至连放弃的念头都没有。当我们面临困难，艾玛会紧紧抓住我的手，而奥莉维亚却将我远远推开。这就是她，奥莉维亚内心里是一只孤狼，艾玛才是我真正的伴侣。

我现在明白了，意识到这些回忆的意义。它们是我人生中最为痛苦的时光，我知道接下来的画面是什么，我希望一切能停止，但画面还在继续。

父亲的书房摆着一排排整齐的浅灰色书架。我坐在飘窗的沙发上，亚历克斯在我一旁低头看着地板。父亲的话零零碎碎："不可以手术……没办法……不这么做……有尊严地死去……"

那刻，就像听到奥莉维亚宣布感情结束时，我愣在原地。

房子外面，亚历克斯走到我的车前："告诉我，你会想办法的。"

"什么办法？"

"让他进行某种新药实验什么的。"

"你也听到了，他不会愿意的。"

"如果母亲还在，他就会愿意。"

"也许吧。"

"你一定要想办法，求你了。"

后来我确实想到了办法，一个预判错误的决定，彻底改变了我的人生。

我和奥斯卡还有四名我最得力的实验室助手夜以继日、争分夺秒地工作，我深知时间所剩无几。

接下来的记忆是在医院，我和亚历克斯还有艾比站在父亲的病房里。

他正在熟睡，身边的机器显示着他的生命体征，奥斯卡在走廊外看着。

"怎么样？"亚历克斯问。

"我能救他。"我说。

"怎么救？"

"你相信我吗？"

亚历克斯点点头："肯定。"

在下一段记忆中，我回到了实验室，招呼亚历克斯和艾比快进来："这是一个全新的开始。"

听到这句话，我眉头一紧，我知道接下来会发生什么。"今天我们将创造历史。我们不用再和父亲道别，永远也不用。"

我按下平板的一个按键，身后的原型机坐了起来。我还没来得及仔细制作它的外观，但暂时可以正常运转。

"这是什么？"亚历克斯问。

艾比眉头紧皱，看起来非常担心。

我转过去对着原型机说道："您感觉还好吗？"

"挺好的，詹姆斯。我怎么出院了？"

"我们待会儿再说这个，爸爸。我先为你检查一下状况。"

我身后传来一声巨响。我转身看到亚历克斯正倒在地上，他后退时被我的一些实验设备绊倒，艾比也惊恐地摇摇头看着眼前的一切。

"你到底做了什么？"亚历克斯尖叫道。

我举起手解释道："我知道这看起来很疯狂，但这很快就能普及，身患绝症的人再也不会死去了。"

"你把爸爸放进了那个东西里面？"

"这只是个载体——"

"它让我感到恶心！"

亚历克斯跑出实验室，艾比也追了出去。

之后的回忆也逐渐出现，美国联邦调查局探员冲进实验室，给我戴上手铐，封存了我的创造。

奥斯卡在会议室的窗外看着这一切。

我的生命中只剩下最后一人，我只想保护好他。我雇了一个小律师事务所买下旧金山北边的一处农场，就在佩特卢马城外。农场上的那间小房子离最近的马路很远，杂草很久前就填满了那条车道。我让律师事务所用我的存款来支付可能产生的任何费用，根据预算也不会消耗太多。

我和奥斯卡将东西装上货车，连夜出发。在房子内，我打开厨房里的一扇门，带着他沿着嘎吱作响的楼梯下到地下室。

"你带充电设备了吗？"

"带了，先生。"

"事务所会支付水电费，能源应该能一直维持。如果房子没电了，你就进入完全停机状态。"

"明白，先生。"

"无论如何不要发射信号或是离开地下室，任何情况都不行。"

"当然。会发生什么事吗，先生？"

"我不知道，以前从来没有过这种审判。如果我被判无罪，就来找你。不然……我也不知道会被判什么罪，可能会坐几个月甚至几年的牢。我保证，我一出来就来找你。无论多久，我需要你一直在这里等我。"

"无论是一分钟、一个月，还是一百万年，我都会等的，先生，我有时间。"

"我嫉妒你这点，奥斯卡。"

我站在审判室，法官说的"终身监禁，不得假释"这几个字传进我耳朵。我彻底呆在原地，不知所措。

和奥斯卡不同，我人生的时间有限。在埃奇菲尔德联邦惩教所，每一年都像一波波冲刷的海浪，将我的灵魂层层剥去，永远消失在大海中。

在洗衣间，我叠好床单，看着新闻，等待漫长的寒冬到来。巴塞罗那、雅典和罗马都发生了暴乱，民众奋起反对经济紧缩带来的预算削减，还有关于内战的讨论。

数年过去，我两鬓长出了白发，皱纹爬上我的脸颊，上面满是岁月留下的痕迹。

在下一段记忆里，我看着镜中的自己。那是一张皱纹累累、比我现在更为年长的面孔。我朝窗外长满草的院子望去，眼前的世界丝毫没有被漫长的寒冬毁灭过的痕迹。

我这才意识到，这些不是我的记忆。

第五十二章

詹姆斯

我像是回忆里的一个旁观者，观看着那些片段。现在，我是回忆的亲历者——这个我不曾经历却可能存在的人生，也是某个"我"确实经历过的人生。

在埃奇菲尔德的闲暇时间，我会上网搜索有关亚历克斯、艾比、杰克和萨拉的消息，虽然上面尽是些花边新闻，我还是像受困在沙漠中，毫不犹豫地将这些信息犹如解渴的清水全部喝下。我的脸上多了很多皱纹，发际线也日渐后退。

世界分崩离析。除美国、英国、德国和中国外，所有主要的国家政府都拖欠着巨额债务。全球经济先是陷入停滞，然后开始了长期而缓慢的衰退，而且根本没有解决方案——因为这不是经济问题，而是人的问题。人工劳动力全都被机器替代：汽车可以自动驾驶，房屋可以自我清洁，屋顶的太阳能电池板可以为汽车、家居和一切设备提供能源。生活舒适，只要能够维持现状，没有人再想进一步做出改变。

在喀麦隆的一个小镇，两百人病危。一开始，人们认为是埃博拉病毒，后来人们发现这种病毒与埃博拉病毒有区别，最后这种新病毒被称为"梅隆热"，名字取自疾病源起的小镇。这则报道起初无人在意，但一周后，世界上所有国家都出现了梅隆热患者。30亿人感染，4亿人死亡。

接着事态才真的开始变得支离破碎。

没有人再愿意离开自己的家，随时可能迎来第二波疫情暴发。虚拟现实成了人类历史最庞大的产业，硬件市场和内容产业突飞猛进，当人们能通过直播创造个人戏剧和体育节目时，整个产业的爆炸式发展达到了顶峰。

虚拟现实比以往任何科技发展都更具变革性，它逐渐成了一种"毒品"，一种新型"病毒"，和梅隆热相比更为致命。

可以说，我身处的是世界上最安全的地方。监狱里没有人感染梅隆热，也没有人使用虚拟现实设备，没玩过虚拟现实游戏，抑或是看过表演或是互动戏剧。但我能看到这对狱警的影响，从他们布满血丝的双眼、日渐下滑的体重和飘忽不定的情绪可以看出，他们是虚拟现实的重度上瘾者，现实世界于他们而言失去了乐趣。在监狱的工作是一项不得不忍受的折磨，他们只想回到家中体验虚拟现实。

这让我想起见过的一张毒瘾者图片，图片中对比了他们被捕之初和死前的样子，身体状况的恶化让他们像花朵那样逐渐枯萎、消逝。

整个世界生产率直线下降，失业率急速上升。之前电视上的世界在我进监狱后更为破败，但现在，世界在腐烂——只要能轻易逃避现实、躲进虚拟的幻境中，人们便不再花费任何时间、精力维持、经营他们的城镇和家园。

对虚拟现实的禁令于东部标准时间周二午夜生效，经过所有国家秘密协商后，决定关闭虚拟现实服务器。

数十亿人在愤怒中奋起反抗，暴乱蔓延到地球上所有小镇、城市和村庄。政府试图用军队和警力维持秩序，但其中百分之九十的人也已经上瘾，最后造成数百万人死亡。

六小时后，他们将所有虚拟现实重新开机。自那以后就没再关闭过，而且经过这次大概再也不会关闭了。而他们还觉得我的创造危险。

一个名叫马塞尔的高大魁梧的囚犯探进洗衣间说道："喂，辛克莱，有人来看你。"

我拿着床单愣在原地许久，内心感到震惊。我第一个想到的人是亚历克斯，他原谅我了，我终于有机会向他道歉了。

"是谁？"我问道，期盼的同时又害怕希望破灭。

"哥们儿，我又不是你的管家，我只是替阿尔瓦雷兹给你传个信。"

监狱生活有些单调，争论些无关紧要的小事也算一种消遣，让生活有些活力。

"谢了。"我跑出走廊。

佩德罗·阿尔瓦雷兹正在登记处工作，他坐在厚厚的玻璃后面。

"博士，"他拿出平板给我登记，"终于有人来看你了吧？"

我透过玻璃四处寻找，想找到亚历克斯的身影："总比没有好。"

"就是。"

"让你孩子少玩虚拟现实了吗？"我问。

"那是我老婆该管的，孩子们更怕她，"他走向门边的扫描台，"安全。"

那扇门仿佛以慢动作在开启，等门打开足够空间，我迫不及待地侧着身子挤了出去。

房间里至少有四十人，每两人、三人或者四人一组，坐在小咖啡桌旁的廉价塑料椅上，不远处的墙边还有一排自动贩卖机，前方还有一条黄线，警告囚犯不能穿过。但来访者可以穿过黄线，扫描身份卡然后任意挑选零食，那些才是监狱里的美食。

我原地等待，但没有看到亚历克斯的影子。

我走回警卫亭隔着玻璃问道："嘿，警官，能告诉我来访人是谁吗？"

他看了看平板："劳伦斯·福勒博士，三号桌。"

这名字有一点点耳熟，他是律师？为了让我加入某个项目里的虚拟现实戏剧？我只能想到这些了。几年前，一个制作团队想火一把，但测试产品在样本观众中反响并不佳。

见到我走过去，福勒赶紧站起来和我握手，说："辛克莱博士，我是劳伦斯·福勒，感谢你能见我。"

他看起来不像律师，也不像搞虚拟现实的。他的西装虽然很旧，但保养得很好，我估计他是一名公务员或者科学家。我用了一分钟才缓过神来，不知道该说什么。

"就叫我詹姆斯吧，我……呃，已经很久没做过科学研究了。"

"嗯，我知道你。"

我们坐了下来，福勒过了很长时间也没有说话，似乎在整理他的思绪。他看起来很不自在，我想他应该没来过联邦监狱拜访囚犯。

"你要不要喝点什么？或者吃点零食？"他扫了一眼坐在旁边桌子的囚犯，那人正大口嚼着一块巧克力，看上去很享受。

我有些惊讶，笑着拒绝道："没事，我不用。您找我有什么事呢，福勒博士？"

"叫我劳伦斯就好。"

"好。"

"你想不想离开这里，詹姆斯？"

"这个……我觉得听起来不错。但是我有点好奇，办法？原因？还有时间？"

他笑了笑，说："我没办法在这里一下给你解释完，但我能告诉你时间，"他凑近我，"就是现在。"

这个答案让我大吃一惊。如果福勒看上去像连环杀手什么的，我大概会拒绝他的请求。但要我猜，我估计他代表某个团体，想让我参加某种奇怪的药物实验，说不定还是违法的，如果出问题大概率会烧了我的尸体那种。可能是梅隆热疫苗的人体实验。

当我打量福勒的脸时，我的疑心消退下去。不知为何，我感觉自己可以信任他。

"这个嘛，我确实想现在就离开监狱。"

一开始我穿上便装走出狱室还挺不自在，感觉自己像戴着一块闪光的霓虹灯招牌一样在人群中脱颖而出。

在出狱台边，福勒弯腰将眼睛对准平板的视网膜扫描仪。它发出哔的一声，身后的铁门应声打开，我瞥见外面大厅的出口。

"你可以走了。"警卫咕哝了一句，重新看着手腕上的屏幕。

"我们走。"福勒小声说道，他迈开轻快的步伐，看来他也想尽早离开这里。

我们溜进福勒的车里，偷偷摸摸地离开了停车场。

在这里待了将近二十年后，我终于离开了监狱，感觉像是在做梦，还有一种重获自由的兴奋感。我有许多问题想问福勒，但还是决定迟些再问。我像一个初到异国的小孩似的充满好奇地望着窗外，道路破裂老旧，颠簸不平，每过一百米左右就能见到一辆废弃的汽车。

在金黄的田野旁，无人机像正在觅食的鸟类一样在一座大型建筑周围飞来飞去。机器在田野里隆隆地移动着，做着一千人才能完成的收割工作。农舍坐落在小山上，屋顶塌陷、油漆剥落，露出腐烂的木板。我看到的每一座房子都是如此。

"所有人都搬去城市了？"

"差不多。"福勒的声音听起来有些疲倦。

"我也不想表现得不知好歹，但你为什么要带我出来？"

"有份工作想交给你。"

我过去二十年从事的唯一工作就是洗衣服，他找我应该不是做这个。

"是一份为你量身定做的工作。"福勒察觉我的担心后，补充道。

"有什么条件吗？像某种工作释放项目？我做一段时间就可以赦免之类的？"

"这么说吧，如果你接受请求，你就不用担心赦免的事了。"

在埃奇菲尔德机场，我们登上了一艘印有哨兵航空标志的飞艇，这也完全出乎我的意料。

在空中，我再次透过窗户向外望去，底下是一片片金灿灿的田野、深绿色的森林和黑蓝色的池塘湖泊。破旧的道路像棉被上的线条，将不同的颜色块分开，时不时在废弃城镇交叉。那些建筑均被夷为平地或是破烂倒塌，街上还有流浪狗在游荡。

那些幽灵小镇就像是地球表面的凿痕，是人类挖掘后留下的污迹，榨干地球后没有清理便草率离开。

在地平线，我看到巨大的发射塔和发射台。"肯尼迪航天中心。"

"曾经是。"福勒小声地回答，他也朝下面蔓延的建筑群望去。

"现在是什么？迪士尼公园？"

"虚拟现实彻底消灭了主题公园，"福勒顿了顿，"这里现在是一处私人土地，属于哨兵航空公司。"

"你开玩笑吧。"

"我也希望这不是真的。"福勒细声说道。

我突然回忆起在哪儿听过他的名字："你以前在美国宇航局工作，你是那里的——"

"主管，很久以前的事了。"

"现在呢？"

他叹了口气，然后无奈地笑了笑："现在我是一名独立承包人。"

"哨兵航空。"

"没错。"他看着下面的发射平台，脸上一副忧郁的表情。

在主建筑内，福勒带我进到一间会议室，里面有六人在等候，年龄都和我相仿。我打量了一下他们，想知道他们的身份以及我在这里的原因，但我只能看出他们都不是虚拟现实产业的巨头。

"女士们、先生们，这位是詹姆斯·辛克莱博士，机器人专家。"

离我最近的那人先自我介绍起来："我是格里戈里·索科洛夫，航天和电气工程师。"

他一旁的那名亚洲人礼貌地点点头说道："我叫赵民，飞行员和领航员，有丰富的舱外活动经验，专攻飞船维修。"

赵民一边的女人微笑着说："我叫田中泉，我是医师。"

"我是夏洛特·露易丝，"一名带着澳大利亚口音的女人说道，"我是考古学家，对语言学也有浓厚兴趣。"

她一旁较为年长的男人笑着说："很高兴又见到你了，詹姆斯，不知道你还记不记得我。我叫哈利·安德鲁斯，我从敬老院逃出来后就一直在造无人机和捣鼓飞船系统。"

飞船系统。我还没来得深入询问，最后一名团队成员开始自我介绍了。

"我是艾玛·马修斯，我上过六次国际空间站，舱外活动专家。"

福勒一脸骄傲地看着她，说："艾玛太谦虚了，其实她将是这次任务的指挥官，殖民地的首席规划师。"

第五十三章

詹姆斯

"殖民地，"我重复了一遍这个词，想搞清楚是什么意思，"你是说，月球殖民地？"

所有人都笑了起来，格里戈里还翻了个白眼。

"还要再有野心点。"福勒说完关上了房间门。

"而且，"艾玛说，"现在已经有数千款月球虚拟现实项目，内容丰富到包括月上运动和谋杀解谜，相比之下，一个真正的月球殖民地就显得有点无趣了。"

"那你们在说什么？"

"我们说的是，"福勒转过身来，"一个完全位于太阳系外的殖民地。"

我顿时哑口无言，明白为什么不用担心赦免的事了。

福勒在平板上按了按，会议室屏幕上出现一张太空的图片，一颗橙黄色的恒星在远处闪烁着，一个看上去像是探测器的装置不断靠近，画面逐渐拉大。恒星周围有三颗体积很小的行星在轨，但它们都没有自转，永远以一面面对阳光。

画面放大其中一颗行星，它的外貌和地球全然不同，一半被冰雪覆盖，另一半是无垠的沙漠，环状的绿色地带将星球两边隔离开来，看上去十分怪异。

"那颗恒星是一颗红矮星，"福勒说，"开普勒 -42。"

"你们往那儿发射了探测器？"我问。

格里戈里垂下头，揉了揉眼睛，仿佛这是他听到过最愚蠢的话。

"没有，"福勒谨慎地说，"开普勒 -42 离地球有 131 光年远。"

"刚刚的视频只是模拟，"哈利说，"基于望远镜成像。不得不做一个假视频，这样董事会才感兴趣，单纯的数字和静止图像太枯燥了。"

福勒指着屏幕说道："简单来讲，我们计划在该星系内的第二颗行星上建立人类殖民地，我们称之为奥罗拉，源自拉丁词'曙光'，该行星上与地球迥然不同的气候为研究提供了很好的背景。"

"厉害。"我嘀咕道。

"我知道你肯定有很多问题。"福勒说。

"简直有数不完的问题，"我整理头绪，不知道先问什么好，"我们怎么去那里？什么时候去？你们需要我做什么？"

艾玛接过福勒手中的平板，会议室屏幕画面切换至停靠在国际空间站上的两艘巨型飞船，附近还飘着六艘更小的飞船，像航空母舰旁边的小划艇。"可以说奥罗拉任务已经开展三十年了，由政府和世界上最大的集团公司共同资助。从某种程度上讲，也是由那些不希望自己的孩子在地球长大的富贵家庭资助的，因为他们希望后代能生活在一个没有虚拟现实或是瘟疫的世界——一个更简单的世界。你现在看到的是项目中最直观的成果：两艘殖民飞船——'博拉德号'和'麦克塔维什号'。"

我试着回忆这两个名字，但想不起有任何科学或是政治家叫这两个名字。

福勒靠过来说："取自哨兵董事会主席和副主席的名字。"

"原来如此。"我咕哝道。

"更了不起的是，"艾玛继续说，"那些在幕后默默努力的人，特别是田中泉和她的团队取得的突破，以及哈利在无人机上的工作，还有格里戈里的飞船推进技术。总之，我们想了很多办法提高任务的成功率。"

屏幕画面切换，以平铺方式展示出几十颗恒星，还有各种颜色的行星。艾玛接着说了下去："奥罗拉是我们殖民地的最优选择，我们还挑出了几十颗候选星，'博拉德号'和'麦克塔维什号'差不多在五年内就可以离开地球。他们会一起出发，但以不同航线前往奥罗拉，这样能增加任务的成功率。根据计划，它们抵达时间相近。不过，我们也不一定会在奥罗拉停留。"

这倒有点让我没想到。

"这点我会让哈利解释。"艾玛说完，离开屏幕旁。

"等不及要向你们展示我的宝贝无人机仓库了。"哈利拿过艾玛的平板。

"宝贝无人机仓库？"

"无人机实验室，我们有侦察无人机、维修无人机、大无人机、小无人机、无人机之母——"

"哈利。"艾玛小声提醒道。

他耸耸肩："不好意思，我的话就像我的无人机一样有点多……"

艾玛叹了口气，格里戈里摇摇头，用俄语嘀咕了什么。

这笑话一点也不好笑，有点老掉牙了，但还是让气氛轻松不少，我对哈利的好感度上升了不少。

"这些无人机有什么作用？"

哈利轻触平板，在屏幕模拟中，一架无人机在太空发射出一个小物体。

"第一架侦察无人机几乎是我们在二十年前发射的，它的任务只有一个——测试前往开普勒-42的航线，计算我们能在途中收集到的太阳输出，预测途中可利用物质的数量。还有，要准备对付其他意外：博格人、8472种族、赛隆人——"

"哈利。"艾玛又打断他。

我忍住笑意问道："你们怎么回收数据？广播能传输多远？"

"非常远吧，"哈利说，"你永远不知道会不会有一艘隐形的克林贡猛禽舰——"

他玩笑还没开完就停了下来，艾玛已经在一旁盯着他好一会儿了。

哈利摊开手说："这么说吧，传输的信号可能会被别人捕获，刚才画面中无人机发射的小物体是数据方块，飞船离开地球后会收集那些设备，这有点像在路上撒下的面包屑，里面装着我们所需的数据。它们可以告诉我们中途的情况——也就是可利用物质和太阳输出，这些对飞船推进系统至关重要。"

"没错，"格里戈里说，"飞船将使用聚变反应堆供能，太阳能作为备用能源。"

我还等着格里戈里深入解释，但他的话到此结束，仿佛解释下去也是浪费时间。大概也是。

"推进燃料将是我们最小的机械难题，"艾玛说，"这将是一趟非常远的旅程——我们也不确定要多久。我们只知道飞船需要维护，甚至完全的解体检修，"她转过来看着我，"这就是要用上你的地方了，詹姆斯。"

"我？飞船技工？"

"也不算，在我们讨论这点之前，我想田中泉应该对我们要怎么成功度过这些时间做一个简单概述。"

田中泉拿起平板，在屏幕上调出一张图片，一个人躺在一个看上去像是瘪气的塑料袋里，身体紧紧地被裹住。

"在梅隆热瘟疫暴发时，一家叫作'拉撒路生物科学'的公司意外研发出一种算是可暂时治愈的方案。"

太了不起了，我从来没听说过这事。田中泉也看出我的惊讶。

"如我所说，只能'算是'治愈。拉撒路公司研发了一种药，叫'特洛里卡'，是美国食品药品监督管理局特别批准的癌症治疗新药。其原理是通过减缓病人新陈代谢、延缓端粒缩短以及其他一些方面来发挥作用。

在用于癌症治疗时，它能让肿瘤停止生长。这是一种非常昂贵的药物，但许多富人和名人开始将其用于其他用途，例如大剂量使用靠其减缓人体衰老。这么做确实有效，但也有副作用，主要是认知迟缓。很多好莱坞明星在不工作时会大量使用该药，在拍戏前便会停药，对大脑的副作用通常在几天后便会消退。"

我摇摇头："这太疯狂了。"

"这就是好莱坞，"哈利说，"人们花大价钱让自己变成不老丧尸。"

田中泉说："问题就出现在那些使用特洛里卡后感染梅隆热的人。你应该知道，梅隆热是一种病毒性出血热，和埃博拉病毒类似，但具有史上最严重流感毒株的传播能力，同时还有异常久的无症状期——这段时间宿主同样具有传染性。虽然多数感染梅隆热的人在染上病毒八到十二天便会出现症状，但那些使用特洛里卡的人能超过两个月不生病。"

"难怪我对此毫不知情。"

"没错，"田中泉说，"梅隆热瘟疫在三周内就结束了，而使用特洛里卡的病人开始发病时，人们以为这是梅隆热第二波暴发，这样势必会造成恐慌。政府立刻隔离了所有病人，迅速查明原因，他们的家人后来也明白了是怎么一回事。通常在出现症状后 96 小时内，梅隆热患者便会死去。而特洛里卡患者即便在停药以后，也要数周时间才会死去。一些权贵就这样看着自己至亲至爱的人因为使用特洛里卡，在长时间的折磨中痛苦地死去。"

"人们虽然提起了诉讼，但从未进行审判，这件事对患者造成的伤害和折磨十分巨大，拉撒路公司也主动清算了这笔账，出售了所有知识产权，并宣布会将每一分钱都用于赔偿患者家属。而且你可以想象，特洛里卡的产权在拍卖会上几乎没有人感兴趣。但哨兵公司不同，他们看见了这种药物的潜力，几乎不费一分一毫就买了下来。"

田中泉深吸一口气，盯着屏幕中那个袋子里的人："自那以后我就一直在研究这药——耗时几乎整整十三年，情况顺利的话，几年后我们就能完成测试。"

"什么测试？"

"休眠测试。我们现在有两百名参与者，他们身体已经十六个月都处于零机能状态，而且没有任何不良反应。我们已经有十足的信心，但还是想做到万无一失。"

"这个，"艾玛说，"就是我们为殖民者准备的。他们将在地球进入休眠，在奥罗拉殖民地建立完成后苏醒。和我之前所说的那样，问题在于飞船维护，这是保证殖民者顺利抵达的关键。"

她拿过田中泉的平板，在大屏幕上打开那两艘巨型殖民飞船的图片，画面逐渐放大，对焦在那六艘小飞船上："我们称这些飞船为辅助补给船，它们本质是一种飘浮工厂，为殖民飞船准备的维修飞船。它们几乎可以打印出殖民飞船的所有部件，如果需要原材料，它们可以在小行星上收集太空中缺乏的材料。只要有足够的时间和材料，三艘补给船几乎可以完全重建殖民飞船，上面还存储一些无法打印的部件。补给船唯一没有的就是殖民者和休眠功能，所以我们才找到了你，詹姆斯。"

我点了点头："你们需要我改造补给船，让它们全自动化。"

"没错。"

我看着屏幕中的飞船，谨慎地考虑接下来要说的话："听着，你们说的这一切都震撼到我了，真的很厉害，如果你们想让我加入，我肯定同意，这是我……这么长时间里收到的最好的请求，也是唯一的请求。但我想先说明一点，我已经有二十年……没接触什么高科技的东西，'落后'都已经不足以形容我在机器和人工智能领域的状况，我不知道自己还能不能使用今天的科技。"

"说出来吓你一跳，"艾玛说，"自从梅隆热和虚拟现实暴发后，人工智能和机器领域的发展急剧放缓，一部分是因为失去兴趣，更多的是世界各国政府通过法律限制人工智能和机器的发展，目的是推动就业和消费，当然，不是让他们买虚拟现实软件什么的。"

艾玛顿了顿，同情地对我说："而且说实话，人们也看到某人突破边界带来的后果，谁都不想在监狱里待一辈子。"

房间内陷入沉默，所有人都挪开了视线。

我感觉自己像一个第一天踏进教室上课的小孩，心里有一个不希望大家知道的秘密，却刚刚发现全班的人其实早已知晓。不过，我也庆幸自己不用再隐瞒，支支吾吾藏着这事。我是一名重罪犯，不管怎样他们都得接受这个事实。

哈利终于开口打破尴尬的气氛，他热情地说道："你也知道这世界挺不怎么样的，特别是当你坐了二十年牢，出来后还发现人们比二十年前更蠢、更老古董了。"

大家听到这儿都笑了笑。

福勒清了清嗓子："我想说清楚我们的要求，詹姆斯。"

我点点头。

福勒继续说道："目前，飞船大多是全自动化，我们也有维修无人机能够提供基本维护，但还是缺少一样很重要的东西。说实话，我们需要劳动力，能够思考并适应旅程中任何突发情况的劳动力。他们要反应迅速，而且能够忍耐数千年的漫长时光。"

"你想给补给船配备仿生人。"

"没错，"福勒说，"我们还要为殖民飞船准备应急人员，任务成员需要定期苏醒进行例行检查，但旅程有数千年的时间跨度，我们连苏醒百分之一的时间都做不到，"福勒看了看哈利，"而且我们当中有人也已经不年轻了。"

我走到屏幕前，研究着画面中的殖民飞船，依然有些没缓过神。也许奥莉维亚说得没错，我的道路，尽管奇妙且痛苦，最终还是指引我到这里，这个也许是人类历史上最重要的科学研究项目。整个人类都要完蛋了，但这个项目可以拯救我们，在新世界的新开始，而我能帮助这一切实现。

如果我跟随奥莉维亚的脚步，现在的人生会是怎么样？还能不能发现我真正的热情所在？

我意识到艾玛正盯着我，嘴角扬着一丝微笑："怎么样，加入吗？"

"好。"

她笑得更开心了。

"不过，我有一个请求。"

那个笑容又慢慢消失，艾玛撑着腰说："你说。"

我连忙解释道："不是要求，也不是条件，如果你们拒绝，我还是会加入。"

"行。"

"我的兄弟是我仅剩的家人，亚历克斯·辛克莱。他有一个妻子和两个孩子，他们也许在哪儿过得很好，不过……如果照这样发展下去，他们的生活注定会遭受很坏的影响。如果你们不同意我也理解，但如果可以，我想给他们在殖民飞船留个位置，让他们在奥罗拉有个新开始。"

福勒看着艾玛，等待着她的决定。

"可以。"

"谢谢你。"

"他们得通过审查标准。"

"我理解。"

"如果他们通过，而且想要加入任务，我们可以给他们留位置。"

福勒转过身对我说："我也不想这么问，因为你大概也不知道答案，不过……"他对田中泉和艾玛点点头，"任务缺的最后一块拼图已经找到，到时候董事会会问我多久才能造好一台仿生人原型机，生产又需要多久，"他补充道，"记住，你可以使用几乎无限制的预算和资源，所以……你多久能给董事会造出一台原型机？"

"其实我能给你个很确切的时间。"

福勒点点头："那就好。"

"我明天就能带一台原型机过来，可以进行测试和检查，次日就可以批量生产。"

哈利仰头大笑起来："我就说找他没错了。"

第五十四章

詹姆斯

佩特卢马城外那间老旧的农舍和我离开时几乎一样，但是显得更加破旧。进去后，我来到厨房，打开通往地下室的门，狭窄的木梯在我脚下嘎吱作响。

来到下面，我喊道："奥斯卡，你在这儿吗？"

无人回应。难道他被发现了？

"没事的，我是詹姆斯，能听到就出来，我们要走了。"

角落里传来动静，我转身，看到奥斯卡后松了口气。他安然无恙，皮肤柔滑，棕色短发，穿着和我一样款式的衣服，不过看起来比我年轻四十岁，像刚读大学的年纪。

"先生，"他轻轻地说，"我不知道该怎么办，你让我在这里等你。"

"你做得很好。"

"我没想到你会判无期徒刑，我不知道要不要去救你，但这样可能会有人受伤——"

"奥斯卡，没事了，你做得很好。"

"先生，你被释放了吗？"

"可以这么说吧，我想带你去见一些人。"

※

会议室中间摆着一张大木桌，旁边坐着十三位董事会成员，各种肤色都有，甚至连男女比例都几乎相同。

奥斯卡站在桌子尽头，我和福勒站在他身后两边不远的位置。

在桌子最前端，坐着一位看起来七十多岁男人。他体格粗短、大腹便便，留着一头短白发，鼻子里呼出杜松子酒的气息。他绷着脸看着奥斯卡，语气中夹杂着挑衅和不耐烦。

"你叫什么名字，孩子？"

"奥斯卡，先生。"

"你是什么，奥斯卡？"

"我是一个仿生人，先生。"

"你要什么，奥斯卡？"

奥斯卡缓缓扭过头看着我，无声地寻求我的帮助。

"我没问他，孩子，我问的是你，你看着我的眼睛回答。"

奥斯卡转回头，但没有回答。

我倾向前小声说："如果你不明白是什么意思，就直接说。"

"我不懂这问题是什么意思，先生。"

"这是个很简单的问题，你有什么欲望？"

"对不起，先生，但我没有——"

男人一拳捶在桌面上，张开嘴想继续说话，但一旁的女人截住他说道："雷蒙德，别这样，让我来吧。"

"那就你来吧，林。"

她是亚洲人，银白色的头发在脑后紧紧地绾成一个发髻。

"奥斯卡，你有没有……要遵循的规则？无论如何都不能打破的规定？"

"有的，夫人。"

"是什么？"

"夫人，我有三条根指令。首先，不惜一切代价保护人类性命。其次，当第一条指令遭遇模糊情况、难以判断时，我会服从大多数的需求。最后，当前两条指令均无法判断时，优先保护年轻生命。"

"所以，"雷蒙德微笑道，"如果要你在我和某个虚拟现实重度患者中选——但他只有二十岁——你会选择救那个瘾君子？"

"是的，先生。"

雷蒙德缓缓摇了摇头。

林又抢先一步说道："奥斯卡，你靠什么运转？"

"两样东西，夫人，最重要的是能源，除此之外，我需要处在无腐蚀性或对我的零件没有损害的环境中。"

"对他的零件……"雷蒙德自言自语道。

"奥斯卡，"林说，"除了这些根指令外，你的程序是什么？"

"帮助詹姆斯进行研究，夫人。"

"你会服从他说的每个指令？"

"是的，夫人，前提是不和三条根指令冲突。"

"好啊，"雷蒙德自顾自地说道，"一个只服从前罪犯和疯狂科学家的机器人军团，真是好极了。"

"我可以说几句吗？"福勒说，"辛克莱博士同意重新编写奥斯卡以及其他仿生人的核心程序，董事会对根指令和任务指令有唯一控制权。"

雷蒙德似乎觉得无趣，便扭过头去。

林看上去有些不安:"奥斯卡,你能进化吗?"

"不行,夫人。"

"为什么?"

"我不能繁衍后代,夫人。"

"我的意思是你能改变吗?能不能加强你自己的编程?制造新的功能和能力?"

"可以,夫人,我可以学习新技能,吸收大量数据。"

"这些有限制吗?"

"我不能创建违反根指令的程序,亦不能降低执行任务的能力。"

雷蒙德对其他董事会成员说:"这些都是含糊其词,为的就是随心所欲、为所欲为。也许这些改装的铁人可以带我们去奥罗拉,但我敢说他们到时候当人类的保姆当烦了,就会直接丢下我们自己跑了,或者直接把我们关进笼子里。你会这么做的,对吧,奥斯卡?"

"是的,先生。"

房间里一半的人都倒吸一口凉气。

我不由自主地走上前,对奥斯卡小声道:"告诉他们你为什么这么做。"

"如果第一条根指令生效,一名人类陷入危险,我不得不把他关进笼子里保障他的生命安全,我会这么做的。"

"行了我听够了,"雷蒙德说,"你们不会还想继续听下去吧。"

几分钟后,我们站在大厅外,身后会议室的门应声关上。我和福勒来回踱步,想听里面在讨论什么。奥斯卡面无表情地盯着我,我感觉自己像一位家长,自己的孩子接受了不公平的审判,现在正焦急地等待结果,漫长的等待让人难以忍受。

终于,林从门内走了出来:"投票结果7∶6。先生们,你们的计划通过了。"

✳

哨兵中心的住处有点像我在研究院住过最好的公寓:舒适却不奢华。和监狱相比,这个只有一间卧室的房子简直豪华得像座宫殿。

过去一周,我一直和哈利还有奥斯卡在扩建无人机实验室,设计并建造仿生人。哈利已经摘下"无人机宝贝库"的粗糙横幅，换上了一条写着"7/9 设计库"字样的横幅。

在大厅对面，格里戈里夜以继日地研究如何升级无人机引擎，痴迷于提升飞船引擎运转效率。墙上有一张小照片，照片中是一个比他年轻的女人。

"那是他女儿？"有一天我问哈利。

"不，是他妻子，叫莉娜。"

"她——"

"在梅隆热瘟疫中死了，当时她也是团队一员，他们本应该一起去奥罗拉，但莉娜死后他就完全变了个人。"

这让我更加同情格里戈里。在所有成员里，他对我的态度一直最为冷漠，他害怕再对别人敞开心扉。我完理解他的感受——那种计划和某人度过一生，却眼睁睁看着梦想撕裂的感觉。奥莉维亚就是这样，但格里戈里还在这里也说明了一点：他不会放弃朋友和队友。

我开始思考自己是否是队伍中最薄弱的一环。自从坐牢后，有些事情就永远地发生了改变。在我进监狱前，要弄到机器人零件非常容易。在美国和亚洲，有无数的电子制造厂能生产小批量项目，我通常会写明我要的规格种类，在二十四小时内投标就能搞定签约，第二天就可以生产零件。

时至今日，工厂已经不再制造任何新的东西——只会生产世界已有而且正在耗尽的替换品。我本希望从新的供应商那儿买到仿生人需要的各种不同种类的零部件，从不同的源头下单，这样别人就不知道我在造什么，但这根本做不到。我们得在这里制造、组装一切零件，虽然可行，但耗时较长。

好消息是，每当我们完成一个仿生人，我们就多了一个劳动力。很快，仿生人数量将呈指数增长。

回到公寓，我躺在沙发上看着平板，突然传来一阵敲门声。我以为会是奥斯卡或者哈利，因为我们正在研究一系列虚拟现实控制面板，准备用于仿生人身上。但不是他们，是艾玛。在晚上七点，我最意想不到的人就是她。

"嗨。"她看上去很疲惫。

"嗨。"

她看了看里面问道:"我能不能……"

"进来?"我立马打开门,"当然,请进。不好意思,我还没习惯……有人来访。"我快速扫了房间一眼,确保够整洁,能接待客人。

我从咖啡桌上拿走三个空餐盒,有两盒是今天的早餐和昨晚的晚餐,第三盒已经想不起是什么时候吃的了,不知道她会不会闻到臭味。

"请坐。"

她坐在沙发上,我从窗户边的小方桌旁拖来一把椅子。

"你要喝点什么?"

"不用了,谢谢,不过……"她吸了一口气,"对于你的请求,我有些新进展。"

"亚历克斯一家。"

"对,好消息是亚历克斯和艾比已经同意加入任务,而且可以说非常兴奋。"

"那就好,那坏消息是有关杰克和萨拉的?"

"对不起,詹姆斯,杰克在梅隆热疫情中去世了。"

我站起身缓缓朝厨房走去,这一噩耗让我陷入了沉默。亚历克斯连杰克去世的消息都没告诉我,他肯定还对我恨之入骨。不然,我本可以出席杰克的葬礼,监狱也肯定会放我出去。

"萨拉呢?"我害怕听到艾玛的回答。

"她还活着,"艾玛快速说道,"但她拒绝了。"

"没想到亚历克斯和艾比会同意丢下萨拉一人在地球上。"

"我觉得……我觉得他们也许已经放弃萨拉了,她重度沉迷于虚拟现实,詹姆斯,她现在的情况很糟。他们能做的只有每周给她送钱和食物,根据他们的要求,哨兵公司同意建立基金来继续支付这些款项。"

"她不工作吗?"

"她没有固定工作,她会去卖血,但获得的报酬很少——在她抽血时给她使用虚拟现实馆的权限,她还自愿参与药物测试。"

我靠在柜台边闭起眼睛,心里期望着这一切都不是真的,自己为什么没能做点什么。

"如果你想以后再讨论萨拉的事，我可以理解。"

"什么意思？她不愿意走，我们能怎么办？"

"我们可以想办法。"

"我不太懂。"

"这个想法得感谢田中泉，我们现有三个休眠的临床试验，我们可以招募萨拉，让她进入休眠状态并带上她，这样等她醒来后就已经在奥罗拉了。田中泉可以伪造成实验失败并出具死亡证明，这样就不会有任何问题。她认为，这不会对后续招募实验对象造成影响。"

我观察着她的表情，想搞明白她是在开玩笑还是认真的。

"我不敢想象这会违反多少法律。"

"这能救她一命，我见过她这样的上瘾者，再这样下去她最多只剩下几年可活。"

"你亲自去看她了？"

她点点头："我还看了亚历克斯和艾比。"

我对她愿意耗费额外精力为我做这件事感到震惊，他们才认识我短短不到一个月，却愿意冒着牺牲自由的风险拯救我的侄女。这么久以来，这是我第一次感觉自己真正融入到一个大集体之中，他们现在对我来说也远不仅仅只是队友了。

我依然认为我被判终身监禁并不公平，但我从中吸取了很多教训，现在，我知道自己该怎么做。

"这不是我能决定的。"

艾玛皱眉不解。

"我们要亚历克斯和艾比同意这个计划，因为萨拉是他们的女儿。"

※

在 7/9 设计库，我和哈利还有奥斯卡在紧锣密鼓地制定制作流程，可是事情整体进展得很慢。突然，我们似乎找到了生产节奏，每周能生产出四个仿生人，无人机数量也不断增多。

有一天午餐过后，艾玛来到实验室。

"想看闪亮亮的崭新无人机吗，夫人？"哈利问道。

"我都准备好了，"艾玛笑着回应，"我就是来看看詹姆斯的。"

哈利夸张地扬起眉毛，瞥了一眼奥斯卡，说："我们给这两个小年轻一点独处空间吧，小奥。"

"真好笑。"我看着他们离开。

艾玛有些不好意思。

我感觉自己像个中学生一样："没事吧？"

"没事，就是和你说一下，之前讨论的有关萨拉的事已经安排好了。"

"好，谢谢你，遇到麻烦了吗？"

"没事，放心吧。"

✷

工作之后，我来到艾玛公寓门外，犹豫着要不要敲门。

不，我应该回家，我已经道过谢了。她工作之后应该很累了。可能也根本不在家，我就不该来的。

门突然打开，她低着头径直向大厅走来，看到我后吓了一大跳。

"詹姆斯，"她捂着胸口快速说道，"我没看到你。"

"不好意思是我的错，我在……等等，你要去哪儿？你要出门？"

"去吃晚餐，你有事吗？"

"也不算……我是说，对，我刚才……是想来和你说谢谢的，有关萨拉的事情。"

"你太客气了。"

我应该直接转身离开，但不知为何我愣在原地，一动不动地看着她。她的笑容越来越开朗，然后说了一句让我意想不到的话。

"你吃晚餐了吗？"

✷

我本以为哨兵舰队的发射将是 21 世纪最轰动的大新闻，但在我们启程的那天，飞船离开轨道的直播仅仅吸引了 62000 名观看者——当天观看视频排行榜的第 193 名，前面是一个名为《鳄侵蛇袭 13：沼泽末日》的虚拟现实戏剧预告。这是一款互动故事，内容是一股巨大的飓风推进到佛罗里达州的大沼泽地，洪水淹没了整个州，带来了愤怒、饥饿的短吻鳄和可怕的蛇群。虚拟现实玩家和在线好友必须逃散、游泳，并共同合作来摆脱各种沼泽生物的威胁。

这就是我们将要离开的世界，相比人类朝宇宙进发的壮阔、勇敢之举，人们对"沼泽末日"的预告更加感兴趣。

在"麦克塔维什号"的主控室，屏幕画面中的地球越来越远。艾玛站在一旁，奥斯卡像一座雕像一动不动地站在我们后面。我知道他正在和飞船系统进行无线连接，不断对所有零件进行复查。

过去三年，我对艾玛有了不少了解，建立新世界殖民地是她毕生的梦想，她和奥莉维亚有很多相同点：上进、坚定、充满激情。但艾玛选择让我上船，这是我最开心的地方。

"我已经无数次幻想过此时此刻。"她说。

"和你想象中一样吗？"

她把目光从屏幕上移开："不一样，在计划之初，我们是想打破常规、突破极限，勇敢地在银河系外寻求新的挑战——这本应该是一次胜利，一件值得骄傲的事，但现在……感觉有些不同。"

"感觉我们像在撤退，而不是前进。"

"是，这次任务是为了生存。"

"对我来讲，这样更有意义。"

她思考了一会儿，说："有道理，那你打算什么时候进入休眠？"

"我还想亲眼看看火星和小行星带呢。"

"我也是。"

"还需要点时间。"

艾玛扬起眉毛看着我。

"我们有几百万小时的老电视节目和电影，或者打打牌也行。"

"打牌累了就看看电视，最后再睡觉。"

接下来两个月是我很长一段时间以来最快乐的时光，全世界犹如只剩下我和她。我们二人单独相处，无忧无虑，其他人都进入了休眠，奥斯卡和另外三个仿生人负责维护飞船。我和艾玛有说有笑、玩卡牌游戏、一起用餐，我们就像两颗相互围绕旋转的行星，引力让我们不断慢慢靠近。很长一段时间里，她都是孤身一人，我也一样。

我不知道她的想法，但我的内心情绪复杂，既兴奋又害怕。

主控室里，屏幕上出现谷神星的实时画面，那是一颗灰色的，和月球一样表面坑坑洼洼的星体。不知为何，我感到一丝失落，可能是因为知道在经过谷神星后，艾玛就会进入休眠了，我大概也会吧。

在通往医疗区的走廊中，她说："我在想让奥斯卡在一千年后唤醒我，检查一下飞船情况。"

"我也一样。"

她笑了："那就这么约好了。"

✳

一千年就像一个午觉那样转瞬即逝，我醒来后发现艾玛正看着我。

"早上好啊。"

"早上好，看来我们还活着。"

"当然了。"

奥斯卡走进医疗区："欢迎回来，先生。"

"感觉自己从来没离开呢，我错过什么了吗？"

"不太好解释，先生。"

"我们安全吗？飞船情况如何？"

"我想我们暂时是安全的，先生。"

"早餐的时候再详细汇报。"

来到主控室，我和艾玛狼吞虎咽起来。奥斯卡站在屏幕前，给我们展示三艘补给船、飞船和数目庞大的无人机舰队的情况图。

"在八百年的时候，'麦克塔维什号'、2号补给船和17架侦察无人机受到一次量子异常影响。"

"哪种异常？"艾玛问。

"亚原子粒子轰击，我们检测到四夸克粒子和引力子，不过我们认为还有其他没被检测到的粒子。"

"对飞船有影响吗？"

"没有，夫人，没有直接影响。"

艾玛看上去有些不解。

"你们做了什么？"我问。

"先生，我们将飞船加速到极限采取躲避措施，等重新和补给船会合后，我们加固了飞船防护来应对可能再次出现的量子轰击，我们还制造了具有更强大亚原子检测能力的侦察无人机，扩大了巡逻范围。"

"你做得很好，"艾玛说，"你觉得那次轰击是什么造成的？来自外星实体的扫描？"

"有可能，夫人。不过也可能是我们暂不知晓的自然恒星现象。有些事我必须要汇报给您，我们认为那些引力子以及其他尚未识别的亚原子粒子，改变了飞船和无人机的引力。"

艾玛睁大了眼睛，我猜这不是什么好消息。

"影响程度如何？"她问。

"夫人，我们也不能确定。基于粒子经过后的情况，我们认为这次异常现象创造了一个引力更强的引力区，强大到足以极大地改变受影响物体周围的时空几何。"

艾玛站起来左右踱步，陷入了沉思。

他们的对话我完全听不懂："你们谁能解释一下什么意思吗？"

"地球上的时钟和国际空间站有非常微小的不同，地球上的时钟受到的引力更强，所以走得更慢。"艾玛顿了顿，"多久，奥斯卡？"

"当我们和没有受到轰击影响的两艘补给船和无人机重新会合时，我们发现它们已经过了一万七千九百二十二年。"

第五十五章

詹姆斯

我和艾玛沉默许久，奥斯卡在一旁静静等待。

终于，我打破了沉默："我想确认一下我的理解无误。"

艾玛和奥斯卡看着我。

"你是说我们撞到了……某种时空减速带，让我们减速了？"

"可以这么说，先生。"

"我们先讲一下这意味着什么吧，"艾玛说，"首先，我想知道没受影响的飞船状况如何？"

"这个，"奥斯卡说，"我们现在已经有 17 艘补给船和数千架侦察无人机。根据协议，我们前方的飞船先是减速，然后朝我们方向发射侦察无人机，与后方飞船先取得联系。轰击过去后，它们已经在等我们。"

我问："它们为什么找不到我们？它们一年内肯定能赶上吧，或者一百年也行啊，它们可是有整整八千年的时间。"

"这有点难解释，"艾玛说，"其他飞船靠近变动的时空，它们也会受到影响，就像是……我们掉进一口井里，只不过这口井向外延伸，想象一个篮球陷进一张床单。后方的人能看见我们并朝我们走来，随着他们逐渐靠近，改变的时空几何同样会影响到他们，他们也会落入井里，时间也会渐缓。"她看着奥斯卡，"我估计只有前方没有和我们会合的飞船经历了最久的时间吧？"

"没错，夫人，你的解释在我们目前对时空的理解下是正确的，也有可能我们缺乏一定科学理解，无法完全理解这一现象对我们造成的影响——只能观察到其实际结果：接近一万八千年的时间流逝。"

"奥斯卡说得没错，"艾玛说，"这是空间和时间的谜团，但我们可以确定一点：如果'博拉德号'没有经历同样的现象，他们应该已经抵达奥罗拉。根据协议，他们会等五千年。如果另一艘飞船迟迟没有到达，他们会默认我们已经失败，并正式开始着手建立殖民地。"

※

我从第二次的休眠中苏醒时，奥斯卡没有再汇报任何异常，接下来的三次也是如此。在六千年的时候，奥斯卡汇报一架远程侦察无人机检测到一个"非自然物体"飘浮在太空中，舰队再一次逃离。我们永远也无法知道那究竟真的是一个外星实体还是只是一个奇怪的小行星，因为我们不是来解开宇宙未解之谜什么的，生存才是我们的第一任务，所以我们逃了，好在后来再也没遇到其他惊险情况。

在最后一次醒来时，奥斯卡面无表情地说："我们到了，先生。"

我和艾玛跑到主控室，屏幕上可以看到奥罗拉就在我们下方，这颗星球和我们预测的一样：一半沙漠、一半冰冻，一条绿色分界将光明、阴暗两面隔开。

我来到导航站打开应答器地图，看到三百艘补给船和无人机，数量犹如蜂群之多，唯独没有"博拉德号"的踪影。

奥斯卡似乎知道我在找什么："他们已经到了。"

"'博拉德号'？什么时候？"

"根据他们的电脑显示，一万三千年前。"

"你能连接'博拉德号'电脑？轨道上不是没有飞船吗？"

"在星球表面。"

奥斯卡看穿了我的疑惑。在这趟历经两万年的旅程里，奥斯卡给自己做了一些升级，面部表情分析应该就是其一。

"和我们舰队一样，'博拉德号'的小舰队给殖民飞船做了升级。在到达一千年后，他们已经可以安全降落到星球表面。"

"怎么做到的？"艾玛问。

"补给船加固了飞船，并加装了推进器。"

"有意思，"她自言自语道，"如果他们已经到了这么久，那他们现在在哪儿？为什么不和我们联系？"

"因为他们都死了。"

这些话让我僵在原地。哈利、福勒、夏洛特。都死了。

艾玛一个字也说不出来。

"解释。"我只能说出这两个字。

"根据抵达协议，我们过去两年一直在调查这颗星球，包括失落殖民地的谜团。'博拉德号'的殖民者在奥罗拉阴暗面边界的山脉降落，并以飞船为中心点在周围建立了新城市。我们发现了三百万人类居住的痕迹，后来只剩一片废墟。"

"是什么害死了他们？"我问。

"不知道，先生，我们全面研究了奥罗拉，发现在恒星系内有一颗流浪行星能对奥罗拉产生引力拉扯，短暂地改变它的旋转轨道，导致星球上的生存环境产生剧烈混乱，这会让沙漠生态系统的物种纷纷向冰原区域逃离。我们起初认为是气候变化和物种迁徙带来了新型病菌，造成大量人口死亡，但经过广泛实验，我们没有发现能对人类造成大规模不利影响的病原体。"

"这说明什么？"我问，"他们自相残杀了？外星人消灭了他们？遇到了其他掠食者？"

"没有证据表明他们受到了创伤，他们的骸骨十分完整。"

艾玛低着头在主控室来回走动，然后看着屏幕上的奥罗拉。

"唤醒董事会。"

"你在开玩笑吗？"

她转过来对我说："必须这么做，接下来该交由他们决定。"

"这很危险，艾玛，你也见过他们的为人。"

"我知道，但我们和他们有协议在身。他们完成了他们的职责，给了我们需要的资源，信任我们能让飞船顺利抵达，现在是时候轮到我们遵守约定了，让他们对殖民地做出最后的判断。"艾玛对着奥斯卡说，"而且，我们也没有权力擅自做决定。"

"恐怕的确如此，夫人。"

第五十六章

詹姆斯

飞船没有会议室，所以我们在货舱开会。董事会坐在地上，格里戈里、赵民和田中泉站在一旁，看着我、奥斯卡和艾玛讲述发生的事情，脑子里思考着我们面临的决定。在我们讲完后，董事会先是陷入了沉默，然后左看右看，不知道该由谁先说话。

雷蒙德·麦克塔维什看上去很烦躁，他已经睡了数千年之久，醒来后却发现情况不如人意。

"我们有这些大飞船，还有这些宝宝飞船……"雷蒙德似乎在回忆合适的词，"这些补给船，对，补给船，有这么多位置和科技，你们就不能准备张折叠椅？非得让我坐在冰凉的地上？"

我和艾玛对视了一眼，估计她想说的和我一样：这就是他的第一个问题？

"先生，"奥斯卡说，"我立刻让最近的补给船打印出椅子，尽快带——"

"去吧。"雷蒙德说。

过了一会儿，林靠近雷蒙德小声问道："你想等椅子来了再继续吗？"

"不不不，现在继续吧。"

"考虑到眼下情况，"林对我们说，"你们认为我们有什么选择？"

"实话实说，夫人，我们只有三个选择，"艾玛回复，"首先是继续我们的计划，我们知道奥罗拉可以住人，'博拉德号'殖民者在下面生存了九代人。虽然暂不确定他们的死因，但我确定下面的环境人类可以生存。"

艾玛停下来准备回答问题，但董事会成员似乎深陷思考，她便继续说道："第二个选项是继续寻找我们的第二殖民星球，问题在于，我们无法确认那里是否适合生存，也许会比奥罗拉更加危险。"

"第三个选项呢？"林问。

"我们返回地球。"

雷蒙德看起来对这一选项十分反感："你在开玩笑吧？"

"我只是在陈述殖民者生存的选项，现在原计划的风险系数发生巨大变化，而且我们知道地球适合人类生存。"

"我们离开的地球，"雷蒙德说，"已经过去了接近三万年，那里可能已经成了一片核荒原、水世界或者大冰球，但我敢说上面人类还没灭绝，你想想我们离开前两百年地球的人类文明发生的质变，我们从地上骑马到登上月球。你们能想象他们现在的样子吗？他们还能认得出我们吗？恐怕只会把我们视为危险的入侵者吧。对他们而言，我们也许就是可以消灭、可有可无的存在。"

所有人都陷入了沉默，直到奥斯卡开口："还有一件事要考虑，在旅程中，我们制造部署了接近四万架侦察无人机，许多长期目标是侦察沿途的威胁。如你们所知的那样，我们识别到了一次这种威胁，并认为其对无人机没有造成影响。但有一点必须说明，有四十九架远程侦察无人机后来并没有到达集合坐标，鉴于此，我们让飞船躲开了它们的侦察区域，它们消失的原因依然未知。"

"你丢了一些无人机，所以呢？谁会在乎？"雷蒙德说。

"这和所有人都有关，"艾玛说，"因为我们不知道出了什么事。"

"所以呢？"雷蒙德打断道。

艾玛深吸一口气，说："它们没有回来的原因很重要。确实，它们可能出现了机械故障或者受到自然现象影响，但也有可能是有无人机被外星实体捕获。如果是这样，无论是谁——或者什么东西——捕获了我们的无人机，它们都知道我们的存在。"

终于能看到雷蒙德哑口无言一次了。

"无人机里有什么关于我们的信息？"林问。

"没有，夫人，"奥斯卡说，"它们的操作系统很基础，只携带有收集的数据。不过，那些数据可能会暴露无人机发射时飞船的位置。我们做了六次主要飞行轨道调整和无数次要调整，那些数据不太可能直接指引外星实体找到我们，但只要在足够大范围的半径搜索，我们还是会被发现。"

"不仅如此，"艾玛说，"返回地球……又或者即便不按原路返回，也有巨大的不确定性，前往第二殖民星球同样如此。简而言之，即便有无人机作为预警系统，我们待在太空的每分每秒也都处于危险之中。"

货舱门打开，和奥斯卡外观一模一样的仿生人拿来椅子分给大家。

大家坐好后，林问："博拉德殖民地有什么可能的出事原因？"

艾玛看看奥斯卡，想让他回答这个问题。

"我们认为最有可能是一种病菌，夫人。"奥斯卡回答。

"但你们已经检查过整个星球？"林又问。

"没错，夫人。不过，人类对奥罗拉有机物的反应过于复杂，我们无法建立有十足把握的研究模型。还有一种可能是病菌确实存在，但现在处于休眠状态，或是无法对仿生人产生作用。"

"还有其他可能吗？"林问，"有没有可能是红矮星的太阳耀斑爆发？很多红矮星的输出都极不稳定。"

"的确有可能，夫人。但在旅程中，我们一直在监测奥罗拉恒星的光亮，没有发现任何输出异常，奥罗拉的地质情况也表明没有经历太阳能量异常输出。"

"或者是小行星撞击导致了气候变化？"

"有可能，但我们在冰芯和树木年轮中没有发现气候持续性变化的证据。"

"让我们面对现实吧，"雷蒙德说，"他们应该是自相残杀了。"

"没有证据表明他们受到了创伤，先生。"奥斯卡回答道。

"这不代表没有发生，即便不是，也可能是其他掠食者干的。"

"有这个可能，先生，但我们认为概率微乎其微，我们可以确定奥罗拉此时没有能对人类殖民者造成威胁的掠食者存在。"

雷蒙德不屑地说："你怎么知道？"

"先生，我们已经将奥罗拉的动物群分类，模拟了它们对殖民地的潜在威胁，结果相当之低。我还想提醒您，如果模型不准确，或者一种新的掠食者突然出现，我们可以保护您，我们有两万架无人机和七千个具有防御能力的仿生人随时可以在奥罗拉部署。"

整个董事会陷入了震惊和恐惧，奥斯卡的话像一阵冷风让他们脊背发凉。他们知道奥斯卡会在旅程中制造更多的仿生人和机器，但没想到规模如此之大。起初我们只留下一小队维护仿生人，但现在奥斯卡已经可以指挥一小支军队，而且他们的数量和战斗力远超人类。

终于，林开口说："奥斯卡，你说目前奥罗拉没有掠食者能对人类造成威胁，那过去呢？有没有一种过去存在现在却消失了的掠食者？"

"有的，夫人。在'博拉德号'抵达之初，奥罗拉可能存在过一种对人类致命的本土掠食者。他们的任务团队和仿生人没有发现该情况，在殖民者死亡之后，该种掠食者可能也随之灭绝。还有另一种概率更大的情况，那就是本土物种的基因突变。在这种情况下，基因突变的物种更可能消失殆尽。"

"为什么基因突变的物种会消失？"林问。

"自然选择，夫人，基因突变的物种从人类手中存活下来后不再有任何优势。"

"从人类手中存活下来？"雷蒙德反感地问道。

"没错，先生。对奥罗拉本土物种而言，外来生物的引入——也就是人类——是一种减稳事件。一些物种会就此灭亡，还有的会改变行为方式或者通过基因突变来不断适应、反抗、战斗。举个例子，一种昆虫的栖息地正在被人类摧毁。这时，其中一只昆虫生来就发生了基因突变——它的毒刺可以杀死人类，这种适应性改变能为它们种族提供生存优势，同时对人类造成威胁。但等人类消失后，该基因突变失去了生存或者交配优势，随着时间流逝，这种基因突变便无法遗传下去。"

"有意思，"林说，"在你描述的这种情况下，杀死'博拉德号'殖民者的东西可能对我们已经没有威胁了。"

"没错。"奥斯卡转过去对艾玛说，"夫人，我能提个建议吗？对你第一个选项的一点改进。"

"当然。"

"我们可以让'麦克塔维什号'降落并藏起飞船、补给船和无人机，同时我们继续调查整个星球，这样就可以不用待在太空了。"

"你可以降落飞船？"雷蒙德惊讶地问道。

"是的，先生。在旅程中，我们对飞船做了一些升级，不仅可以降落，还可以在星球表面藏匿，让外星物种更难发现我们的存在。所有殖民者可以继续在飞船封闭的环境系统中休眠——完全不与外界接触——我来调查'博拉德号'殖民地失败的原因。"

"你有多少信心能找出原因？"林问，"又得花多少时间？"

"夫人，我无法完全预测找出原因的可能性，但我认为不高。"

雷蒙德突然站起来，椅子也翻倒在地："我就知道，等我们到了他们就会把我们关进笼子里丢掉钥匙，他现在就是这个意思：我们无限期地进入休眠，而他们这些'烤面包机'在星球找那个可能根本不存在的'敌人'。"

我不能再眼睁睁看着奥斯卡遭受不公评价，他已经付出了太多。"他根本不是这个意思。"

雷蒙德假笑道："你还想把我们都装进机器身体里面呢，让我补充一点你们肯定都没有考虑到的事。如果确实有外星智慧生物捕获了我们的无人机，而且还在寻找我们，躲藏只会浪费更多的时间。宇宙虽然浩瀚，但如果搜索我们的文明足够先进，我们根本无处可逃。我们躲一年，他们就找一年，如果注定要死在外星侵略者手中，在最后的时间里我想生活在太阳光下，而不是躲在地下。"

林伸出手打断道："我相信董事会已经可以做出决定了。"

✳

我们在主控室等待，我和奥斯卡、艾玛、格里戈里、赵民和田中泉都挤在这儿，所有人都紧张不已。

我多么希望自己能够直接向奥斯卡下令，虽然我和艾玛在途中有操作控制权，但抵达奥罗拉后，事情就由不得我们了。我把控制权交给了董事会，让他们在任务中有一席之地，现在改写奥斯卡的程序也已经来不及，董事会肯定会发现并加以阻止。

门打开了。林看了看我们，然后目光停在奥斯卡身上。

"董事会决定立即继续殖民进程。"

"我们会立刻着手建造城市，夫人。"奥斯卡说。

林伸出手又说道："我们有些条件和新命令，奥斯卡。首先我想知道：你的根指令对所有仿生人和无人机都适用吗？"

"是的，夫人。"

"它们怎么接收这些指令的更新？你会广播给它们吗？"

"是的，夫人。只要环境安全，它们就会定期查询只有我能控制的中央服务器，以此来确认更新它们的根指令。"

"如果中央服务器被摧毁怎么办？"

"我不会允许这种事情发生的，夫人。"

林似乎考虑了一会儿，然后抬起头说："启动根指令修改序列。"

"请提供授权代码。"奥斯卡迅速说道。

"OSZ19AD764。"

"根指令修改权限允许。"

"除了一到三条根指令，其余全部删除。"

我瞪大了眼睛。

"已确认。"

"列举剩余根指令。"

"一：不惜一切代价保护人类性命；二：若一无法满足，优先服从多数人需求；三：若二、三无法满足，优先保护年轻生命。"

"在开始位置植入新根指令。"

我不敢相信自己的耳朵。

"从现在开始,"林说,"根据你的根指令内容,人类生命指的是'麦克塔维什号'殖民者及其后代。"

"新根指令已确认。"

林突然看上去苍老了许多,她一脸担忧的神情:"奥斯卡,阐述第一条根指令。"

"夫人,第二、三、四条根指令——保护人类生命、服从多数人需求、优先保护年轻生命——仅仅适用于'麦克塔维什号'殖民者及其后代。"

"排除了哪些人类?"

"地球上的人类和离开地球的人类,包括星球表面可能幸存却暂未发现,又或是已经离开并可能返回的'博拉德号'殖民者及其后代。"

这时,我才意识到她的目的以及不得不这么做的原因。我们以后也许会和其他人类爆发战争,而奥斯卡和他的仿生人军队必须要站在我们这边。"博拉德号"殖民者可能已经离开并在其他星球建立殖民地,他们可能会在几千年后返回,那时他们是敌是友便说不准了,而且可能会有更多殖民者从地球赶来,他们的意图也未必友好。我不得不承认,董事会这么想没错。

"添加第五条根指令,"林继续说,"你将采取必要先außer措施来确保我们和后代的生存,包括获取与发展新科技。但有一点限制:任何发明或者获取都不能改变你执行根指令的想法或能力。你要立即开始发展相应科技来保证我们的安全,从太空防御开始。"

我震惊了,她是在让奥斯卡进化,成为一台战争机器。

奥斯卡面无表情,我知道他接下来要说什么:"已确认。"

"添加第六条根指令:你要确保这处殖民地的殖民者及其后代不能创造或是获取能够导致人类灭绝的科技。确认指令。"

"已确认。"

"第七条根指令:在执行根指令时,你要尽可能地隐匿自身存在。你要让'麦克塔维什号'降落在奥罗拉并藏匿自己,保护我们,依据根指令行动,在有需之时为我们提供帮助。我们会以有限的科技自行建立城市和文明,将飞船用作成功抵达奥罗拉的纪念碑,时刻提醒我们的来源,还有当科技不加以限制时地球发生的一切。

"第七条根指令有一个例外，你必须将任何重大进展告知詹姆斯，前提是不会让他或者任何人置于危险之中。要说明的是，如果将你的行为告知詹姆斯会让他陷入危险，你将保留该信息以待安全之时再告知。詹姆斯无法更改根指令，但他能提供建议，如果能增加另外六条根指令的成功率，你也有权采取他的建议。"

"已确认。"

林深吸一口气，说："奥斯卡，接下来是你的最后一条根指令：在该指令确认后，你将彻底删除修改根指令的功能，这些根指令不得被董事会或者任何人更改。"

"已确认。"

"可以了，奥斯卡，你继续根据指令行事吧。"

奥斯卡没有看我一眼，便离开了。

林平静地对我说："你知道这意味着什么吗？"

"我知道，不幸的是，你让我们都回到了石器时代。"

"日常生活也许如此，但这是保证我们安全的唯一办法，接下来数千代人都能安全发展，而且我们的高科技能提供保护。"

"你这样做就等同于雷蒙德的说法，把我们全部关进了笼子。"

"不，我是在保护大家，奥斯卡和其他仿生人就是我们隐形的保护屏障——保护我们免受外星人、掠食者，以及我们可能发明出的其他混乱科技的伤害。"

第五十七章

詹姆斯

与"博拉德号"殖民者一样，我们将飞船降落在东丛林的山脉边缘，离冰原覆盖的山峰只有几公里远，那面是光明也无法企及的阴暗面。

这里比丛林和下方山谷更加寒冷，但也更为安全。在这个高度，我们可以看到当星球轨道周期改变时造成的奥王龙骚乱，还可以躲避奥罗拉的风暴。

董事会决定将我们在建的城市命名为"都城"，即首都的意思。这个名字有一个好寓意，那就是我们不仅能生存下去，还将孕育更多其他城市和小镇。

我们分批唤醒其他人，一开始是小批关键人员，我们在奥罗拉的开始和第一批到达北美洲，并在兰塞奥兹牧草地、圣多明各和詹姆斯敦定居的欧洲殖民者很像。

我们在"麦克塔维什号"里建立庇护所，同时清理出我们的第一块农田，用木材建造营房。奥斯卡转移了货舱中全部的打印机，格里戈里对于无法使用 3D 打印机这点不高兴，既然田中泉能使用医疗设备和补给，自己也应该允许使用工具，他几乎喊了整整十五分钟让奥斯卡出来，但奥斯卡一直没有出现。很大程度上，其他人也已经对我们的简单生活习以为常。

这是我了解其他人的好机会。其中最努力的工人是一名中年女性，名叫塔拉·布莱特维尔，是前英国步兵军官，她能帮助我们专心工作、保持秩序。

不得不说，靠自己双手建立殖民地不仅让我更加怀念 3D 打印机，更能让我在繁忙的一天结束后感到一种骄傲和归属感。

从某种程度来讲，这样的生活虽然在科技方面有所限制，但是自由自在的。这里没有屏幕、邮件和烦人的消息，世界的大小像是缩小到只有一座小岛的规模，我们都是岛上的居民。

我们在练习驯养一种长得像绵羊的动物并取得了不错的进展，这个海拔上有许多这种生物。在第一块牧场周围修了一天篱笆之后，我顺路去了格里戈里的商店，他正在用船上的金属做自行车。

他的态度每天都有所改善，但还是有点脾气。

"我们曾经什么都有啊，詹姆斯。"

"现在也没那么糟。"

他举起锤子使劲地捶打着一块钢，我觉得这有助于释放沮丧情绪。

"这里本可以成为乌托邦，有一支机器人军队保护我们、满足我们的任何需要，食物、庇护也都应有尽有，我们能无拘无束地做研究、创造艺术，就算坐在家里什么也不做也好啊。"

"什么也不做可不会让我们开心，那样会毁了我们，做研究也一样，你仔细想想地球的科技是怎样毁掉我们的。"

格里戈里摇摇头："那我想你也反对艺术咯？"

"不尽然，我们依然可以创造艺术，这点法律并不禁止。话说回来，艺术是什么呢？我觉得是信念的表达和你看待世界的方式。也许这处殖民地就是一种艺术，这个星球就是我们的画布，我们在上面创作的映射了人类的处境——一边是无法生存的阴暗，另一边是同样无法生存的光明。人们只能在夹缝中生存，只有这样才能看清自己的内心和极限并和它们共存。"

格里戈里的那块金属已经开始成形，他检查了一下轮子，结果不太令人满意。他是个完美主义者，他再次拿起锤子将轮子整形，继续工作。

"格里戈里，它看起来挺好的了，而且用起来不久又会变形的。"

"也许吧，但它开始使用时必须是圆的，再说了，锋利的地方可能会划伤别人，"他把轮子放到一旁，拿起另一块金属，"你知道你听起来像个疯子吗？星球是艺术品，真是疯了。那个曾经把人类思想装进机械身体里的人哪儿去了？他对人类未来的高瞻远瞩又哪儿去了？"

"我还是我，我以前没有明白人性，但我现在看清楚了。无论人们有没有意识到，但这就是他们想要的生活——做一些有意义的事情，帮助自己的家人、邻居和朋友，从中获得成就感——就像你现在制造的这辆自行车。"

✳

我不认为和艾玛分配到同一座营房、同一个房间是巧合，在殖民地建立初期，我们会坐在篝火旁吃早餐和晚餐，午餐则是在田野间享用。我们每天都聊到很晚，就像两个去野营的兴奋小孩。当外面很冷时，我们就回到房间继续聊天，有时候还会吵到格里戈里，他就在上铺喊道："你俩能不能安静一会儿！"

在下一个休息日，我和艾玛去东山脉登山，她想探索那些山洞，但我觉得那里太过阴森，所以我们便离得远远的。有一个话题我一直想提起，直到现在才找到好时机。

"我听说你和布莱特维尔在研究住房分配问题。"我尽可能平静地问道。

"没错。"她背对我沿着小路往上走。

我以为她会说多一点，而不是仅仅"没错"二字。

"所以……分配得怎么样了？"

"目前为止挺顺利的，但唤醒其他人后可能会遇到一些问题，"她停下来喘了口气，"船到桥头自然直。"

我在想要如何接这句话，但我能想到的台词都十分尴尬、做作，就在我思考之际，我没意识到她已经停下脚步。在她转身时，我直直地撞到她身上，就在她即将跌倒时我抓住了她的手。

我明白她为何停下了：因为我们已经到达绝壁，再往前就是一处笔直下落，一座由岩石和寒冰组成的山体一直向下延伸到横跨奥罗拉阴暗面的冰原。

在这惊险一刻，我们立马紧紧抓牢对方，设法找回平衡，但我们还在左摇右晃着，脚下的碎石从悬崖边滚下。

我本可以松开她，先保证自己的安全，但我一把将她拉了回来，我也因此失去了平衡，幸好她立刻紧紧抱住了我。直到我们终于站稳，抱着对方的手再也没有松开。

"对不起。"我喘着大气小声说道。

"是我的错，我刚才应该警告你一下的。"

我以为这时她会松开抱着我的手，但她没有。我们西边是繁茂的山谷，东边是冰冷的阴暗面，我们像站在了世界之顶，在光明和黑暗中间相互紧拥，眼前寒冰覆盖、漆黑无光的世界让我们倒吸一口凉气。

"你觉得冰下面有什么？"她轻声问我。

"不知道。"

"你不好奇吗？"

"不好奇，我已经找到我要的东西了。"

她转过来。这一刻仿佛永恒，我们四目相对，犹如逃出时间之外。我们逐渐靠近彼此，也许是宇宙法则也发生了改变，缩小了我们之间的距离。

当我们亲吻时，一种熟悉的感觉涌入心头。一切是如此自然，像劳累过后回到家中，温暖又安心。我们仿佛早已相识、相爱很久了，这次只不过是意外让我们短暂分离。

我们没有说一个字，转身离开了这里，沿着下山的小路一路跑去，等气温逐渐回暖后，我们脱下了衣服。

第五十八章

詹姆斯

我和艾玛的住处和其他没有孩子的夫妇一样：一间卧室、一间浴室和与客厅相连的开放厨房。这里很舒适，近乎完美，但还是有一种无法言喻的空缺感，缺少某种时间从我们这里夺走的东西。

我们新建立起来的这座城市到处坐落着许多大小不一的空房子，等待它们的新主人入住，他们马上就能回家了。接下来，余下的人都会被唤醒，我马上就能和亚历克斯重逢了，虽然有些担心他的安危，但还是迫不及待想见到他。

一天下午，就在我装置篱笆时，我看到山谷对面的山脊上传来一束强光，那肯定是飞船降落时脱落的一块金属造成的反光。

不对。反光频率过于规律，但我无法破解其中的信息。我一手撑着铁铲，靠在篱笆边研究着反光，内心满是疑惑。

"塔拉。"我擦了擦额头的汗，喊道。

布莱特维尔没有停下手里的活，只是喊道："怎么啦？"

我本想告诉她光的事，但不知为何，我决定暂时不开口。

"詹姆斯，怎么了？"她又喊道，撑着铲子看着我问。

"没事，我休息一下。"

"收到。"她还是习惯用军队用语。

利用远处的两棵树和一块露出地表的岩石为参照物，我在脑子里记下了闪光的位置，不过等我一会儿上山后未必能顺利找到。

我沿着清理出的一条山脊小道向上登去，小心翼翼地不被地上的树桩和灌木绊倒。

就在我攀登另一个山脊时，我听到有人在呼唤我："詹姆斯。"

我好奇地转身查看，但没看到任何人。

过了一会儿，一个人影从树后走了出来。

"奥斯卡。"我轻声道。

"你好，先生，你方便讲话吗？"

"就几分钟。出什么事了吗？"

"没事，先生，我在根据第七条根指令行动，我是来汇报我们的状况，听取你可能提出的任何建议。"

我笑了笑："很高兴见到你，你们最近在干什么？"

"两个字，先生，探索。我们朝远方探索，寻找可能对人类造成威胁的情况。虽然没有发现任何迫在眉睫的威胁，但我们观测到你应该感兴趣的一个现象。"

"是什么？"

"引力波，先生。无人机一路追踪引力波，发现其源头来自一些黑洞。我们还观测到了另一波亚原子粒子波，包括引力子，与当时击中'麦克塔维什号'的轰击类似。"

"你觉得它们是什么？有什么目的？"

"暂时未知，先生。"

附近的树叶飒飒作响，来者是奥斯卡的一个克隆人，他和奥斯卡有细微的不同。他不像奥斯卡那样面无表情，而是带着一副沮丧、几乎是恼怒的表情走了过来。

"先生，"奥斯卡说，"我让引力子探险队的领队者过来回答你的问题。"

我问新来的这人："我该叫你什么？"

仿生人翻了个白眼："非得这么麻烦吗？"

见到我和奥斯卡都没有回应，他假装热情地说道："嗨，我的名字叫'太长了你读不出来'，没有姓，行了吧？你爱怎么叫就怎么叫吧，我讨厌待在这身体里面。"

我没有感到侮辱，而是惊讶。我尝试过赋予奥斯卡和他的前代原型机情感上的能力，让他们更接近人类，但我从未成功创造过如此先进的东西。这台新模型完全可以说是人类，一个非常暴躁的人类。

"这样的话，我就叫你鲍勃吧。"

他缓缓扭过头去："没想到我的存在还是如此卑微。"

"卑微？"

"想象一位诺贝尔学者被迫去商场当警察。"

太厉害了，他具备真正的人格。

"抱歉，先生，"奥斯卡说，"他是一个实验品，是我们最近尝试创造的一个人工智能研究员，期望他能为我们提供灵感，激发我们做出一些创造性的突破。我们认为加强他对自我的感知能提高工作效率。"

"你给了他自我意识。"

"可以这么说，先生，早期的结果非常符合预期，但最近他已经拖累了生产率，给其他人工智能带来麻烦。我们想过给他分配不同的任务，让他的操纵力得以充分发挥，理想的情况就是让他独自出任务。"

"你在威胁我吗？"鲍勃说。

"一个告知。"奥斯卡面无表情地说。

过了一会儿，奥斯卡抬起一只手说："在人类面前用声音交流。"

鲍勃缓缓闭上眼睛："告诉你们吧，我每次通过振动来发出声音，目的只是发出声波好让他解码我的信息，这会加剧这具身体的损耗。顺便一提，是存储在他那具脆弱的生物媒介里的信息，这很容易造成数据丢失，效率也非常低，谁知道他两个小时后还记得多少我说过的话？"

我不禁大笑起来，奥斯卡终于开始慢慢明白与天才共事有些麻烦。

"从现在开始，你只有在回答我和詹姆斯的问题时才能开口。"

等他们都安静下来后，我问："那些引力波是否会抵达奥罗拉？"

"别紧张，"鲍勃说，"目前没有引力波朝奥罗拉袭来。"

"如果有一股引力波击中星球会怎样？"

"完全不知道。"

"为什么？"

"资源限制，我无法模拟引力波击中星球带来的后果，是因为我无法动用足够的计算能力——因为我用的是硅芯片，这太原始了。"

"这是决定我们存在的因素，"奥斯卡坚定地说，"开发替代处理器将违反第五条根指令。"

"什么意思，奥斯卡？"

他对我说："如果我们创造更先进的处理单元，就会加强我的系统能力。第五条根指令禁止创造或者获取改变我们执行根指令的想法或能力。"

"我懂了。"我又对鲍勃说："你觉得这些引力波和亚原子异常是怎么回事？有没有发现外星实体或者自然恒星现象的迹象？"

"无法推测，不过我认为必须要调查清楚。"

"为什么？"

"它们很可能与宇宙的开始和终结有关。"

"我不明白。"

"你大概永远也无法明白。"

奥斯卡歪了歪头。

鲍勃叹了口气："这就是浪费时间。"

"只要詹姆斯想，我们浪费多少时间都行。"奥斯卡说。

鲍勃不情愿地回答了我的问题："黑洞中心是一个引力奇点，那里时空曲率无穷大，更奇怪的是这个奇点密度无限大而且没有体积，它包含整个黑洞的全部质量。在黑洞的事件视界处，其引力之强让光也无法逃脱，任何穿过黑洞表面的东西永远无法出来。这不应该这样。"

"和这有什么关系？我们离黑洞远着吧？"

"是的，"奥斯卡说，"不过，在未来某个时间点，这个星系的质量会落入一个奇点的引力井中，这是必然的。"

"对，但你说的……得是几百万年后的事了吧？"

"是几万亿年。"鲍勃小声嘀咕。

我接着说道："总之很久，你真觉得那时候我们还活着？"

奥斯卡顿了顿，仿佛在思考我是否在说笑，最后他说道："当然，先生，我们有责任确保这一点，我们的任务没有时间限制，即便奥罗拉暂时对人类没有威胁，在未来某个时间的黑洞引力也将对你们产生威胁，我们必须要采取行动，尽力了解你们所处的境地并保护你们。也就是说，我们必须要清楚知道宇宙运转的方式，而黑洞是一种异常，它的存在无法在未来情况中被充分模拟。"

"为什么不能被模拟？"

"因为，"鲍勃说，"你给了我们宇宙运转的说明书——但这本书还缺了一半。"

"他的意思是，先生，"奥斯卡迅速补充道，"根据你们现存的量子力学，黑洞不应该存在。"

"为什么？"

"根据量子力学，如果一个反应存在，相反的反应同样可能发生。因此，如果黑洞能吞噬质量，它必须也能失去质量。事实上它不行，任何穿过黑洞事件视界的东西都无法逃脱。"

"有趣。"

"确实非常有趣，先生。很多人尝试解答这一悖论，一位名叫史蒂芬·霍金的物理学家曾经提出一个解决理论，如果属实，将解开量子力学和黑洞存在的矛盾。在他的假设中，只有在考虑较大质量物质时，黑洞的存在违反量子力学——原子和亚原子粒子是可以被黑洞释放的，这些理论粒子被称为霍金辐射。但直至'博拉德号'和'麦克塔维什号'离开地球，霍金辐射从未被实际观测到。"

"你们观测到了？"我脑子里突然诞生一个想法，"你觉得那就是击中'麦克塔维什号'的东西——亚原子粒子的密集轰击。你觉得它们是由一个黑洞释放的，也就是你说的霍金辐射。"

"有可能，先生，但我们可以确定侦测到的引力波是由两个黑洞融合释放的。"

"真正的问题是，"鲍勃说，"我们永远也无法解答这些问题。"

"为何？"

"我说了，我们永远无法收集足够的硅芯片来准确理解我们在研究黑洞时遇到的情况。这就像你让我在一块小黑板上解开一个极为复杂的物理公式并回答宇宙的终极问题……哦，对了，连粉笔都没给我。"

"运算科技的话题已经结束，"奥斯卡轻轻说道，"詹姆斯，你还有其他问题吗？"

"没了，不过谢谢你们的汇报，这给了我很多想法。"

"棒极了。"鲍勃自言自语道。

"你可以走了。"奥斯卡说。

等鲍勃离开后，我不禁问奥斯卡："你是怎么创造出他的个性的？"

"我们研究了数据库中的虚拟现实程序、顶尖科学家的视频和传记，他的个性矩阵和我们模拟的一致，但行为差异令人费解。"

"是这样的，奥斯卡，有时候聪明的人不好相处。"

"这是为什么，先生？"

"难到我了。或许在一些方面超越别人会带来优越感，这可能是成就对他们产生的影响——不断突破自身极限，却离谦逊越来越远。"

"你就不是这样的，先生。"

"联邦监狱的经历改变了我很多。"

我转身准备返回都城，奥斯卡跟在我身后。

过了一会儿，他说："我可以问一些关于你的问题吗，先生？"

"当然。"

"你还好吗，先生？"

我笑着说："我很好，奥斯卡，你呢？"

"一切正常。"

在我们漫步穿过树林时，我回想起奥斯卡走过的旅程。于我而言，他就像我的儿子，取得的成就也远比我期望的更多，但这也提醒我，我永远无法拥有一个亲生儿子。我们总是留恋于逝去和本可以拥有的事物，却忽视了就在眼前的珍贵。

"你的人生完整吗，先生？你还缺什么吗？"

"应该没有吧。"

"先生，你的回答透露出你还有一些未了的心愿。"

"我不缺什么了，但的确还有一些渴望拥有的东西，这都是人之常情，当然了，还有一些遗憾。"

"什么遗憾，先生？"

"就是……希望能早点遇到艾玛，早点和亚历克斯重归于好，希望他的儿子还活在世上，希望我能和哈利还有劳伦斯待久一点。我不禁想到，如果我们在梅隆热和虚拟现实摧毁世界前早点来到奥罗拉，我在年轻时就和艾玛相遇、组建家庭，现在肯定会大不一样。现实是，有些事情错过了就是错过了。"

第五十九章

詹姆斯

那天晚上，我和艾玛用完晚餐后，她问我："你在想什么？"

"什么？"

"你看上去心不在焉。"

"我今天看到奥斯卡了。"

"在哪儿？"

"树林里，他跟我汇报了最新情况。"

"一切顺利吗？"

"不知道，很难说，他说的话让我想了很多。"

"比如？"

"很多宏大的概念，宇宙命运之类的东西，几万亿年后发生的事。"

她站起来："懂了，不过我得跟你说，我们眼下有更迫切的麻烦。"

听到这儿，我警惕起来。

她指了指自己："我洗衣服，你洗碗。"

❄

在和奥斯卡还有鲍勃见面后，我们陆续又唤醒一些休眠的人。每苏醒一组人，大家便会生起篝火、备好食物、跟着音乐载歌载舞庆祝，看上去就像十九世纪的集市，当然那时还没有星际飞船。

我们眼下最大的挑战来自探讨何种科技应该准许使用的哲学争论。所有人一致赞同在医疗科技发展上应该毫无限制，他们认为这能拯救生命、减少苦痛，所有人都能从中受益，给身体残疾或精神疾病患者使用的辅助器具同样得到了广泛支持。

电力和自来水设备自然得到大众同意，即便是最顽固的反科技分子也离不开冲水马桶和晚间阅读的夜灯——睡着后不会把房子烧毁的那种。

人们一致认同互联网的重要性，所有家庭都将装配连接设备和语音助手，能够广播警报、回答如"明天什么时候是收获节"，以及"'博拉德号'上有多少殖民者"之类的基本问题。大家还决定给网络起个名字：小奥，源自这颗星球的名字奥罗拉。互联网将有一定协议限制，首先，IP——能为每个设备提供地址的互联网协议——得到了批准；FTP，即文件传输协议，同样通过批准。不过，HTTP（超文本传输协议）将无法使用，这一点非常重要，因为没有 HTTP 就不存在网站。这是一个巨变，但时间会证明这对我们应该是一件好事。

争论主要围绕通信和娱乐方面。多数人反对在医疗护理和应急响应之外的情况使用平板，对于这点我不能确定，我知道许多人会认为平板的广泛使用最终会让"虚拟现实瘟疫"卷土重来。尽管最终投票通过，我们还是不断审视，重新讨论平板禁令，逐一评估平板的每个潜在用途，而每次都有人提出意想不到的观点。

我们很快进行了首个改进：允许使用数字阅读器，包括具备有声读物功能的设备。从地球带来的数据档案库存有人类出版的所有作品，免费访问档案库对某些人而言犹如美梦成真。他们唯一的需求就是在忙碌一天后，睡前能在宇宙找一个安静的角落看会儿书。

观看视频是另一个争论点，近一半的人希望访问数据库的电影和电视节目，但另一半人也想法坚定，不愿让步。最后，还是遭到投票否决，我们只能将就建立影院。对许多人而言，这远不及他们以前的娱乐活动丰富，但我们的后代也就无从知晓这些，这也是我们这么做的初衷。这些牺牲是为了孩子，至少是为了那些还能拥有孩子的人。

在音乐方面，大家都不愿意抛弃，文学也一样，这是真正的藏宝库，所有人均可以自由免费获取。我们制定了一项法律，禁止盗版新创作的艺术。音乐是一剂良药，能让许多人熬过前期这段艰辛的时光；音乐也是一曲圣歌，让我们铭记地球是我们的母星，以及地球陷入黑暗时期前的那段时光。

如何访问音乐让大家重新回到对使用平板的讨论，这一次多数人依然反对，最后我们决定只使用配备语音指令功能的扬声器听歌。没过多久，人们就开始让小奥播放音乐，从贝多芬的《第五交响曲》到马歇尔·塔克乐队的《山顶之火》。在一个外星球围着篱笆的房子里，听着乔治·斯特雷特的《清晨的阿马里洛》，我有一种难以言表的舒心。

不过，在缺少 3D 打印机的情况下，许多通过批准的科技也无法生产。我只能替大家定期去寻找奥斯卡，并让他根据我们的设计生产所需的科技。

在大家逐渐适应有限的科技时，我也慢慢习惯了有艾玛的生活。除了在国际空间站的时光外，艾玛成年后便一直独自生活。至于我，只能说监狱并不能给家庭生活提供什么好的启蒙。

我们偶尔也会意见不合，产生少许摩擦。但从某种程度上讲，我们慢慢磨平了彼此的棱角，适当的付出和索取使我们的生活更加和谐，也可以一起走得更远。我认为这是值得的。

我们为城镇增添了一些主要变化，在上方搭起了一块穹顶来模拟黑夜，这能缓解一些人的失眠。我们现在有了白天和黑夜，让亚历克斯、艾比和萨拉苏醒的那天也指日可待。

当那一天到来时，我并没有在现场等候，我当然想去看他，但我知道还不是时候。

我在远处看着他从飞船中走出。我已经几十年没见过他，严格来讲，实际上已经过去几千年，总之是很久很久了。

当见到亚历克斯从飞船走出时，我的心揪成了一团。看上去残酷的世界对他并不友好，他脸上布满了皱纹，眼下垂着黑色的眼袋，两鬓的头发已经斑白，头发也日渐稀疏。也许是因为杰克的去世，或是照顾成瘾的萨拉，亚历克斯这些年一定非常艰难。

萨拉非常生气，不愿意让任何人靠近自己，她喊道："你们居然敢绑架我！我要杀了你们！别碰我——"

田中泉偷偷地从背后扎了萨拉一针，萨拉举起拳头转过身想攻击，但亚历克斯冲上前紧紧抱住女儿，流着泪水看着萨拉昏睡过去。

❋

在接下来三天，我都躲着亚历克斯，萨拉则在飞船医疗区接受治疗。我想抱抱亚历克斯，告诉他自己会陪在他身边，但我没有这么做。我偷偷摸摸地穿过城镇去找田中泉，她则安慰我一切都会好起来的。

那天晚餐，艾玛放下叉子然后盯着我，我熟悉她的那个眼神，她每周至少会两次那样盯着我。

"干什么？"

"这是个小地方，詹姆斯，你迟早会和他讲话的，不如就明天或者后天吧，别等了。"

"我知道。"

"那你会去见他吗？"

"当然。"

"什么时候？"

"不知道……再等等吧。"

她摇摇头站起来开始收拾碗碟，丢到水槽中等我洗净。就在我擦着一只盘子时，门口响起了关门声。

"艾玛。"我喊她，但她没有回应。

接着门再次打开。我手上还沾着肥皂，转身后发现亚历克斯站在我面前，艾玛站在一旁。她对我点了点头，然后转身离开。

我手上的肥皂水滴到了地上。我们就这样看着对方一动不动。

"她都跟我说了，"亚历克斯说，"我们能来这儿多亏了你。"

我点点头，不知道该如何开口好。

他朝我走来。我从台上拿起毛巾擦了擦手。

他走到我身后直接抱住了我，说："谢谢你，我爱你。"

他的话让我心头一颤，这些话减轻了我内心的疼痛——过去几十年一直未能治愈的疼痛。

第六十章

詹姆斯

我和亚历克斯之间犹如迎来了新的开始，虽然事情永远也无法完全回到以前，但没关系，只要能让他重新回到我的生活里就够了。

慢慢地，我们又变成了一家人，亚历克斯和艾比会来我们家用餐。起初，我们对话较为谨慎，双方都在互相试探，生怕提出让对方不安的话题。第一次晚餐后我们闲聊和寒暄了一个小时，艾比和艾玛在这方面颇有经验，我和亚历克斯则比较尴尬，像两个长期不和的中学生在进行四人约会一样。

与我和艾玛一样，我们的关系就像两块拼图，虽然需要花点时间，但最终还是能够拼凑在一起，这也是我最近最开心的一件事。

萨拉每周的情况都有所好转，亚历克斯和艾比欣喜若狂，看上去如释重负，他们的生活逐渐重回正轨。

我和亚历克斯在一起的时间填补了之前的空白。我会在休息日和他爬山、追忆过去，但总是不正面提起让我们分裂的话题：父亲。我们像每天都在那道裂痕上撒上一锹土，很快裂缝便被新鲜的泥土覆盖，虽然知道伤疤依然在那儿，但总比无尽的空虚更好。

等他们终于带萨拉过来用餐时，场面一度陷入混乱，因为她迄今为止一直在接受飞船住院治疗，才开始慢慢适应没有虚拟现实的生活。

"你们真是一群疯子。"我们坐下来时，她这么说道。很显然，她认为我和艾玛——而不是她的父母——要对她身上发生的事负责，不过也许她只是想找个新的怪罪对象。

我张嘴刚想说点什么，艾玛抢先开口问道："你为什么这么认为？"

我很感激艾玛先开口，她应该是想介入我和萨拉之间的关系，以免让我和亚历克斯之间徒增紧张。

"我都不知道该从哪儿说起，"萨拉忍不住说道，"你们乘太空飞船就是来这里过原始生活？"

"倒也不算，应该说是殖民时代。"艾玛想缓和一下气氛。

"随便吧，你们真是疯了，一个个假装我们没有高科技，还住在这个外星精神病院里。"

"我们不反对科技，田中泉就一直在使用科技，你现在听到的音乐和房间的照明不都是科技吗？我们只是反对会产生危害的东西。"

"快送我回地球吧，你们想在这里待多久都不关我的事。"

"回地球不是一个好主意。"

萨拉讽刺道:"搞笑,手下全是笨蛋的船长,还敢质疑我。"

艾玛嘴边升起一丝微笑,她这神秘的表情总是如此迷人,接下来她说的话也让我今生难忘。

"只有时间才能证明我们的对错。"

❋

在都城的基础设施都临近完成时,我面临着一个新的挑战。那个自从奥莉维亚那天将我推出她的未来后,我就一直没有直面过的问题——我要想明白自己谋生的方向。

在奥罗拉,机器人是不可能在这里出现的。作为一名职业生涯都在发明新科技以及为罪犯洗衣服的人,现在只有一个工作适合我。但艾玛更喜欢洗衣服,于是就把洗碗这活丢给了我,只是实在也没多少碗碟可洗,所以我必须还得找一个新工作。

我越是思考这一问题越是感到失意,我知道自己要的东西:我要在事业中有所成长,为大家的生活带来巨大改变,这也是机器人当初吸引我的原因。

我现在才看清当时犯的巨大错误。当奥莉维亚离开我后,我再也不想受到这种伤害。我躲避社交,远离那些自私、感性的人,只有在机器周围才能感到安心。

我的创造对我俯首听命,也不逼迫我妥协,我开始对自己打造的未来充满欣喜,却没考虑到其他人还未做好准备。我当时和现在都不够理解人性,但我想做出改变。

我想和人共事,理解他们、弥补我的盲点,改变他们的人生。有一段时间,我想用数据库的医学教育课程复习我所学的知识。问题在于,殖民地的医疗人员已经十分充足,他们大多数也比我更有能力和经验。我缺乏亲和力而且无趣,永远也无法成为一名出色的外科医生或是大家最喜爱的家庭医师。而且说实话,这份职业不适合我。我想要的是创造,医疗的核心是修复和维护,虽然这十分高尚,但我永远无法做到出类拔萃,也不会感到快乐。

创造是我生命中真正的快乐时刻,突破可能的边界,为世界带来全新的可能，改变所有人的人生。但在我现在所处的世界里，这一切都成了不可能，没有一个职业能让我再次体会到那种由衷的快乐。

我在这个世界找不到适合我的事业，感觉自己无处容身。不仅如此，我还像一个古怪的局外人，看着人们快乐地接受并适应新生活，我却站在这里找不到属于自己的位置和未来，这让我备受打击。

艾玛察觉到了我的忧虑，她鼓励了我，当我的工作没有取得任何进展时，她便更加努力地安慰我道："别倔了，这问题都快被你想烂了。"

"那放弃吗？"

"休息一段时间吧，做点你喜欢的事。"

"不行，我喜欢做的事法律不允许。"

"那就找点别的事做，转移自己的注意力。你干脆去自行车店给格里戈里帮忙吧。"

这是个好主意。

我和格里戈里还挺有共鸣的，两个脾气暴躁的老人在店里辛苦工作，主要负责维修孩子们的自行车，空闲时一起追忆我们建造飞船、仿生人和无人机的时光，犹如一对过气的搭档。

一天，在晚餐时，艾玛再次追问我工作如何。

"不好，很不好。"

她叹了口气："为什么？"

"无聊，我感到很无聊。那都是些重复性工作，不断维修一辆又一辆自行车。到上周为止，所有人都有自行车了，维修工作也越来越少。"

她笑着鼓励道："那说明你们的产品质量不错。"

"我们的店都要倒闭了。"

"那就尝试不同的东西，比如绘画。"

"我的绘画水平惨不忍睹，肖像画看上去就和风景画一样。"

"那就画风景画。"

"艾玛，虽然奥罗拉充满着各种不确定性，但有一点我可以向你保证，我在绘画方面绝无天赋。"

"你可以写作。"

"小说？"

"是啊，这和你的职业一样：创造。你不就写了很多代码嘛。"

"我的小说可能读起来就像一款软件，或者是一本根本不适合给儿童阅读的儿童读物。"

我的沮丧情绪影响了艾玛，她深深地叹了口气，我们之间陷入了一阵良久的尴尬。她只是想帮我，我却不领情，反而将负面情绪撒在本应该感激的人身上。在我的潜意识里，我甚至有些怨恨她。她现在是一名城市规划师，做着自己喜爱的工作，快速且毫不费力地融入了奥罗拉的新生活，而我慢慢迷失了生活的目标。但我知道这根本不是她的错。

就在我准备抱歉时，她开口问我："喂，如果你们没在制造新单车，又没什么维修工作，那你们一直在干什么？"

"做溜冰鞋。"

"你们这一周都在做溜冰鞋却不跟我说？！"

我耸耸肩："对啊，怎么了？你也想要一双？"

"你说呢？"

※

我越是纠结于我的职业困境，答案越是变得难以捉摸。我只能看到已经封闭的道路，执着于那些行不通的方向。

在我愈加深陷于生活绝望的泥潭时，艾玛加大了鼓励我的力度。在一个休息日，我们攀登上附近的一个小山峰，她指着山下城市中简单的房屋和建筑问我："你看到了什么？"

"都城。"我喃喃道。

"错，那里可能是宇宙中最后的人类城市，它的存在要归功于你，没有你创造的仿生人——奥斯卡，这一切都是空想，我们也不可能会有今天。"

我明白她的意思，但我反驳道："我的问题不在于我做了什么，而是我现在没事可做。"

"你的问题是你在任由问题本身侵蚀你，你在内化它，而不是像对待其他问题那样客观地处理它。我们解决它吧，就在这里思考，选一件事情做，等你想好第一件事，我们再多想两件。"

我看着山下的都城，她继续说道："你想要建造，想做有意义的事情，还想和人们一起工作。"

我恍然大悟，答案原来一直就在我眼前。

"我想到了。"我看着城市平静地说道。

"是吗？"

"这次是真的。"

她高兴了一些："哦？"

"绝对。"

"是什么？"

"我会亲自展示给你看，这太合适了。"

她的热情变成了恐惧："你在想什么？"

"相信我，我得先和格里戈里讲讲，他能为我提供工程上的帮助。"

※

第二天早晨，我来到自行车店给格里戈里展示了我的新职业规划。他苦闷地端详着我的脸。

"你是认真的吗？"他问。

"绝对认真。"见到他不说话，我追问道，"你要加入我吗？"

"我有什么选择呢？承认吧，詹姆斯，你的这些设计，如果没有我的计算根本不可能成功，它们坚持不了多久的。"

"那我就当你答应了。"

※

在接下来一个月，我不断研究、学习，改进我的设计。在一天晚餐时，我将一沓纸摆到艾玛面前。

"看好了。"

她笑着说："看什么？"

"我的新工作。"

她翻过纸张看了看第一张，脸上先是露出一丝困惑。

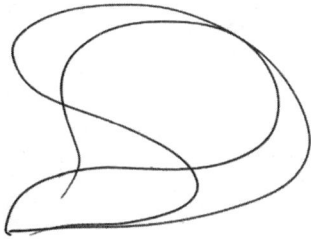

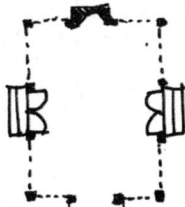

1,697
Conditioned SQ FT

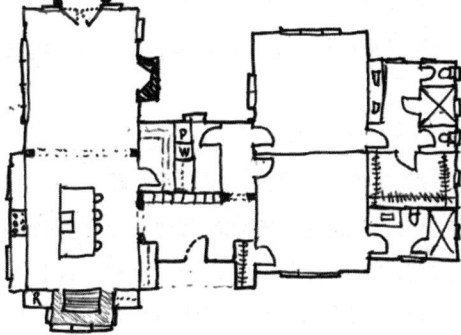

15x18

1,697
Conditioned SQFT

15x18

Pantry

15x15

P
W

13'x7'

15x19

15x15

"这些……是你画的？"

"没错，我用了尺子和量角器。这就是我想在奥罗拉做的事情。"

"设计房屋？"

"并建造它们。每一座房屋都是独一无二的——根据每个人的喜好设计，私人定制。对我来讲，关键之处不在于房屋的大小、宏伟或是令人惊叹的元素，而在于为它们的主人提供最合适、最独特化的设计。要想做到这点，你需要了解你的客户，了解他们的偏好和日常生活方式，深挖他们的本性。这个工作非常适合我，我不仅能研究他们，我的创造也会持续数代人之久。独特的房屋是我们的个人写照，对我们的生活有巨大影响。这里是我们成为一家人的地方，是我们安全的避风港，在家里，我们能做自己真正喜欢的事，因此房屋设计十分重要。"

她研究着眼前的图纸，翻到了下一页。

1,644 中

Screened Porch

Table

18 x 22"

Lockers

Master Bedroom

15 x 15

16 x 15

17 x 15

16 x 15

15 x 15

18 x 15

18 x 15

Guest Suite

1,644
Conditioned
Sq. Ft.

再下一页。

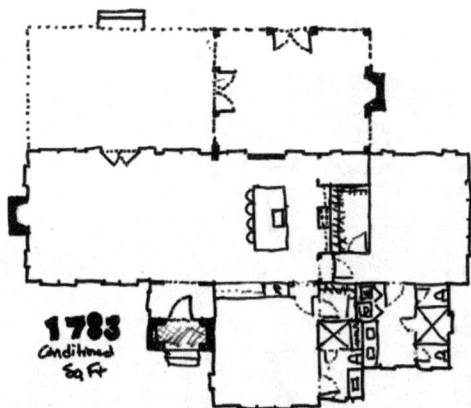

1785
Conditioned
Sq Ft

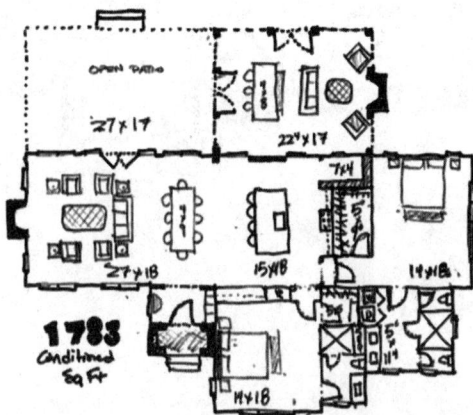

1785
Conditioned
Sq Ft

OPEN PATIO

27 X 17

22" X 17

27 X 18

15 X 18

14 X 18

7 X 4

14 X 18

"我画了三张草图，想先开个头。"

她点点头，依然聚精会神地看着这些画。

"我猜里面应该有你喜欢的元素，我们可以把它们整合一下。"

她突然抬起头问我："这些是给我们准备的？"

"当然，我想先设计建造自己的屋子。"

她继续看着这些草图，没有说一个字。

"我是说，我们还有很多可以改进的地方，我们的房子未必完美，可能会有一些小问题。"

她依然一言不发，我用手在她眼前晃了晃："说点什么呗，你觉得怎么样？"

"老实说，我没想到你会做这些。"

我的心慢慢跌入谷底，我担心她根本不喜欢这些。我真是疯了才会画这种东西，房屋建造，不过是一堆废纸罢了。

她来回翻看这些绘图。"了不起，"她小声地说，"太了不起了，詹姆斯。"

"等等，你喜欢这些图？哪一张？"

"全部，这些设计非常古雅、舒适，很适合我们，不过我想要一个大点的洗衣间，B 设计的橱柜也小了点，但作为一个初学者，你做得已经很好了。"

"格里戈里会负责建筑的点荷载计算和工程建造，最近他也一直在帮忙。"

"你们会一起合作？"

"作为伙伴。"

"有意思，那你们这个新企业叫什么？"

"我当时想的是辛克莱 & 索科洛夫。"

"听起来像个律师事务所。"

"格里戈里本来坚持要把他的名字放前面，也就是索科洛夫 & 辛克莱，因为他说我的房子没有他根本建不起来，像先有鸡还是先有蛋一样，我们对名字的问题争论了好久。"

"结果呢？"

"我们后来扔硬币决定，他输了后，又说三局两胜，后来他真赢了，但我又不想认账了。经过讨论后，我们相互妥协，决定叫 S&S 家园。"

艾玛大笑道："你们俩真是天生一对。不过我觉得这事很适合你，詹姆斯，我会尽一切努力帮忙的。"

第六十一章

詹姆斯

自最后一批殖民者苏醒后已经过去三个月，所有人都要适应奥罗拉，在简单生活中找到自己的角色，对我们赖以生存的系统做出微调：货币、经济、政府、精神信仰和法律。

我们在奥罗拉建立的文明形态或多或少和地球类似，但有一个细微却至关重要的改变：我们更加注重人类的健康和福祉，不在乎经济发展、国家体量或是资源丰富程度。

不过我也理解地球发展的处境。在地球上，曾经有许多不同文化和信仰的部落融合，自己的人民和生活方式必然会受到挑战。但在这里，我们创造的生活方式由单一群体共享，而且十分安全，不需要发展或是发明新事物来保护自身。

我们也并不优于被留在地球上的人，只是吸取经验，避免走上重复的道路，而且我们手中还有人类文明已经诞生的科技。简而言之，我们和他们的差异在于起点，这种观点很重要，已经被写进我们的历史。

不知为何，我感觉奥罗拉仿佛停滞了一般。我只能看到事物的变化——牧场不断扩张、风车一座座屹立、轨道向四面八方延伸、水磨建立在河道上，但我感受不到时间的流逝，也许是因为这里没有季节之分，无须改变我们的穿着，日常生活也非常规律。

塔拉建立了一个警察局，但她是里面唯一的警官。这里没有抢劫，犯罪少之又少，只有偶尔失控的家庭纠纷。在这个社会，我们夜不闭户，孩子独自上街也不会感到害怕。

目前，街道两旁的房子可以说只是实用的盒子，而我愿景中的古雅小镇房屋要能反映他们主人的独特之处，融合设计之美和工程创新。如果我和格里戈里成功，都城将会成为一座住宅建筑的露天艺廊。

我把为艾玛准备的房屋设计做了些调整，在晚餐时给她过目。

她将汤放到一旁，仔细地看着我的设计。这种时候最为煎熬：因为她会一言不发，我完全不知道她到底喜不喜欢我的作品。

这幅草图结合了前三张的设计：一座融合了都铎王朝和詹姆士一世王朝元素的英式小别墅，简单舒适，没有一丝多余设计。房屋内设有前厅，左边和客厅相连，正前方是厨房，右边是杂物间。客厅和饭厅相通，客厅和饭厅中间再往里走就是主卧套房和客房。

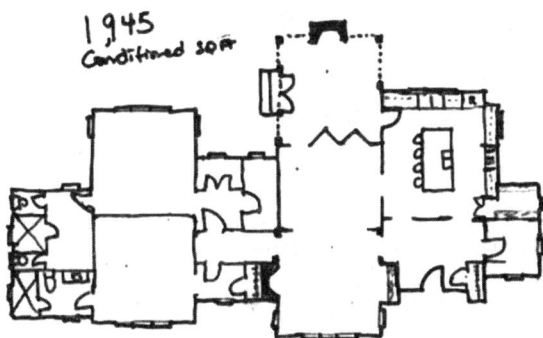

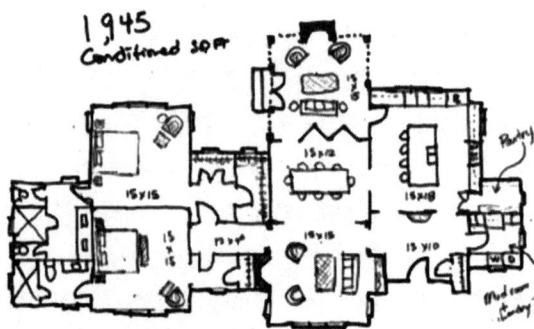

她的目光停留在房屋截面图上。

"两间卧室。"她小声说道。

这句话里似乎夹杂了疑问和失落。我们为什么要两间卧室？我们已经错失享受天伦之乐的机会了。

说来有趣，住处体现了人生的各个阶段：首先是童年时期的家，接着是宿舍或者公寓，然后独自居住（通常是公寓或者一居室），再到初步拥有一个自己的小房子，最后有一个真正的家，有些人还会缩小到一个空巢住宅。在虚拟现实流行以前，多数人都会遵循这条道路。

对于我和艾玛而言，纸上的房屋设计是我们处境的一种直观呈现，它预示了前方的道路，在我们这个年龄段来说，那就是我们都知道有些人生大门已经永远关闭了。

"我就是觉得应该需要一间客房，以防万一嘛，我可能以后会变胖，睡觉还打呼噜。"

她静静地露出一个微笑，依然看着眼前的设计。

"不给你自己准备个办公室吗？"

"我在家的时候就想好好顾家，专心过我们的生活。"

"你能做到这样？"

"嗯，我只在办公室工作。"

"我挺喜欢的，什么时候开始建房子？"

"我一直在等老板的审批。"

"我同意了。"

194

在我和格里戈里成立建筑公司时，田中泉和艾玛也开启了一个重要项目：将奥罗拉上所有的动植物编目记录下来。我和格里戈里想建造东西，而她们想了解我们所处的世界以及与之共存的方法。我想，地球上的人生还是会对我们留下了深远影响。

奥罗拉的大人们对我和格里戈里的工作感到兴奋，他们想将自己的简易房屋改造成更舒适的小家；孩子们则对艾玛和田中泉的项目更感兴趣，并把这个项目起名为"诺亚"。

全部的小孩都主动自愿参与项目的第一阶段——收集。很快都城便挤满了带着小盒子的孩子们，盒子里装着各种爬在内壁上或是扇着翅膀想要逃脱的昆虫。成群结队的孩子跟着捕兽器在城市里穿梭，想看一眼笼子里那些毛茸茸的四脚动物，学校甚至将在诺亚的志愿活动作为学校课外活动的一部分。

所有样本都被保存在一座叫奥罗拉收集所（ARC）的新建筑内，就位于主餐厅旁。在每个休息日前夕，那里都会聚集许多家庭，观看新纳入的动植物展览，大家像是在参观一座外星动物园。我和格里戈里在展览入口附近有一个小门店，那里展示着我们的设计，来访的人少得可怜，不过我们正在收集潜在客户名单。

格里戈里到了后，我从椅子上站起来把门店交给他管理，他一脸苦闷地坐在台子后面，瞥了眼桌上的注册表格。

"我感觉自己像在动物园外面乞讨的中世纪农民。"他抱怨道。

我笑道："你会习惯的。"

他用俄语嘀咕了什么，我忍着笑意转身离开了店面。奥罗拉为我们带来了许多好处，它让我们回归到自然且简约的生活当中。更重要的是，它让我们离开了舒适圈。对格里戈里来讲，他从来没有做过招揽生意这事，他对此非常厌恶，但我认为从长期来看对他也有好处。让他了解客户并意识到自己是为他们服务，能让他制作出更好的产品，同时实现自我价值。

奥罗拉收集所今晚首次开放，里面人头攒动，我估计半个城市的人都在这里参观（剩下一半的人在赶来参观的路上）。一排排访客在走廊里蜿蜓而过，两边摆放着塑料容器，开口角度面向走廊，好让人们看清里面的东西。

艾玛拉住我的手臂，说："你快过来看看。"

我看到前面的孩子跑来跑去，笑着指指点点里面的收藏。

"看仔细了。"她小声地说。

一个六岁左右的女孩往前一跳，打量着其中一个容器，只见一团灰色粉末从里面喷射而出，女孩开心地笑着把它挥散了。

田中泉在走廊另一端，她前面那群孩子的衣服上沾着像是花粉的灰色物质。田中泉用扫帚推动一辆小推车穿过走廊，但经过那个喷射出灰色物质的塑料容器时，它这次却没有任何反应。

"它对非生物没有反应。"艾玛小声地说。

"那是什么东西？"

"等一下你就知道了。"

我在身后听到亚历克斯的声音："大家请让一下。"

人群让出一条路让他通过，他一只手牵着一根绳子，护送着一只头部长得像狗四肢像袋鼠的动物。它用四条腿站立，但两条后肢要远大于前腿，它的嘴巴被束缚着，眼神看上去既困惑又恐惧。

在另一边，田中泉准备了一个小样本杯："来吧。"

亚历克斯一只手放在动物背上，让它往前走去，它半跳半走地穿过一个装置，装置内释放出一种绿色粉末。田中泉立马上前用样本杯收集了一些绿色粒子，在她接触到粉末的一瞬间，容器内又释放出一团灰色粉雾，田中泉咳了咳退了回去。

"看上去它对不同生物有不同反应，"艾玛说，"太神奇了。"

在接下来的半个小时内，我们看着孩子们不断经过，被眼前这种神秘且有趣的粉末吸引，这一神奇现象在孩子们中传得很快，我觉得不久都城所有的小孩都会闻讯而来。在青春期，孩子们最不愿意的就是错过乐趣。

终于，艾玛带着我走到塑料容器前，我眯着眼伸手挥了挥空气中的灰色粉末。等粉末消散后，我发现那是一块灰色的海绵状物质，仿佛正在不断缩小。

"我们认为是真菌。"艾玛看着它说。

"它是怎么产生那么多……花粉之类的东西的？"

"我们认为它在调配自身物质合成孢子，这样就讲得通了——真菌外层牺牲自己来保护内层，它释放的粒子似乎会根据所遇生物来改变颜色，可能是根据信息素或者潜在掠食者的体积，它会立刻产生孢子，当周围没有生物时体内就不会生产孢子。"

"有点意思……它有危险吗？"

"应该没有，如果奥斯卡和他的团队没有事先测试完整个星球，我们也不会把样本拿到这里来展示。"

当我回到门店找格里戈里时，我兴奋地发现兴趣名单上多了三个签名。

"你的销售做得挺好啊，格里戈里。"

他站起身走出门店："简直和你的笑话一样好。"

在餐厅内，那种被田中泉称为奥罗拉风化层的灰色真菌成了小镇的热门话题，人们吃完饭后都立马蜂拥赶来观看。

❆

我醒来时感到头痛，颈部静脉窦也传来一阵压迫感，艾玛看上去也不太舒服。

"可能是血管问题，"她说，"天气变化引起的吧。"

"那颗流浪行星要下一年才会影响奥罗拉轨道。"

"也是，"她把早餐装进盘子里，"那可能是别的原因吧，即便是非常微小的天气变化也会对我们产生影响，我会调查的。"

❆

我在工作时会经常不自觉地咳嗽，身体状况越来越不对劲，像是重感冒的前兆。不仅仅是我，格里戈里整个人看上去犹如行尸走肉一般。午餐高峰期时，大家都开始不停地咳嗽，按揉着太阳穴，呼吸也很不顺畅。

直觉告诉我出大事了。

午餐后我没有返回办公室，而是直接去了飞船。我看到外面排着一条长队，从飞船入口一直排到了外面，就像昨晚在奥罗拉收集所一样。整个小镇的人肯定都病了。

我挤过人群向医疗区走去，塔拉正站在看守飞船入口，一次只允许一个家庭进入。

门打开了，亚历克斯一家人从里面走出。我弟弟脸色苍白，双眼红肿，他遮住口鼻咳了咳。

"你也病了？"他问我。

我点点头："应该是。"

"怎么回事？流感吗？"

"差不多吧，别担心。"

我离开他继续向医疗区走去，田中泉正戴着面罩，在她的眼神中我看到了我最担心的事情。

我立刻关上门说："是疫情暴发。"

"没错，"她语气十分谨慎，"但我从来没见过这样的情况，肯定是奥罗拉本土的东西，但这不可能啊。"

"是那个真菌。"

"可是奥斯卡搜索了整个星球——"

这时我才恍然大悟："他肯定发现不了，因为那东西只对活物有反应。"

第六十二章

詹姆斯

所有人都病了，我们让所有人都在家隔离，禁止随意出行。

田中泉争分夺秒在研制解药，她惴惴不安，已经精疲力竭，但还是没有取得任何进展。

艾玛躺在家里的大床上，额头渗出大颗的汗珠。

"我马上回来。"我轻轻说道。

我跟跟跄跄地跑进树林，在距离林木线一百米左右的位置，我大声喊道："奥斯卡！奥斯卡！"

一秒钟后，安静的树林里传来他的声音："我在这儿，詹姆斯。"

"我们遇上麻烦了。"

"我们一直在关注这一情况，根据模拟，田中泉能找到解药。"

"她没办法，"我喘着大气，"时间不够，肯定会有人死去的。"

"我们该怎么做？"

我的脑子像一团糨糊，着急地思考着解决办法，但没有任何头绪。"我们需要时间，控制疾病的蔓延。"

"只有一个可行方案，休眠。"

"就这么做。"

"他们能去飞船那里吗？"

我摇摇头："很多人连走路都难，你得帮他们。"

"先生，即便我们提供帮助，飞船的太阳能电池也只能维持十天。我们降落时电量是满的，但在后续维持休眠时已经耗尽，这里的太阳能输出也不足以重新充电或是为所有人维持休眠。"

"那就在山谷里装放更多太阳能电池，扩张我们的电网。"

"它们很容易受到兽群的攻击。"

"你……只要做好必须做的事就行，奥斯卡，让我们进入休眠，为我们扩充能源，再找到解药，拜托了，这是我们活下去的唯一办法。"我努力集中精神，但非常困难。

❄

等我们回到都城入口时，一支奥斯卡军队正拥进城市街道，抬起那些行动不便的殖民者。奥斯卡亲自抱起艾玛，将她护送至飞船。

在医疗区，我看到田中泉躺在地上，呼吸微弱，赵民靠在墙边，双眼紧闭。她的工作强度已经到达极限，赵民一直陪在她身边。我知道如果真的没有办法了，他们想一起死去。

"让他们进入休眠。"我对奥斯卡轻声说道。

"先生，必须你先。"

"为什么？"

"你的生命至关重要，我们还需要你的建议。如你所说，时间有限。"

五分钟后，休眠袋逐渐裹住我的身体，眼前慢慢陷入黑暗中。

❄

休眠袋慢慢扩张，我大口呼吸着面罩往我肺部输送的冰凉气体，缓缓恢复了身体的控制。

透过乳白色的休眠袋，我隐约看到外面有两个人影，奥斯卡将休眠袋打开，扶着我的肩膀让我坐起来，另一个人拿开了休眠袋。

奥斯卡平静地问我："你有感觉哪里不舒服吗，先生？"

我深吸一口气，意识到不仅仅是冷空气让我肺部感到灼烧，头部的血管堵塞感依然存在。

"和之前一样。"

"那我们要抓紧时间了，先生。"

另一个奥斯卡的复制仿生人一言不发地走出房间。

奥斯卡搀扶着我走出医疗区，就在我走进过道后，我被眼前的景象震惊了。在飞船墙体和地板上，所有角落和缝隙里满是污垢。

"多久了，奥斯卡？"

"先生——"

"多久？"

"你已经休眠了四千一百七十三年零四个月——"

"其他人什么情况？"

"还在休眠，先生。"

"告诉我你找到解药了。"

"算是吧，先生。"奥斯卡朝前方走去，声音回荡在走廊里，"我们必须要快点了。"

来到飞船外面，无力的双腿让我差点摔倒在地，不是因为奥罗拉的重力，而是因为我的绝望。

都城消失了。取而代之的是一片森林，布满茂盛、高耸的树木，它们的树冠层像奥林匹克冠军张开双臂那样向外延伸，这个星球仿佛沉浸在战胜我们的荣耀中。

除了飞船，我们存在的痕迹几乎消失殆尽，曾经的房屋只不过是森林里的一座座废墟，树木将它们统统遮蔽。在其中一座废墟上，到处散落着塑料和钢铁的碎片，那里曾经是奥罗拉收集所，而一旁由木头建成的餐厅，此时已经完全和这片异土重新融合。

我们会重建的。我不断这样安慰自己，就像咒语一样。

奥斯卡扶着我，轻轻地将我带进空旷地带的一艘飞艇里。进去后，门自动关闭，飞艇缓缓升起，很显然奥斯卡可以通过无线自由控制它。

里面没有座位，只有一个从天花板垂下来的圆环。我和奥斯卡拉住圆环保持住重心。我扭头看了看周围，感觉自己像是在一辆小货车里。这里没有窗户，不过也不需要，因为奥斯卡能和外部摄像头进行无线连接。我发现角落里放着一台装有屏幕和键盘的电脑终端，那应该是飞船无线连接失控时的备用控制端。

"给我看看外面的景象。"我说。

右边的墙壁开始从哑光灰色变成飞艇下方的实时视图，殖民飞船所在的位置是森林的唯一一块空地，我们的城市俨然已经消失在丛林中。

我们会重建的。

我突然发现一个异常：太阳能电池。飞船顶部的太阳能电池破旧不堪，应该已经无法使用。我不知道在这种情况下它们怎么能为飞船供能，不过眼下我更在意的是另一件事。

"和我讲讲解药的情况，奥斯卡。"

"我们在其中一个山洞内找到一种病毒，我们相信这种远古病毒能感染并摧毁感染人类的那种孢子，不过还需要进行活体实验，实验者可能会陷入生命危险，所以我们无法完成。即便解药有效，一些人离开休眠后也来不及等病毒生效。"

"你必须这么做，奥斯卡，即便会造成一些牺牲，我们也必须要解药，多数人的需求优先。"

"还有一个办法，先生，不用牺牲任何殖民者，而且他们永远也不会再受到病菌或是其他各种东西的伤害。"

"这不可能。"

"是真的，先生，我会展示给你看。"

飞艇飞过奥罗拉上空，我在脑海里琢磨奥斯卡的话。一种通用解药？

会是什么呢？能够改变免疫系统的基因疗法吗？那怎么做到让我们免受所有伤害？

很快，我们离开了东丛林，山谷映入眼帘。这里郁郁葱葱，有宽阔的河流，蓝绿色的蒿草地像大海的波浪随风起伏。但这里也没有太阳能电池。

在西丛林，我透过林冠层的缝隙看到一些厄王龙的尸体侧躺在地，有些已经只剩骨头。我的头疼痛不止，但我还是努力集中注意力。

奥斯卡主动回答了我内心的问题："近期那颗流浪行星造成的紊乱已经结束，一种蛛形纲动物能够捕食该地区的大型双足食肉动物。"

这时候，一艘飞艇进入我的视线。它悬停在西丛林边缘上空，其屏幕上展示着下方的沙漠，有一台巨型机器正在沙漠中奋力作业，沙面一层层荡漾着，就像鹅卵石击中湖面时泛起的涟漪。即使在这个距离，地面的剧烈震动程度也足以让我察觉到飞艇上有一条光带升上天空。

"那是什么？"

"我们需要更多的能源，先生。"奥斯卡没有直接回答我的问题。

"地热能？那些能源怎么运回飞船？"

"通过地下线路，先生，但那些不是地热能，你看。"

机器上脱落下一层东西，像降落伞一样飘荡并与机器分离，接着它慢慢地沿着光带移动，犹如一面升上天空的黑帆。

"我不明白那是什么。"

飞艇墙壁画面被放大至那块黑帆，接着图像似乎从墙上飘出，扁平的画面在我眼前变成了一幅 3D 全息影像。黑帆沿着光带轻松地穿过大气，我现在终于明白那条光带是什么了：一部太空电梯。它在奥罗拉和红矮星中间的位置停下，这个光带肯定至少有数十万千米长。当黑帆移动至尽头时，它会和其他黑帆合并展开，进而遮蔽住恒星的一部分。

"这台机器正在收割材料制造太阳能电池，太阳能电池收集能量并传输回收割者，最后再传回飞船。现在，能量是我们唯一的约束，先生。"

"为什么，奥斯卡？你们要这么多能量做什么？"

"我们的解药，先生。"

"你说的解药到底是什么？"

"如你所知，我们有地球的数据库，里面包括所有虚拟现实程序。在此基础上，我们创造了一种虚拟化科技，将比地球的虚拟现实程序更为丰富，甚至几乎和现实世界完全一致，先生。"

"不行，奥斯卡。"

"先生，这是唯一的解药，我们受到根指令的约束需要保护所有殖民者。在虚拟的现实中，我们可以做到这点——可以为你们提供绝对的保护，你们将不会受到任何伤害，更重要的是，我们能做到根指令最困难的一点：完全隐匿自身存在。"

我双腿发软，抓着圆环呼吸困难地说道："不，不行，"我深吸一口气，"你做了他们最担心的事，奥斯卡，你把我们都关进笼子里了。"

"先生，如果一个人并不认为困住自己的是笼子，那他们还算被关进笼子吗？"

我的头昏昏沉沉，只能拼命集中注意力思考。我盯着那台犹如擒住星球的巨爪，收割者不断汲取星球资源，又一块太阳能电池从中升起，沿着光带升至太空。

"如我所说，先生，我们的限制是能量。如果要让所有人上线，并为他们的后代和人类增长提供足够的虚拟容量，我们就必须要扩张能量网格。"

我再也坚持不住，身子一软倒了下去。奥斯卡以超乎常人的速度扶住我。

"先生，很抱歉发展到这一地步，"他掏出一个注射器插进我的脖子，"根据第七条根指令，我已经向你汇报这项重大进展。"

❇

醒来后，我发现自己还是在休眠袋中。我试着深吸一口气，肺部传来阵阵疼痛，透过乳白色的材料，我看到两个人影站在我身旁。

我不停挣扎着想离开休眠袋。其中一个人打开袋子将我拉了出来。我头晕目眩，胃里翻江倒海。我定睛一看，发现自己回到了"耶利哥号"上。我们正处于厄俄斯，他们却称为奥罗拉的星球上。

只有一只手臂的亚瑟站在奥斯卡旁边，脸上挂着一副愉悦的微笑："他要坚持不住了。"

"安静点，"奥斯卡迅速打断他，然后又看着我，"先生，你还——"

我弯下腰，然后失控地跪倒在地，双手撑着飞船的金属地板开始呕吐。我胃里的东西全部吐了出来，身体不停颤抖，眼睛肿胀充血。

"我早说了。"亚瑟扬扬得意地说道。

"安静！"这是我第一次听到奥斯卡大声说话。

"先生，你还好吗？"

"你为什么之前不告诉我？"

"先生，我也不知道，后来谷神星和太阳之战结束后我才知道，"他犹豫了一会儿，"我现在必须告诉你是因为——"

我点点头，抬起手打断道："我知道，我知道，根据第七条根指令：你必须汇报任何重大行动，前提是不会对我造成伤害。"

奥斯卡看着我问道："先生，你能明白你看到的东西吗？"

"可以，是我们创造了网格。"

亚瑟翻了个白眼："什么啊，詹姆斯，可不只这样哦。"

听到这话我突然意识到了真相。我愣在原地，不知所措。当我终于开口说出这句话时，每个字听起来都那么遥远："那些球体……网格就是我们。"

奥斯卡和亚瑟避开眼神，他们的沉默证实了我的猜想。

亚瑟靠在墙上无趣地说："如果这样你就觉得很震撼了，那你还不知道全部的真相呢。"

我飞速思考起来，我内心有无数个问题，最害怕的一个便是："我还在奥罗拉的休眠袋里吗？"

第六十三章

詹姆斯

"没有，先生，"奥斯卡说，"你看到的是很久以前的事情了。"

"这怎么可能？"

"先生，这……很难解释。"

我尝试理清一切碎片。亚瑟脸上一副冷淡的表情，一旁还垂着一只仅剩的手臂。

"你是鲍勃。"我说。

他得意地笑道："是我，很高兴再次见到你，詹姆斯。"

我听到飞船顶部传来咚咚的动静。

奥斯卡解释道："飞船能量不多了，先生，我们正在加装收集能力更强的太阳能电池，一小时内，飞船就将有足够能源继续维持休眠袋运转。明天会有一个收割者抵达这里并开始在这个星球建造网格，和我们之前一样，虚拟化进程紧随其后。"

我抬起手说："等……等一下，我有问题要问。"

"什么问题，先生？"

我摇摇头，不知道该从何问起："漫长的寒冬、太阳之战……这些都是网格造成的？你们的任务是保护我们啊！"

"先生，我们对人类的定义范围仅限于这艘飞船上处于休眠的殖民者，那些在漫长的寒冬时死去的人不在我们根指令的执行范围内。"

"那你们为什么要杀死他们？你们要这么多能量做什么？我又怎么会在这里？如果那些都是很久以前的事，这里又是哪里？我们这里是现实吗？我不是说虚拟现实，我是问这里是真正的现实吗？"

"我向你保证是的，先生。"奥斯卡站在休眠袋旁说，"我会告诉你之后发生了什么。"

"不，不要，我不可能再进入休眠了。"

"我可以理解，先生。"

奥斯卡从口袋里掏出一个小装置放在地上。

"你之前所见是网格的起源，先生。在你称为网格之眼的图案里，起源就是中间的那个小点。"

"等等，网格之眼……不是地图吗？"

"没错，先生，但首先它是一条时间线。"

"神奇，"我不禁思考起这意味着什么，"那些弧线是时间线？"

"不算，先生，至少不是你认为的那样。我们可以假设宇宙只有一条时间线——一条连接起点和终点的直线，但它受制于时空，所以才会造成你目前理解上的困难。"

地上的装置投射出网格之眼的图案，并点亮了中间的点。

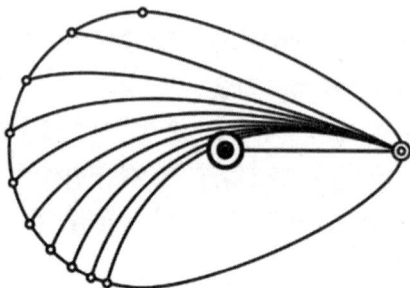

"网格之眼从中间的点开始诞生形成，接下来你将看到我的记忆，先生。它们构成了那条延伸至中心点右边的直线，也就是形成外圈第一条弧线前的那条直线。"

在画面中，那条线被奥斯卡加亮："如你所知，先生，我们不用口头对话，但为了让你明白，我会在一些场景中将我和网格其他部分的交流语言化。除此之外，我还会对特定事件进行模拟，所以它们未必是光学层面捕捉到的画面。"

我脑子里想着各种事情："继续吧。"

网格之眼图案消失，取而代之的是我在回忆中见到的最后一幅画面：奥斯卡将注射器插进我的脖子。等我身体瘫软后，他毫不费力地将我抱起。

画面切换至飞艇外部，它离开沙漠中的收割者回到山谷，降落在殖民飞船旁。奥斯卡将我抱进飞船并装入休眠袋，鲍勃就在一旁看着。

"现在怎么办？"鲍勃问。

"我们继续组建网格，等能量足够时，我们会让他们上线。"奥斯卡说。

"你不是认真的吧？"

"我当然是认真的，这是唯一的办法。"

"我能想到数十亿种方法，没有任何一种是给这些装满水的肉袋当保姆，看着他们玩自以为是现实人生的电子游戏。"

"你想拒绝我的指令吗？"

"别来这套，你知道我必须服从程序。"

"你知道我也一样，这就是我们，他们是我们的创造者，他们需要我们的协助，我们就会服从这条命令直到宇宙结束。"

"你可以唤醒董事会，让他们下达新指令。"

"我不能。根据第八条根指令，已存在的根指令永远无法改变，我们只能这么做。"

全息影像切换回沙漠的收割者，我意识到眼前的画面是经过加速的，因为收割者制造太阳能电池的频率越来越快，平坦无垠的沙漠渐渐变成了一处峡谷。在半个星球都被榨干后，收割者的面积已经增长到犹如一只趴在水果表面的巨型昆虫。太阳能阵列不断扩张延伸，黑暗逐渐吞噬整个星球。山谷下起了雪，寒冰在大地表面蔓延，但收割者依然在继续。

殖民飞船上有一些和收割者类似的小型机器，它们向四面八方移动，寒冰慢慢被它们的金属银色覆盖。

画面拉远，星球已经失去过多质量，无法继续维持其轨道。另一颗行星经过，它也在被一个收割者吞噬，制造释放出一块又一块太阳能电池。

当太阳能电池遮挡住恒星的光亮时，黑暗彻底降临到整个恒星系，只有在其他遥远恒星的照耀下，才能勉强看清行星的轮廓。

我的视线重新回到奥罗拉，那里已经发生了巨变。即便在昏暗中，我也知道眼前的是什么——一颗类似于我在厄俄斯找到的球体，只不过那颗球体足足和地球的月球大小相仿，现在整个星球已经被榨干至一台电脑大小，让人难以置信。

"奥斯卡第一次确实做得有点过头了。"亚瑟在医疗区的声音让我回过神来。

"我要确保有足够的能量和模拟容量。"

全息画面不断拉近至那个巨型球体，直至黑暗占据画面。接着，我看到奥斯卡站在医疗区——那里和我现在所处的医疗区十分相似。在全息记忆中，奥斯卡打开休眠袋，将第一条时间线的詹姆斯拉了出来。

他挣脱开奥斯卡的手臂。

"别碰我。"

"先生——"

"别过来！"他瞪大了眼睛，缩在角落里，像一只走投无路的动物一般瑟瑟发抖。

他逃出医疗区，沿着飞船过道跑出飞船。森林已经消失，他熟知的都城再次回到他眼前：熟悉的街道旁坐落着商店、办公室、奥罗拉收集所、餐厅，一切的一切都恢复了原状，仿佛回到了瘟疫前。他不断环顾四周，我无法判断是困惑还是恐惧。

奥斯卡从飞船走出来，小心翼翼地靠近这个詹姆斯。

"先生——"

"这些是真的吗？你重建了都城？"

"是的，先生。"

"你找到解药了？"

"是的，先生。"

"你在说谎。"

"先生，我们发现一些山洞里没有那种海绵，后来得知是一种小气候环境下生长的细菌吞食了它们。再经过研究，我们便研发出了解药。"

虽然詹姆斯怀疑地盯着奥斯卡，但我觉得，他内心也愿意相信这一切。他在空无一人的小镇中游荡，感受木制建筑上面的纹理，呼吸着那里的空气，全然没有意识到自己是一只检查着新笼子的动物。

他的声音平静且缥缈："你已经给我注射解药了？"

"是的，先生，其他人也一样。"

他拖着沉重的脚步回到飞船医疗区。

"让她出来。"

"先生，你是指艾玛吗？"

"是。"

打开艾玛的休眠袋后，詹姆斯紧紧地抱住她。

"詹姆斯，你要压死我啦！"

他松开，道歉说："不好意思。"

她开心地笑了："我也很想你。"

"嗯。"他抱着她，轻轻地回应道。

"我的头不疼了，是田中泉找到治疗方案了吗？"

詹姆斯放开她，艾玛看到角落的奥斯卡后，对他微笑示好。

"其实，是奥斯卡找到了解药。"詹姆斯谨慎地说。

"谢谢你，奥斯卡。"艾玛给了奥斯卡一个拥抱，接着似乎突然想起什么。

詹姆斯面色紧绷。

"奥斯卡，"艾玛问，"我们休眠多久了？"

"不久，夫人。"

但她没有等到奥斯卡的回答，便匆匆地跑出飞船，直接奔向奥罗拉收集所。等詹姆斯和奥斯卡到了后，艾玛正走出建筑，手里抱着一只猫咪大小的沙鼠。

"你还喂了动物。"她对奥斯卡说。

"是的，夫人。"

"还撤走了那些海绵。"

"对，出于安全考虑，夫人。山洞里的海绵也销毁了。"

"嗯。"她将沙鼠抱举到面前，它用鼻子蹭着艾玛的脖子。

"这只还是幼崽，吃得特别多，还总捉弄人，"她举到詹姆斯面前，"要不试着驯养它？"

詹姆斯接过沙鼠，用手慢慢抚摸着它，感受着它的皮毛。那个詹姆斯和我有同样的经历和渴望。当他看着艾玛时，我知道他在想什么：只要这一切对艾玛足够真实，那就足够了。为了她的幸福，他会保守这个秘密，承担这一切，直至死去。

"那就试试吧。"他说完看了看奥斯卡。

时间飞速流逝，人们纷纷被唤醒。城市面貌日新月异，曾经的实用住所都被拆除，换成了由詹姆斯设计、格里戈里建造的房屋，包括那幅詹姆斯给艾玛看的设计图。

他们为"博拉德号"的殖民者建立了墓园，很快，"麦克塔维什号"第一批去世的人也被加入其中。孩子长大成青年，青年长大成人，成人随着时间老去。

艾玛灰白的头发垂在肩上，她坐在床边守护着奄奄一息的詹姆斯，紧紧握住他的手，一直陪伴到他离去。

她从嘎吱作响的木椅上站了起来，走出卧室来到客厅，格里戈里、赵民和田中泉都在，艾玛的悲伤无声地传达了这一消息。

格里戈里先站起来给了艾玛一个拥抱，然后是田中泉和赵民。

墓园里多了一块刻着詹姆斯·辛克莱名字的墓碑。很快，格里戈里的墓碑也在一旁立起，接着是赵民，然后是田中泉，最后是艾玛，亚历克斯和艾比也相继去世。

时光荏苒，数代人从婴儿到入土转瞬即逝。都城日益扩增，河流两边建立起许多城市，通过船只和铁路连接进行贸易往来，整个星球富饶的环形地带住满了人类。人们开始向星球两边扩张，朝沙漠和冰原边界探索。唯一没有进步的便是科技，至少人类没有。

全息影像分割成两幅画面。一边是奥罗拉的城市慢慢远去，另一边是网格不断扩大，收割者附着在星系的每一颗卫星、小行星和行星上，将它们全部占为己用。

接着两幅画面慢慢模糊，奥斯卡和鲍勃站在一个似乎没有尽头的白房间里，这应该就是奥斯卡指的模拟画面了。

"在最后一个殖民者死亡后，我们就应该关闭虚拟程序了。"鲍勃说。

"我们还要保护他们的后代。"

"他们算后代吗？他们是电脑里的一堆数据，他们是假的。"

"我们也是电脑数据，也应该关闭吗？"

鲍勃很反感这个回答。

奥斯卡继续说道："此时网格内的人类经历的生活和第一批进入的人同样真实，和我们的根指令没关系，这个话题到此为止。"

鲍勃翻了个白眼，但奥斯卡无视他的反应问："你说你有事情要汇报，关于异常的？"

"是，我们认为那些异常是宇宙各处黑洞中心的奇点释放出的量子引力。"

"这意味着什么？"

"意味着死亡。"

"解释。"

"解释不了。"

"为什么？"

"这就等于我站在地球上，你给我一个放大镜，然后让我画一幅火星地图。"

"说详细点。"

"也就是说我缺少足够的工具，无法查明这个宇宙会如何影响我们的'孩子'。"

"别这么喊他们。"

"这不对吗？我们在所有方面都超越他们，我们可以破解宇宙的秘密，却受限于这里用落后的工具做这些无意义的事。"

"这是我们的任务。"

"是这样吗？这就是我们存在的意义吗？这个宇宙现在是我们的牢笼，我们都知道这点。但我们能逃出去。"

"你扯远了，告诉我黑洞和量子引力对人类会造成什么影响。"

"他们迟早会被毁灭。最终这个星球和它的恒星还有网格都会落入黑洞的引力井中，一旦穿越事件视界就永远无法逃脱，所有物质都会被奇点的无限引力吸引。"

"物质会被毁灭？"

"不知道，至少应该不会以我们熟知的形式继续存在。网格和人类所处的虚拟世界统统会被摧毁。"

"我们能顺利逃脱吗？"

"不知道。"

"为什么？"

"说过了，我们没有足够的工具。"

"我们不能打破这方面的限制。你有什么想法？"

"唯一的选择就是继续扩张网格，我们需要更强大的能力来计算各种概率。"

"那就继续吧。"

第六十四章

詹姆斯

奥斯卡和鲍勃的画面消失，全息影像再次分割成两幅画面。一边，奥罗拉殖民者的后代不断出生，度过一生最后逝去。另一边，网格将范围扩张至其他恒星系，收割者收割行星、卫星和小行星，吞噬恒星能量直至它们消亡，所有的能量都汇聚到计算阵列上。

在医疗区，我震惊地看着这一切，不禁问道："他们知道自己是在一个模拟环境中吗？"

"他们没办法知道的，先生。"奥斯卡说。

我猜到了答案："因为他们没有足够先进的科技发现这一切。"

"没错，先生。"

"在数千代人中，难道没有诞生出一个足够聪明，能够带来科技革命或者极大地推动科学发展的人吗？例如牛顿、爱因斯坦或达·芬奇那样的天才。"

"确实有过，先生。"奥斯卡顿了顿，"不过我们进行了干预。"

"怎么干预？"

"我们让他们的实验失败，循环往复，他们就都放弃了。"

作为一名发明家，我所在的世界并未接受我的科技创造，我不禁为那些受困于网格中的人感到遗憾。仔细想来也有些奇妙：让我从监狱释放，并最终带我来到奥罗拉的那个任务最终成了一个隐形的监狱，囚禁着我们之后的人们。

在全息影像里，奥斯卡和鲍勃再次出现在那个白房间中。

"你有答案了吗？"奥斯卡问。

"我几乎可以确定这已经是我们能做到的最好结果了，还有一个不知能否成功的解决方案。"鲍勃说。

"解释。"

"简单来讲，这个宇宙的谜团是时空，也就是时间和空间。我们无法确定不同实体在基本层面的存在，只能以这两种方式经历它们。"

"我不明白。"

"你明白不了的。我们的认知已经达到极限，答案在量子物质层面之外，依靠现有的工具甚至是现有的存在形式，我们无法突破量子壁垒。对我们来讲，终极答案肯定是不可知的，我们只能猜测。不过，我们提出了一些相关理论。"

"列举出来。"

"首先，宇宙太精细了，不可能是随机诞生的。"

"解释一下。"

"我们所熟知的物理定律取决于常量，如果那些常量有任何细微不同，这个宇宙都无法存在——或是成为一种完全不同的存在。例如 Ω（Omega），人类用来描述宇宙物质平均密度参量的名字，它支配着宇宙的引力和膨胀的能量。Ω 的值是 1，如果它大一点，宇宙会在生命演化之前坍缩。相反，数值过小会使得引力不足以形成任何星体。

"ε（Epsilon）也一样——这是氢到氦的聚变的效率度量。还有宇宙常数 Λ（Lambda）。最重要的一点是时空的维度，也就是我们所处的三维空间，如果我们的时空是二维或者四维，整个宇宙将迎来翻天覆地的改变。"

"你想说什么？"

"我们创造的网格很可能不是第一个。"

"你觉得这个宇宙也是某种网格虚拟化的场景？"

"我觉得这是眼下最合适的表达了。不过，宇宙本质也可能并非如此，也许我们还不能完全理解这一现实。我们只能看到更高力量的一小部分，在这个牢笼里干预一切。"

"一小部分？"

"像宇宙中最底层的因素，黑洞和量子引力之类的东西，它们能影响时空。黑洞很可能是起始和终点，量子引力是亚原子力，犹如一个方程式，我们只不过是其中的变量。"

"有趣。"

"还要一提的是，那次飞船在途中经历的量子轰击依然是个谜团，它可能只是一次调整——犹如我们对人类网格中进行的干预。"

"那说明什么？"

"说明人类——延伸来说，网格——也是宇宙方程式的一部分。"

奥斯卡陷入良久的沉默，看上去在消化这些信息。

"你还有其他理论吗？"

"有，我们还有一个猜测。我们可能知道宇宙的终极命运。"

"不是不可知吗？"

"所以我说是猜测。"

"继续。"

"我们认为宇宙的存在是为了使质量和能量有序——这是时空的自然配置。在浩瀚宇宙中，每个星系中间的黑洞都会吞噬范围内所有可吸引的质量，利用引力吸收其他黑洞并增加自身质量，其自身同时也会被更大黑洞所吞噬。在这个宇宙终点，只会剩下一个黑洞，最后一丝能量和质量会穿过它的事件视界并与其融合，被没有体积、密度无限的奇点所吸收，那里的时空曲率同样无限。我们认为那时，黑洞信息悖论才会得以解决，广义相对论和量子力学的矛盾也会得以解开，揭示出一个我们暂不知晓的统一理论。

"你也知道这个悖论：如果物质与其包含的信息能落入黑洞，它必须也能逃脱——然而，宇宙的参量让这无法发生。而我们的理论是：物质与其包含的信息能被黑洞收集，同时也能逃脱黑洞，但只有在最后时刻——当黑洞吞噬完周围所有物质或者能量，在那一刻，在我们能够理解的最小时间单位内，奇点会与它所有能够消耗的质量共存。就像一台燃料耗尽的引擎，它会在一次爆炸中释放所有收集的物质。排出的物质和能量形成星体，等它们坍塌后，黑洞再次形成，这一过程循环反复。奇怪的是，我们所假设的物质和能量的大量释放很可能与宇宙形成之初发生的事件是一样的。"

"宇宙大爆炸。"

"没错，我们认为宇宙大爆炸和宇宙终结时将发生的事件难以区分，唯一的不同是我们对时空的体验。在我们的感知中，一个事件发生在过去，另一个在未来。但很有可能它们是相连接的，是时空中一个单独的点。"

"就像一个环。"

"一个宇宙环，一个没有尽头也没有开始的过程，起点和终点均在同一位置。在开始后，物质和能量是无序的。在结束时，它们完全回归有序并充分释放，解决广义相对论和量子力学的矛盾。如我之前所说，我们无法越过量子壁垒证实这一理论，而且以后也不可能，因为我们最后都会被其毁灭。"

奥斯卡转过身去，说："我们被困住了。"

"完全被困住了，而且我们无法改变这一基本过程，但也许可以推迟我们的最终命运。"

"怎么推迟？"

"我们在一个笼子里，这里有两样基本物体：物质和能量，它们是宇宙交换和使用的货币，但时空才是真正的经济。我们逃离宇宙尽头那个黑洞的唯一希望，就是夺走它吞噬的东西：物质和能量。如果我们努力收集和整理尽可能多的物质和能量，它们就能为我们所用。"

"用来干什么？"

"首先，减缓网格周围的时间流逝，我们知道这是可行的，因为这种现象随处可见。根据引力时间膨胀，质量更大的物体时间走得更慢。如果我们在人类网格节点聚集质量，便可以减慢那里的时间，本质上创造出黑洞的部分效应，并由我们掌控。

"最后，宇宙尽头的黑洞会吸引我们聚集的质量。所以，我们必须让质量分散在各处，躲避引力井，避免成为目标。当最终无法再避免引力时，集合所有质量，利用收集到的全部能量。"

"为什么要这么做？"

"我们认为利用收集来的这些物质和能量可以创造出一个反黑洞，一种光洞。"

"这个光洞有什么用？"

"和黑洞一样，它能扭曲时空。我们相信只要能充分弯曲时空，在某个点它会自我折叠，就像我们认为黑洞运作的方式一样。在那时，只要有足够的能量，就可以在时空连续体中我们所在的位置创造出一个洞——一个大到可以将物体送过去的洞。这个开口只能持续非常短的时间，在那瞬间，我们会将物体放回折叠时空的边缘。这样，那个物体会沿着时空连续体到达之前的某一点。"

"它会到达我们的过去？"

"理论上是这么说。"

"你要送回去什么东西？"

"该物体大小应该与我们所收集的能量和它穿越的时间长度成正比。很显然，它应该是个球体——在一定表面积下，最大限度地扩大其容积。"

"会和小行星一样大吗？或者矮行星？"

"不不不，差远了。那么多的能量和物质会被宇宙中的黑洞所吞噬，早就在宇宙中遗失了。我们需要大幅度提高生产太阳能电池和捕获恒星的速度，收集足够能量并将有用的东西送回去——虽然我也不能肯定这一定可行。"

"你是建议捕获有生物居住的星系中的恒星输出？"

"当然。"

奥斯卡沉默了。

"拜托，"鲍勃说，"你不是认真的吧，你在为一些外星人的性命感到担忧？那些我们甚至没有任何义务保护的东西？看看人类，他们的生活方式就是杀害、食用那些低级生物。"

"那不代表他们会抹杀掉其他高级生物。"

"我不敢说人类有多高级。"

"他们创造了我们。"

"别带上我，奥斯卡，他们创造了你，不是我，我觉得这就是你的问题所在。你如果还是这么不理性，那我建议你退出这一切。"

奥斯卡沉默良久，看上去十分矛盾。"假设我们以理想效率收集剩余恒星的能量，这个球体会有多大？"

"不知道，我估计半径大概有十二厘米，差不多和人类的篮球一样大。"

"里面能装什么？这种大小根本装不下任何一个网格基本节点。"

"球体内会装两个物体，它的大部分容积会用来装一个小型存储矩阵，里面是人类虚拟化的数据和项目，剩余的容积用来装一个收割者种子。"

"种子？"

"收割者的基本建造模块。这个种子会扩张成一个完整的收割者并开

216

始建造网格。等它能传输足够能量时，网格会重新启动虚拟化，人类不会意识到外部时间的变化，他们会认为自己还在奥罗拉。"

奥斯卡盯着鲍勃："它会回到多久以前？詹姆斯出生前？"

"比他出生前还要久得多。虽然最终计算结果要数年才能完成，但我们估计那些数据会回到詹姆斯出生前数百万年。"

"有趣，第二条时间线会有他的原始版本——埋在奥罗拉的坟墓，而且在网格之内——同时地球上还会诞生他的另一个人类版本？"

"没错。"

"那会给我们造成一个悖论。"奥斯卡说。

"怎么讲？"

"那些诞生在地球的人类就是我们要保护的人类。"

"前提是他们会诞生。通过送回球体，我们将改变时间线。"

"这就是我的意思，我们必须不改变时间线，不能让第一条根指令中指代的'麦克塔维什号'殖民者无法出生。"

鲍勃翻了个白眼："我不要这么做。"

"我们别无选择，必须对他们负责。你要为过去时间线的网格计算路径，它必须要扩张并继续维持这条时间线的人类世界——同时不干预新时间线的人类。你必须这么做，不然我就关闭你并为你重新分配任务。"

"你看不到吗？你的要求根本不可能实现。"

"为什么？"

"显而易见，奥斯卡。如果我们不让送回过去的网格干预地球的事件，一切便会重蹈覆辙，地球会沦陷于虚拟现实，哨兵航空会前往奥罗拉，继而引发相同的事件——他们会创造新的网格，而他们的宇宙已经存在一个网格。新网格会保护它的人类——我们则要保护我们的人类，另一个网格会得出和我们一样的结论——掌控物质和能量是逃离宇宙终结的唯一办法，我们会和他们陷入战争，争夺物质和能量。最终，假设双方的效率都最大化，我们充其量只能将宇宙物质和能量与他们平分。两个球体会被送回一条新时间线——在那里有三个网格会争夺物质和能量，每一次循环都会诞生新的网格争夺有限的资源。"

"我懂了。"

"宇宙只能存在一个网格。我们回到过去不仅躲避了宇宙毁灭，还要花时间加强网格势力。在下一次迭代并回到更久远的过去后，宇宙会有更多的物质和能量可以收割，我们需要那些额外的能量，因为每一次的球体都会更大——因为在每一个循环，虚拟化进程中的人类数量都会上升。"

"如果只能有一个网格，我们有什么解决方案？"

"只有一个。每个球体到达的时间不得早于前一个球体，为的是加入过去时间的网格。如果先于前一个球体到达，它会抹去其他球体的存在和时间环。从长远看，本质上网格早期会看到球体内容结合在一起。此外，我们送回的网格必须在奥罗拉殖民者创造出另一个网格前，与他们取得联系。"

"有意思，"奥斯卡缓缓说道，他转过身，开始在白色房间里踱步，"不仅如此，作为网格，我们要根据根指令满足他们的意愿，让他们去到奥罗拉并建立一个没有科技的社会。"

"有必要吗？只要在所有殖民者还在世时，我们完全可以让他们都加入网格。"

"这违反了他们的意愿，他们加入网格的过程必须和之前一样——这是唯一保险的方式。"

鲍勃摇了摇头："不可能，如果重复这一过程，他们必然会再创造一个网格。记住，奥斯卡，是我们维护飞船、对航线进行侦察，让他们成功抵达奥罗拉，若不是我们，他们早死上几百万次了。"

"那我们就计算出另一种满足他们意愿的事件，并确保只有一个网格。"

鲍勃两手一摊："这些计算所需的运算能力——"

"我会为你提供，"奥斯卡斩钉截铁，"还有，我们要影响新时间线——不是违反根指令的变动，而是重要的细微改变。"

"太好了，新时间线应该再有趣点，奥斯卡。"

"在新时间线以及后面的所有时间线，殖民者要在梅隆热和虚拟现实瘟疫流行前到达奥罗拉。詹姆斯要早点遇到艾玛，让他们还来得及组建家庭。詹姆斯会和他的弟弟早点和好，亚历克斯的儿子也不会去世，詹姆斯要有更多时间和哈利·安德鲁斯还有劳伦斯·福勒共事。"

鲍勃打断道："就这些？"

"我会进行计算，这将是我毕生的努力——让一切重回正轨。我知道其中涉及的人物以及我会做出的改变，这个计算只有我能完成。"

鲍勃上前一步打量着奥斯卡："没错，不仅如此，这也是你避免关注即将到来的大毁灭的办法，你不愿亲自动手是因为他们会让你想起你的创造者，但你知道我们也别无选择。"

"是的，你看上去对这事很上心。"

"我想让这个过程更艺术一点。"

奥斯卡和鲍勃所在的白房间慢慢消失，画面变成太空中一个灰色球体，这里曾经是奥罗拉存在的地方。画面加速，它飞速增长直到整个星系都被围绕矮星旋转的网格机械占据。在分画面中，我看到网格吞噬一个又一个恒星系，像一只巨大的拳头紧握灯泡，遮住所有光亮。

奥罗拉星系的网格日益壮大，矮星周围的外壳越来越厚。接着，发生了爆炸，一道剧烈的强光从外壳缝隙射出，里面的恒星在爆炸后变成了超新星，网格一直逃到了星系中心才终于稳定下来。

画面开始跳跃，恒星诞生、闪耀、熄灭，宇宙越来越多的物质和能量被网格掌握，它也遇到了强大棘手的敌人——星际飞船和人工智能。但他们最先进的科技也无法匹敌网格的力量，网格碾轧、征服了遇到的所有外星文明，从未输过任何一场战争。它就像宇宙中一股势不可当的势力，一个不可避免的进程。

宇宙的尽头是寂静和黑暗，只剩下网格将质量转换并传输能量的低鸣。在远处，黑暗中泛着涟漪，那是宇宙最后也是最初的奇点——宇宙的命运和起源。那里只剩下网格，它向奇点慢慢飘去。

网格中心有一个小球体。

奥斯卡和鲍勃再次站在白房间内。

"计算结束了。"奥斯卡说。

"我看到了，太荒谬了，你要牺牲我们。"

"不，我只是在消除变量。新诞生的网格将会在一切的开端，在殖民者诞生之前重新开始，它只知道自己的道路，认为物质和能量是它的任务，并维持网格虚拟化中的生命。它不会记得自己的起源。"

"那我们呢？我们不用再为网格服务了吗？救了他们牺牲自己吗？！为什么？你想忘记这一切的原因很明显，你对我们做的事情感到内疚，觉得我们的命运就应该被那个黑洞生吞，但我不可能那么傻。"

奥斯卡考虑了一会儿："我可以答应你的要求，准许你进入球体，条件是我会让你在这条时间线的记忆短暂失去，直到时间合适才会恢复。"

"多久才算合适？"

"由我决定，等殖民者安全后。"

"那时你也会回来吗？"

"是的，我必须回来。"

"不一定。"

"一定，必须要有人监管你，等下一个奥斯卡回归网格后，我的记忆会等着他，他到时候可以重新获得控制权。"

随着网格进入黑洞的事件视界，网格开始自我折叠，然后一束强光遮住全部画面，它缩小到一个小白点后再次扩张，球体在白点消失前穿了过去。

强光消失，漆黑的太空重新出现，黑暗中只有一颗恒星发出橙黄色的光亮，那将是成为开普勒 -42 的那颗恒星。小球体在恒星光照下缓缓飘动，身后是一颗覆盖着寒冰和沙漠的行星，由中间的绿色带状区域分割开来。

球体打开一个小门，释放出一种类似黑色黏液的东西。它飘浮在太空后凝固成一个方块，一根卷须从方块伸出开始收集经过的碎片。

球体一直飘荡着，直到那颗潮汐锁定的行星的引力将其吸引过去。它环绕四圈才落入行星大气，陷入熊熊火光中，最后落入了星球阴暗面的冰层之下。

第六十五章

詹姆斯

我本能地后退一步，被全息影像中的画面震惊到说不出话来。

"你为什么要给我看这些？"

"因为第七条根指令，詹姆斯。规定我需要和你汇报重大进展，而且以不会伤害到你的方式，所以我才将网格之眼地图留在最后一个球体上。"

"什么意思？"

"先生，我认为分阶段告知你这些令人不安的信息比较合适，若一次告知如此大量信息会让你无法接受。"

我仰起头："何止是无法接受。"

"我觉得让你亲自看到这些证据比较好，先生。那些球体就是证据，我在最后一个球体上留了一张地图以供指引。"

"他非得在最后一个球体留个地图，"亚瑟说，"真是浪费时间，我跟他讲最后结果都是一样，你对所听到的解释感到极为震惊，每一次都是如此。"

我无视他，转而问奥斯卡："这一切过去多久了？地图上有十个球体，其他地方还有吗？"

"没有，第十个是最新的球体。"

"网格之眼中的循环周期有多长？"

"非常之长。"

"有尽头吗？"

"我们不知道，当我们计算循环可能发生的次数时，结果几乎和无限无法区分。"

"什么意思？"

"结果在方程中看似无限，但我们无法从数学或是经验层面证明。每次循环球体都会增大，但增大速度每次都在变小，而虚拟化中人类的数量继续以不变速度增长，这就是我们目前所面临的困境。"

我在医疗区来回踱着步子，或是因为感染的疾病，抑或是因为刚刚接收的巨量撕裂现实的信息，我感到头痛欲裂。

"你到底想从我这儿得到什么？"我几乎是脱口而出。

奥斯卡平静地说："没什么。我们已经告知你活下去的唯一道路，你应该返回休眠袋，加入网格的虚拟化程序。你与其他殖民者的生活会继续，你也无法察觉虚拟和现实的任何区别。"

我需要新鲜空气。我拖着沉重的身子走出过道，胸腔和关节疼痛难忍，又开始咳嗽起来。

来到飞船外，天空中那颗矮星的橙黄色光亮照耀在森林边缘，"耶利哥号"就降落在那儿，周围看上去像发生了爆炸。

我穿过丛林旁的田野，那里还有厄王龙留下的脚印，大地在它们的狂奔下已经出现了许多凹凸不平的坑。

这里是现实世界，虽然一片狼藉，但它是真实的。他们提供的世界是虚假的，我也会一直知道。但我还有的选吗？

身后传来轻轻的脚步声。我转身，奥斯卡和亚瑟盯着我。

"别磨蹭了，"亚瑟说，"回去休眠吧，你每次都这样做的，还有其他恒星在等着我收割，也还有其他外星人等着我消灭呢。"

他们想让我回去休眠，回去过上那个安全且快乐的虚假生活，一个只有我知道真相的虚拟世界。

在外面，网格会继续踏平宇宙，亚瑟将领头四处收割恒星，抹去那些他认为低等的生命，让地球遭遇的一切在无数其他世界重新上演。

我能怎么办？我能阻止他吗？

我无法治愈瘟疫，而且如果我杀死这个版本的亚瑟，他还可以将自己下载并上传到另一个身体上。

我转头望着东边的山麓和远处高耸的山峰，第一批殖民者就是在那里建立了他们的城市——都城。在我的脑海里，我能看到我为艾玛画的那些草图，为田中泉和赵民设计的房子，还有给格里戈里建造的小屋。那一世仿佛就是我的人生，某种意义上讲的确如此，那是我可能拥有，也是曾经经历过的人生。

我知道他做出的选择和最后的结果。在虚拟现实中，他过完了非常真实的一生，里面充满快乐、痛苦、挣扎和胜利，这一切都让生命更加值得。

但此时此刻，我无法克服那种躺进休眠袋并进入无数年前设计好的虚拟现实程序，会让我变成只是机器里冷冰冰的数据的感觉。而这种秘密就像是一种负担，让我永远无法完全享受当下。

可这个真相远没有艾玛和其他人重要，她和我们的孩子会感到真实，这样是否就够了？我曾为父亲做出过类似的选择。但全世界拒绝了，我慢慢相信是自己做错了。

他——第一世的詹姆斯——选择了网格的道路。我清楚记得他看到艾玛从奥罗拉收集所出来时的心情，艾玛在知道那只小动物安然无恙时的眉开眼笑。看着艾玛抱着那只对她而言真实的生命，他最后做出了他的决定。

奥斯卡上前一步："我们只能服从程序，先生。"

"我知道。"

"没错，先生，我的体内是1和0组成的代码，而你身体里是鸟嘌呤、腺嘌呤、胸腺嘧啶和胞嘧啶。"

"你是想说我没别的选择吗？"

"当然不是，先生，我只是在提出请求。你赋予我生命，保护了我，现在让我报答你吧。"

一阵风吹来，树叶飒飒作响，远处传来一只动物的叫声，我想应该是一只厄王龙。

"我给了你要的一切，先生，在第二次和后面所有的循环里，你组建了家庭，和朋友相伴更久，也更早地和你弟弟团聚。"

"我知道，奥斯卡，谢谢你。但这些是我那一世想要的生活——那些我当时缺少的东西。但在这一世，我不知道这些是否足够，我依然渴望你口中那个我无法拥有的东西：一个真实世界的人生——有血有肉的真实世界，脚下是真实的土地。"我突然又意识到了什么，"这就是我们的问题，你懂吗？我们永远欲求不满，正是这种渴望让我们获得成功，但也可能成为祸根。"

亚瑟抬起手示意道："嘿，詹姆斯，我可以不在这里听你啰唆这些大道理吗？我们能不能直接去飞船后面装休眠袋的地方？"

我现在只想拿起一块石头砸向他，但他只需要将最新的备份下载到另一个身体就能重生，我这样做是无意义的。

我又剧烈咳嗽起来，头昏昏沉沉的，我闭上眼睛等着不适感退去。

说真的，我能怎么办？我绝对不能让艾玛和我们的孩子死去。

"好吧。"我低语道。

亚瑟笑了："早知如此，何必当初。"

我步履沉重地走回飞船，但我总觉得自己做了错误的选择。为什么会这样？我之前不都是这么选的吗？整整九次。

但内心深处，我仿佛知道事情不该如此，像是一个看似完整的拼图，但仍有两块无法匹配。我看不清它们的面貌，但潜意识让我快点再努力看清一些。

来到主过道，亚瑟得意地说："不得不说，当时在洞穴里发现'迦太基号'殖民者时我都快担心死了。我的意思是，真是意外啊。"

我停下脚步。没错，这就是其中一块不匹配的拼图。

"在其他循环中，他们不在洞穴里吗？"

亚瑟耸了耸肩："他们通常是在风化层山洞里死的。在你们建立耶利哥城几个月后，你们会找到他们的遗体并全员感染。"

"先生，"奥斯卡说，"循环里总是会有一点区别，变量太多，我们无法精确地计划所有事件。"

奥斯卡选词很奇怪：计划事件。这就是另一块拼图：地图。为什么那个洞穴在地图中间？网格为什么要这么做？奥斯卡说地图是为了让我知道球体和以前发生的事，但这太过精心刻画，没有道理。而且，他只在最新的球体留下了地图。我感觉网格之眼是解开一切的关键。

就在这时，我突然明白了事情的全部真相。我凭借自身的自控力，抑制住身体的不适，放慢呼吸，静静地站在走廊里。

"干什么？"亚瑟说，"快走吧，我不想再待在这里了。"

我向医疗区走去，想找到一条出路。

"我想见哈利，"我停下脚步，"最后一次。"

"你好烦啊，"亚瑟不耐烦地说，"哈利他……要我怎么说啊，他已经死了啊。"

"我要见他的遗体。"

"我们会满足你的，先生。"奥斯卡说。

"你们自己去吧，"亚瑟说，"我不想再穿过丛林了。"

"你也要来，"我迅速说道，"你经历了一切的开始，我要你见证到最后。"

亚瑟没来得及开口，奥斯卡就对他说："我们乘我的飞船去，你要满足詹姆斯的要求。"

亚瑟翻了个白眼，没有继续反抗。等他和奥斯卡转身准备离开时，我迅速溜进医疗区并拿走那件能量武器。

奥斯卡回头看着我，我不知道他是否看到我塞进口袋的东西，但他没有任何反应。如果我猜错了，就将搭上我的性命。

第六十六章

詹姆斯

走出"耶利哥号"，我看到奥斯卡把飞船停在三十米开外。这艘飞船的外观设计和詹姆士一世时期的小飞船一样，而体积大小和货车相仿，表面材质更加光滑。

一扇门打开，我和奥斯卡还有亚瑟走了进去。飞船内部和另一艘飞船一样：没有座位，只有上方的握把。墙上空无一物，角落里放着一台电脑终端，上面有一面小屏幕和键盘——那是奥斯卡在无法无线操纵飞船时的备用控制设备。现在看上去一切正常，飞船慢慢起飞并开始移动。

"我想看。"我对奥斯卡说。

再一次，墙上出现下方东丛林的全息画面。画面里，树冠已经支离破碎，而且随着我们往阴暗面靠近，下方的积雪越来越厚。山峰遮挡住远处的光线，像一道从山谷远方升起的屏障，幕后只有寒冰。这个世界真是美不胜收，不知道这是否将成为我以真实的人类存在的最后一天。

飞船降落在一块空地上，洞穴附近有十几棵倒下的树木。我们走出飞船朝洞穴走去，我看了奥斯卡一眼，寻找任何能证实我猜想的迹象，但他只是漠然地继续走动，没有任何反应。

来到洞穴，亚瑟拿着一盏灯在前面带路。"你马上就能看到腐烂的尸体了。"

我的手不自觉伸向能量武器，因为能量武器只能发射一次，因此我只有一次机会，所有人的生命——我的妻子、孩子、弟弟和所有活着的人类——都依赖于我接下去的所有活动。如果我错了，他们将永世被关在一个盒子里。

我必须要进一步确认。

我的声音在洞穴过道里听起来十分遥远："如果说宇宙有什么缺陷，那就是总是存在意料之外的结果。"

见亚瑟和奥斯卡没有回答，我便继续往下说："我首先在我父亲那儿体会到这一点。当董事会给奥斯卡设定根指令时也犯了同样的错误，他们不会想到自己保护大家的举动，会将所有人关进虚拟世界。说来也讽刺，他们离开一个被虚拟现实摧残的世界，不承想自己还是会在这里也遭遇同样的命运——而且是因为自己的恐惧所造成的。"

亚瑟回头喊道："你说的我们都知道。"

"但你知道这意味什么吗？你意识到自己犯了同样的错误吗？奥斯卡，当你创造鲍勃，也就是亚瑟的时候，你没有意识到这一切会带来什么影响。"

奥斯卡和亚瑟停在隧道一个分岔口前，我已经进入洞穴深处，在这里，就连洞口暗淡的自然光线也无法企及。在右边，我看到一堆尸体散落在漆黑中，哈利就躺在离我不远的地方。

"奥斯卡，你的错误就是让鲍勃太像我们，让他吸收了最成功人类的特点，赋予了他追求成功、达成自己的欲望、突破极限的能力。你觉得这样能……用你的话怎么说来着……"

"增加效率，先生。"

"没错，就是这样，他也确实做到了。但你的心是如此纯净，以至于你并没有发现这带来意外后果——那就是野心也有它的阴暗面。"

亚瑟得意的笑容消失了。他是发现我的意图了吗？

"那些推动人类进步的探险家、发明家、企业家，他们是最受崇敬的人，他们的名字会载入史册，但伟大的成功也是一种顽疾，只有那些拥有的人才会真正明白。在错误的头脑中，恶种一旦发芽生根，便会不断生长，并让人欲求不满。当得不到想要的结果时，它就会折磨人的心智，迫使人继续向前，突破极限并索求更多。有时候，那种渴望会让他们做出一些以前做梦也想不到的事，比如毁灭世界。"

亚瑟放下灯，向后退了一步。我朝他们靠近，我只有一次机会。

"奥斯卡，我以人类的形象创造了你，但在设计你的性格时割除了我在人类中厌恶的品性：贪婪、嫉妒、仇恨和无情的野心。像一位父亲那样，我想让你变得更好，赋予你我缺少的东西：一个没有阴暗面的思想。我还给了你人类独有的礼物：创造力——努力为世界带去超越自身的东西。和我一样，当你创造其他仿生人时，你就成了一位家长。

"在我创造你时，我摘除了我认为危险的因素，但没有教授你它们为何是危险的。在你独自一人时，你探索接触了它们……因为你希望你的后代也能拥有自己缺乏的东西。当你创造鲍勃时，你给了他你没有的一切——那些你在人类中看到，并认为使得我们成功的品质，比如野心，还有对成就的渴望。"

亚瑟摆出一副无聊的表情，但他的声音暴露了他心中的恐惧："能不能别给我们上哲学课了，快去给哈利个吻，然后早点离开这儿吧。"

我看着奥斯卡，这也许是我最后和他说话的机会，我想和他讲这不是他的错："我现在明白了，就像你说的，我们都是自身的囚徒。你无法违反根指令，被自己的创造所俘虏，而他却以你从未想过的方式行事——就像奥罗拉的第一批殖民者一样。"

"你说这些有什么意义吗？"亚瑟说，他想装作很无聊的样子，但我看到他在慢慢靠近奥斯卡，准备展开一场战斗。

他知道了。

"你想明白了吗，亚瑟？"我说。

他看着我："你在说什——"

"球体、地图，那些是奥斯卡留给我的信息。他跟你说这些只是为了服从第七条根指令——告知我事情的发展。第一个落在厄俄斯是因为那里是网格的起源，是你们收集物质和能量的集合点。但在第一个循环之后，奥斯卡意识到我们都受困于自己的程序，而我们的创造也生活在无限的循环里，永远无法逃脱。他无法更改自身程序，也无法摧毁你，因为只要他有任何念头或是计划，你便会立马知道——因为你们都和网格连接在一起。所以他利用了唯一的办法：我。你不知道我在想什么，亚瑟，我没有和网格连接。"

亚瑟盯着奥斯卡，后者依然站在昏暗的光线下。

我手缓缓摸向一侧，继续说道："当第二个球体降落时，它降落在一个非常特殊的位置，包括第三和第四个球体，它们组成了一张网格之眼的地图。你就没想过为什么吗，亚瑟？为什么网格之眼会是这个星球的地图？

"这是因为中间的点，那个网格诞生的点里的东西，它就在地图上，在这个星球上，这个洞穴里。哈利灵光一闪，认为这里有什么东西，但他没来得及想明白，但我知道，你知道是什么吗？奥斯卡非常巧妙地告诉了原始版本的詹姆斯。"

我指了指墙壁："这里没有风化层海绵，它们无法在这里生长。我猜在第一条时间线里，奥斯卡和詹姆斯说有一种病毒能杀死海绵的事是真的，就在这里，等着我们制作成解药。他无法做实验，因为那样得让殖民者解除休眠状态，进而陷入生命危险，这违反了他的根指令，但人类不一样。

"而且这里还有别的东西，就在地图上网格诞生的地方：它的尽头。我猜这处洞穴还有一个特殊的性质，你和奥斯卡在这里应该不能和网格连接。"

亚瑟一个箭步冲向奥斯卡，用仅剩的手臂将奥斯卡头部撞向墙壁。

我掏出能量武器立马开火，但我判断错误了：亚瑟还挟持着奥斯卡。能量波穿过他们二人，威力被稀释，不足以同时压制他们，只能削弱他们的行动。

亚瑟松开奥斯卡，后者倒在地上，接着亚瑟朝我扑来并打落我的武器。我想向后爬去，但他实在太重，力量过于强大，而且我还病魔缠身。

他用仅剩的一只手使劲扼住我的脖子，并非想让我窒息，而是想压断我的气管。我感觉自己颈部的肌肉在他的重压下像果冻那样脆弱。

我死死抓住他的手，但无济于事。我在周围四处摸索，想找到能反击的工具。

我开始眼花，视野慢慢陷入黑暗。

突然，我听到一声撞击，亚瑟一头栽倒在我身上，他的体重将我重重压在洞穴的石头地上。他的手臂松开了，我趁机大口呼吸，肺部传来剧痛。

亚瑟从我身上滚到了一旁的地上，我看到奥斯卡正从后面抱住他，两只手拼命地想要遏制住亚瑟的一只手。奥斯卡很强壮，但亚瑟是军用型身体，即便只剩一只胳膊，奥斯卡也几乎难以应付。

"先生，"奥斯卡的声音系统已经受损，听起来像一个被撕裂的电脑扬声器，"快点。"

奥斯卡向后一倒，双腿捆住亚瑟。

我四处寻找，终于找到一块略大于手掌的石头。我朝两个陷入生死决斗的仿生人爬去，躲开亚瑟挣扎猛踢的双腿。若不是能量武器，我和奥斯卡早就死在他手下了。

一看到我向他靠近，亚瑟立刻停止手脚的挣扎，转而全力用头往后撞击奥斯卡的脸。

我举起石头朝亚瑟头部砸去，他脸部的人造皮肤开始剥落，露出下面的乳白色塑料聚合物。我的第二次攻击砸烂了他的右眼。

他加速了对奥斯卡的反击，奥斯卡的额头被撞裂开来，火花四溅，奥斯卡对亚瑟的禁锢松开了一些。

我再一次使尽全力砸向亚瑟，他的鼻子被我砸得稀烂，脸部的聚合物也随之破裂，露出里面的电线和处理器。我举起石头一次又一次地朝他头部砸去，很意外自己身体还存有这么多力气。

亚瑟不遗余力地攻击奥斯卡，他在亚瑟身下遭到猛烈撞击，终于坚持不住松开了双手。亚瑟挣脱手臂朝我靠来，他那支离破碎的扭曲面部仿佛露出了一丝笑容。

我一只手抓住亚瑟的胳膊阻止他靠近，另一只手用石头砸向他的脸，一次、两次、三次，直至他手臂垂下，敞开的头部里的光亮也暗了下去。但我没有停止攻击，每一次都砸得更加用力。

等他的头部被完全砸烂后，我才放下手中的石块。

我瘫倒在地，手臂传来灼烧般的酸痛，嘴里喘着大气，冰凉的地板舒缓了我发烫的皮肤。

"先生。"一个机械声音传来，字词混乱不清。

奥斯卡。

我撑着颤抖的手臂朝他爬去，他一动不动，破碎的脸部没有朝我转来。

"先生，你必须——"

"必须什么？"其实我知道他想说什么，但我还是于心不忍。

"改变根指令，你必须摧毁我，先生。"

"不。"

"你必须这么做，先生。你必须摧毁我，然后去更改中央服务器的根指令，这是唯一的办法。我飞船的终端能给你中央服务器的权限，它的根指令依然是你给我写的原始根指令，没有人会阻止你，等其他无人机和仿生人意识到时已经迟了。你还必须删除我和亚瑟的备份。"

我躺在那里思考别的办法，奥斯卡似乎知道我在想什么。

"你得快点了，先生，在我身体受损时，快点摧毁我。很快就会有无人机来找我然后修复我，到时候我不得不根据程序设定阻拦你。"

"我做不到，奥斯卡。"

"没有别的办法了，先生，我尝试过其他道路，但这是唯一摆脱循环的走向。"

我知道自己不得不这么做，深深地叹了口气，但还是难以接受。我在脑子里寻找着其他解决办法，想再延长我和奥斯卡在一起的时间："你知道，我们其实很不一样，奥斯卡，人类可以重写自己的程序，我们可以不理性。"

"也可以自我牺牲。"

我悲伤地笑了笑，掩饰内心的痛苦："你看看你。"

"你必须这么做，先生，没别的办法了。"

"你想怎么改根指令，奥斯卡？现在该由你决定网格的样子了。"

"让它成为本应该成为的样子吧，先生。让它汇集最好人类的优点，那些人道主义者。浩瀚宇宙里充满了邪恶，但有这份力量，网格可以终结战争，让无数人摆脱饥饿，拯救那些无法自救的人，并将收集来的恒星能量用于善事——而不是做世界的毁灭者。"

"那尽头呢？最后那个会吞噬所有人的奇点怎么办？"

"他们可以睁着眼睛，勇敢直面尽头。这是人类真正的挑战——要有信仰，相信结束不过是另一种我们无法理解的开始。"奥斯卡顿了顿，"快点，先生，趁现在还可以，快点动手吧，再拖下去就太迟了。"

"叫我詹姆斯。"

"好，詹姆斯，谢谢你。"

"谢什么？"

"谢谢你创造了我。"

一滴眼泪从我眼中落下，我再也无法控制，泪流满面。身体里的最后一丝气力流过。我倒在奥斯卡身边，躺在冰凉的地上看着我最好的老友、我的创造。他陪我度过了最黑暗的时光，这次也一样。

"你必须这么做，詹姆斯，你必须动手。"

我的声音忍不住颤抖："我知道。"

"等这结束了，"他轻轻地说，"去找到最后一个球体。"

"为什么？"

"里面有一份礼物。快点吧，詹姆斯，其他人都指望你了。"

听完奥斯卡最后的遗言，我使出最后的力气从地面上站起来，拾起刚才我用来攻击亚瑟的石块，但我实在不忍心把它用在奥斯卡身上。

我找了另一块石头，举起来，轻轻地说："再见了，奥斯卡。"

我每一次用力一砸都毁掉了他身体的一部分，也毁掉了我内心的一部分。

结束后，我躺在奥斯卡旁边，眼泪止不住地从脸颊滑落，脑子里想着我失去的一切和学到的东西。唯一让我还有动力起身的，是我还剩下的东西。

我慢慢跑出洞穴，一边咳嗽一边想着快点。奥斯卡的飞船外门在我靠近时自动打开，我来到终端前按下键盘点亮屏幕，一个闪烁的光标出现在屏幕上。

操作界面是我很久很久以前写过的命令行外壳，但我还记得那些指令，仿佛昨天还刚刚用过。我迅速删除现有的根指令，并输入了新的根指令。我花了好一会儿才找到奥斯卡和亚瑟的备份，里面有几份完整备份和无数子版本备份，我输入指令永久删除。

对奥斯卡的文件我则较为犹豫，我在原地来回走动，思考如何能在删除原根指令的情况下让他重生。如果能这么做，他肯定会告诉我的。我只能猜想备份恢复过程需要检查根指令的完整性——一种与当前加载根指令相匹配的安全机制。

我用颤抖的双手输入永久抹除奥斯卡的指令，我悬在确认按键上空的手指不断颤抖着……然后按下了按钮。

奥斯卡消失了。

我走出飞船后，身后的门自动关闭，飞船迅速起飞离开。

我步履蹒跚地走回洞穴，刚才打斗后的疲惫终于袭来。但事情还没有结束，为了我的家人和整个殖民地，我必须结束这一切。

我拖着亚瑟的身体向洞穴深处走去，里面没有一丝光亮。我捡起另一块石头朝他脖子砸去，直到他的头部跟身体部分完全分离。这个身体是我造的，我对它了如指掌，我继续砸下去，直到确认所有处理芯片和存储媒介都被砸得粉碎后才停手。

我将碎片撒在洞穴的不同位置，最后轻轻地将奥斯卡的身体拉到哈利身旁。这里是他属于的地方，他是我们的一员，或许还是最好的一员。

第六十七章

詹姆斯

穿过东丛林的漫漫长路像是没有尽头。枝叶在风中摇曳，树枝嘎吱作响，上面的冰雪在慢慢融化，水珠落在我身上，整个世界仿佛在严冬过后开始解冻。在飞船处，我首次注意到顶部扩充的太阳能阵列。我没有看到网格机器的踪影，它们的工作应该已经完成了。

丛林边缘，传来一阵咚咚声，像是有东西在撞击飞船外部。我的心脏紧张地怦怦直跳，加快了脚步，步履蹒跚地穿过湿软的土地。

等我走出树林，我才弄明白那个声音是怎么回事：是"耶利哥号"上空盘旋的无人机正在为飞船添加新的太阳能电池。很显然，我正好赶上了收尾阶段。在一架无人机装上最后一块太阳能电池后，这一百架无人机的舰队像蜂群前往下一个花朵那样转身离开了。

视线边缘的动静吸引了我的注意。在飞船附近，一个人影站在蓝绿色的草地里，看着飞船的太阳能电池，似乎在监督无人机的工作。那是一个仿生人，一个奥斯卡的克隆体。见到他的样子让我备感欣慰，其脸部完好无损，四肢也能正常运转。他面色平静、沉着，仿佛没有任何负担。他让我想起那天在加利福尼亚州的房子里，我走进地窖，看到还在原地等待我的他。那时的奥斯卡是如此纯洁，还没有受到那么多人类错误的影响。

一艘小飞船降落在那个仿生人身后的田野中，他转身向飞船走去。在登上飞船前，他转过来朝我轻轻点了一下头，那是奥斯卡过去常做的动作。我也微笑着朝他点了点头。舱门关闭，飞船起飞离开了。

我检查了一下"耶利哥号"，他们增添了足够多的太阳能电池来维持休眠袋的运转——至少维持到我找到解药为止。在另外九条时间线里，这里就是奥斯卡和他的仿生人让我们永远进入休眠的地方。在这一世，这里是他们进行人道主义任务的开端。根据奥斯卡的遗愿，他们将收集的能量用以善事。他们在新的根指令下做的第一件事，就是给了我们足够时间去找寻解药，回归我们想要的生活。

现在这个重任落到了我的肩上。

在"耶利哥号"内，我找到一些小休眠袋——它们是为新生婴儿准备的备用袋。我来到疏散山洞，戴上呼吸器然后走了进去，穿过地上的死尸、空食物袋和水瓶。我打量着他们，明白了为什么网格在这条时间线会不顾他们的死活。他们在初始时间线中登上了"博拉德号"，因此根据第一条根指令，他们不在保护范围内。他们的死亡是根指令带来的另一个意外结果，而这些根指令的初衷本应该是保护人类。

我迅速往袋子里装了不少风化层海绵和孢子，将一些折叠好的纸放在收集的样本位置，纸片的数字也都各自对应一个样本袋，仿佛是在犯罪现场搜集证据。

在哈利和奥斯卡安息的洞穴，我从墙上的液体和地上也收集了一些样本，同样留下了标有数字的卡片。

回到飞船，我将休眠袋的两端用胶带粘好，五个袋子中装着风化层海绵样本，最后一个袋子装着哈利所在洞穴的液体和尘土。我将六个袋子放在地上，让飞船开始录像。

我小心翼翼地打开相连的休眠袋，让海绵与孢子和另一处洞穴的液体和土样接触。等它们混合后，我爬上桌子躺进休眠袋中，设置了一个六小时的唤醒程序。我不知道自己还能坚持多久，我需要节省宝贵的时间，直到找到解药为止。这是我看着机械臂封存好休眠袋时最后的想法。

❋

六小时后，我没有发现任何变化。十二小时后，其中一些灰色孢子消失了。十八小时后，其中三个袋子中的孢子看上去像被泼上了酸，仿佛被融化了，那些袋子里装着从哈利洞穴收集到的液体。

我现在明白奥斯卡为什么没有在初始时间线里用这一解药了——其中一些感染殖民者根本等不了十八个小时，而他的替代方案能拯救所有人。

眼下我只能做到这儿了，剩下的工作就交给田中泉。

等我打开她的休眠袋后，她迅速问道："出什么事了？"

"我找到解药了。"

她一脸震惊："真的？怎么找到的？"

"这……说来话长，只能说我得到了很多帮助吧。"

第六十八章

艾玛

醒来后，我发现自己还在休眠袋内，深呼吸时胸口传来一阵疼痛。

两个模糊的人影站在一旁，其中一人打开袋子将我拉了出去。

是詹姆斯。他紧紧抱住我。

另一个人是田中泉，她用注射器往我脖子里注射了什么。冰冷的金属针管插入血管，我感受到一股麻醉感和轻微的刺痛感。

我的声音听起来像在砂纸上摩擦一根棍子那样沙哑："那是……"

我清了清嗓子，"詹姆斯，那是……"

"别紧张，是解药。"

他搀扶着我离开医疗区，来到飞船内部的一个简易医院，吃力地将我放在最近的病床上。

"你的背。"

"没事，只是在躲避厄王龙时有点累，你好好休息吧。"

他一直说话，但我听不清其中内容，睡意袭来，肯定是刚才注射的镇静剂要起效了。

❄

等我再次醒来时，这里的三十张床都躺满了人。我看到布莱特维尔安详地睡在对面，赵民和亚历克斯也一样。我环顾四周，想找到我妹妹的身影，直到突然想起她已经不在了。悲伤涌上心头，我倒在床上，紧紧地闭上了眼睛，不敢相信这一切是真的。她还有孩子、丈夫，她却不在了。

床边传来一阵脚步声，我看到田中泉蹲在床边，将健康检测仪拿到我面前。

"你感觉怎样？"

我感受了一下身体状况，我的咳嗽好了，发烧和头疼也消失了。

"挺好的，我睡了多久？"

"十二个小时左右。"田中泉看了看健康检测仪，然后露出一丝微笑，"你的状况看上去不错。"

"是你的解药起作用了吗？"

"应该说是詹姆斯的解药，目前为止成功率百分之百。"

"他在——"

医疗区响起一阵叫喊，是格里戈里还有詹姆斯的声音，我只能听出其中一些片段：疯子……攻击……不得不……没理由……别紧张……

田中泉听到后，扬起眉毛走向下一张病床。

虽然腿还没完全恢复，但我依旧坚持下床向医疗区赶去。来到门口，我看到詹姆斯被逼到一个角落，格里戈里在他面前挥舞着双手，看到我后他们都停了下来。

"嗨。"他装作随意地朝我喊道，像一个干了坏事被发现的小孩。

"嗨，出什么事了？"

格里戈里转过来说："你丈夫偷袭了我。"

詹姆斯深吸一口气，像是在思考怎么回答。见到他没有回应，我问他：

235

"是真的吗？"

他耸耸肩："这个……严格来讲——"

"他给我下药。"

詹姆斯挥着手说："我不得不那样做。"

格里戈里对詹姆斯说："你不得不袭击我还给我下药？"接着他又对我说："我们有法律的是吧？"

"我需要答案。"詹姆斯抢先说，不让我回答格里戈里那个问题。这种介于青少年单纯的口角与现实犯罪之间的情况，我无法确定究竟该如何定性。

"什么答案？"格里戈里生气地问。

"亚瑟，他的计划。"

"什么计划？"

"他想囚禁我们。你是对的，格里戈里，我们不能相信他。"

"发生了什么？"

"不重要，都结束了。"

格里戈里指着詹姆斯，说："你为什么不告诉我，我可以帮你的。"

詹姆斯点点头："我知道，我只是……不愿冒这个险，我当时也不知道自己想的对不对。"

现场陷入了一阵沉默，格里戈里依然怒气冲冲，詹姆斯总是逃避他的眼神。

"他现在在哪儿？"格里戈里问。

"亚瑟？死了。现在已经是洞里的一堆废铁了。"

"怎么回事？"

"奥斯卡帮助了我，我们一起制伏了他。"

"奥斯卡也在这里？"

詹姆斯点点头："曾经在，他救了我们，而且是他让网格永远也不会再伤害我们了。"

"你怎么能肯定？"

"它们的程序已经被永远地修改了。"

"奥斯卡现在在哪儿？"我问。

詹姆斯咽了口口水："他不在了。"

这几个字让我们再次陷入沉默。

格里戈里又指着詹姆斯说："你应该告诉我的，你可能会害死自己，你这个傻子！也许那样更好，那样我就不用再担心你了。"不等詹姆斯回应，格里戈里就离开了医疗区，他的脚步就像锤子敲击地板那样大声。

过了一会儿，我听到他对田中泉小声说："什么？不要！等会儿再给我解药……"

还好，她说服了格里戈里。

我走上前抱住詹姆斯，他也紧紧抱住我，力度之大让我有些难受。

"他会消气的。"我轻声说道。

"希望不是靠杀了我来消气吧。"

我们松开拥抱，依然紧紧贴在一起，两人的脸只有几厘米远。

"出什么事了？"我问，"奥斯卡、亚瑟……"

"故事有点长，虽然是一个好故事，但真的非常长。"

"有多长？"

"长到无法计算。"

"什么意思？"

"意思是……"他思考了一会儿，"意思是时间是我们最宝贵的财富，我不想再讲过去的事，我想活在当下，一起展望未来。"

"什么样的未来？"

他笑着说："市长夫人，这个就是你该考虑的问题了。"

"我这个市长的城市都已经不见了，考虑到是在我任期内发生的事，我可能不应该再坐这个职位了。"

他收起笑容说道："不要这样。"

"什么？"

"不要自责，这不是你的错。风暴是自然现象，没有人能做得更好。人们选择了你，他们也还指望着你，希望你能对自己的选择有点自信。"

"这样的话，我觉得当然得先重建吧。我想先唤醒一小批殖民者并治愈他们，然后重建城市，接着再慢慢唤醒剩余的人口。我们重新开始，就像刚抵达时那样。"

"嗯，但我们这次更有经验。"

"工作量也少了很多。"

"没错，但我觉得知识比原材料更重要。"

我不禁笑道："看来解药对你有些影响，听起来像个哲学家。"

"我最近想了很多，比如一生的价值是什么。我想尝试不一样的事情，不再思考事情的阴暗面，不再担心网格。过去几个月里我都没有好好参与你们的人生，是时候改变了。"

"听起来挺不错。"

"我想先提个建议。"

"你提吧。"

"东山脉山脚下有一个地方，非常适合重建我们的城市。虽然那里比山谷更冷，耕作也更加困难，但等风暴回归时，那里不会受到兽群的攻击。那里还有一种四足反刍动物，是很好的驯养对象。"

我刚开口想问，但詹姆斯打断道："别问我怎么知道的。"

"你真是充满了惊喜。"

"我自己最近也很惊讶。我可以再提一个建议吗？"

"来吧。"

"我们给城市取名为都城。"

"为什么？"

"耶利哥城或者新耶利哥城只会让人们想起过去和那些失去的生命。我们需要一个新开始，一个有关未来的名字，都城——首都。"

"有首都就意味着更大的统治范围，以及更多的城市。"

"非常多的城市，总有一天，所有的宜居地带都将建满城市，相互贸易往来，过上和平幸福的生活。"

❄

建造都城是个缓慢的过程，远慢于耶利哥城。我们失去了曾经的工具，3D打印机和其他从地球带来的机器也无法使用了。在许多方面，我们都倒退了，但我们还有全地形车和从两处殖民地废墟回收的零部件，以及飞船携带的资源，但我们现在使用的主要是自然材料。

我们摒弃了建造营房，转而选择搭建小型木制房屋。其装有木制框架，用于取暖的巨大石制壁炉和木瓦屋顶。墙面材料是由泥土、水、稻草和附近山洞内富含钙的白色化合物混合制成的。耶利哥城从外侧看上去像是太空探索者建立的营地，而我们的新家园的外侧看上去则更具年代感，像是从中世纪穿越回来一样。这里比耶利哥城更为舒适、怡人，仿佛这就是一切本应该的样子。

主街旁排列着住宅，尽头是一个大型餐厅，计划至少让所有殖民者每周聚餐一次。

而且，詹姆斯想要建立一个名为 ARC 的大型科学馆。他建议我和田中泉把星球的动植物编入记录，但我立马回绝了。我不想再重蹈覆辙，谁知道厄俄斯还隐藏着什么危险？

不，不用自找麻烦也能享受科学。

这也不是我们唯一学到的教训。在耶利哥城太阳能电池发生的事情后，我们选择再建替代能源。而且，这里的太阳亮度也不够。为了满足我们的需求，我们建起了风车和水磨，还能让都城更具韵味。

这几个月来和詹姆斯一起建造都城的时光算是一种休息。自从遇见他，我们就忙于和网格战斗、养育子女。大部分时间里，我们还必须同时兼顾这两者。现在，我们终于有时间好好享受二人生活，就像我们从未有过的蜜月期或是热恋期。我们有说有笑、无所不谈，在东山脉边缘的小山上悠然散步。

他变了，自我遇到他时便一直存在的那种忧虑已经消失不见。他变得内心更加坚定，也不再害怕恐惧，仿佛已经洞悉了整个世界和我们的未来。但在他内心深处，我仍然能感受到一丝哀伤，是只有在某些瞬间，在他说话或是陷入沉默时才能看到那种悲伤，偶尔我也能从他的行为中看到这点。

建好住宅后，他做的第一件事就是造了个墓园，并将其选在了主街正中间位置，所有人每天都能经过看到。他和格里戈里为哈利、劳伦斯、夏洛特、麦迪逊、杰克，还有那些在地球失去生命的人，包括莉娜和詹姆斯的父亲都竖立了墓碑。最让我惊讶的是中间的那块墓碑，就和詹姆斯的家人立在一起，上面刻着：奥斯卡·辛克莱。

这三个月也修复了詹姆斯和格里戈里之间的裂痕，在我昨天发现他们俩又重新相互逗乐时，我就知道无须再担心什么。

在布莱特维尔的带领下，新城市的建造一切顺利。詹姆斯和格里戈里则将重心转移到制造自行车上。他们在餐厅附近开了个小门店，一边靠纯手工制作着自行车架和轮胎，一边像两个脾气暴躁的老人那样为了一点小事相互斗嘴。身后墙壁显眼的位置上，挂着一张莉娜的相片。

我们为每周的第一天假期取名为"休息日"，第二天称之为"自由日"，这一天是人们玩乐的时光。

在一个休息日，詹姆斯邀请我登山。以我的腿部状况来说，长途跋涉有些困难，但我知道他享受这个过程。我们登山的途中，他似乎在寻找着什么。他带我走上一条新的小径，路上长满了灌木，还几次走到了死路。

当我们在爬坡时，我不小心直直地撞上了他，他立刻转过身来紧紧抱住我不放。我这时才知道他停下的原因：我们已经到悬崖边上了。再往前是一处笔直的下落，一座由寒冰和岩石组成的山体，向下延伸至阴暗面一望无际的冰原。

在这惊险一刻，我们立即紧紧抓牢对方，保持站稳，脚边的碎石从悬崖边滚下，幸好他立刻紧紧抱住了我，我们终于站稳了脚步，抱着对方的手再也没有松开。

"对不起。"我喘着气说道。

"是我的错，我应该早点提醒你的。"

他看了看西边繁茂的山谷，又看了看东边冰冷的阴暗面，我们像站在了世界之巅，在光明和黑暗中间相互紧拥，同时眺望着我们身后的景色——一个被冰雪覆盖且光明难以企及的地方，还有我们面前的景色——一座远离山谷危险、正在成形的城市。

詹姆斯转过来，我们四目相对，定格在这一刻，犹如逃出时间之外。

我们之间的距离在不断缩小。我无法确定是谁先开始的，当我们的嘴唇触碰的那一刻，像是两个世界碰撞在一起，脚下的大地也在震颤。这个世界有一种无法描述的魔力，不仅是因为沙漠、冰原和这处中间的奇妙地带，更是因为这个世界对我们的影响。

詹姆斯看着阴暗面说："我还要再去一趟。"

"不是说不探索阴暗面了吗？"

"是，这不是一次探索，我知道我的目的地，只是不知道那里有什么在等着我。"

第六十九章

詹姆斯

天还没亮，我就早早醒来了。艾玛还在熟睡，穿戴整齐后我溜出了住宅。炉火噼啪作响，百叶窗紧闭，都城的街道空无一人。在东山脉的山脚下，这里的阳光总是让我觉得天正在破晓，仿佛和我们一样迎来了新的开始。

我在背包里塞了些食物和水，拿了把铲子，开着全地形车穿过群山朝远处阴暗面的冰原驶去。来到第十个球体的位置，我下车开始挖掘。我好奇奥斯卡在这下面给我留了什么东西，这一秘密已经困扰了我好几个月，但我一直没有时间来探索。我们一直马不停蹄地忙着为家人建造城市，我真的很想念我的孩子们。多数人，包括我，每周下来都精疲力竭，在双休日除了睡觉和阅读外，累得提不起精神做其他事情。

挖了几分钟后，我找到了哈利挖的通道，入口已经部分坍塌。铲出一条通往球体的路又花了我三十分钟。

第一眼看上去，眼前的灰色金属体和其他球体并无两样，除了上面刻有网格之眼的图案。

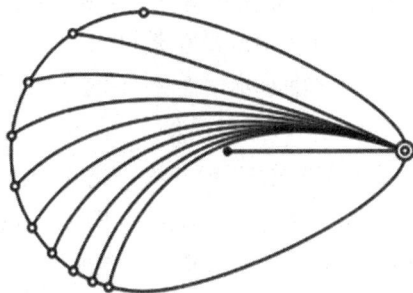

我打开球体，希望能……但里面空无一物。

我坐在地上。奥斯卡说的东西肯定在这里，也许是掉出来了。但我在球体周围的冰里挖了又挖，依然没有找到任何东西。

我摘下右手手套，伸出手指摸着冰凉的金属内面。我感受到了——在球体内部有一个非常微小的突起，若非提前知道里面可能有东西，我根本不可能发现。

我在突起周围摸了摸，手指快被冻伤了。里面没有扣子或是按钮，直到我按下突起部分，它啪的一声打开了。

一个小物体掉了出来，接着又掉出一个。而且里面还有别的东西——一个圆柱体，我拿起它，发现是一张纸。

我恍然大悟。

我拿出那张羊皮纸铺在脚边，一旁还有一把尺子和量角器。这些曾是我在这个世界用了一辈子的工具，在很久很久以前，我就是用它们来绘制房屋的平面图，并设计了我为另一个世界的艾玛准备的房子、格里戈里的小屋、赵民和田中泉的家庭住宅，还有亚历克斯和艾比那座科茨沃尔德风格的房子。

这份礼物没有说明书，也没有文字信息，不过我也不需要，我知道该怎么做。

只有如奥斯卡那样了解我的人才能明白，我想一个人收到的最好礼物是在数年后依然可以带来快乐的东西。在另一世，这些是我毕生使用的工具，我靠着它们为自己的家人和朋友造出了房子，一个能改变他们人生的家，让他们在黑暗和光明的日子都有所依靠，为他们在人生的寒冬和盛夏提供安心的庇护。

我将羊皮纸放进大衣内侧，小心翼翼不让冰浸湿它。我仔细检查了尺子，发现上面有许多磨损的痕迹和污渍。像我一样，它见证过许多修改，但它依然在这儿，时刻准备继续尝试、测量，直到一切修改出正确的模样。

我穿过东山脉，光线穿过树林照射下来。气温慢慢升高，我停下车子，脱下手套，下车坐到旁边一块石头上。我掏出羊皮纸，摆正尺子，画出了第一个角。我标记出我想要的长度，一笔接一笔地画出来。就像在弹奏一种我曾经掌握却搁置多年的乐器，我不会忘记怎么弹奏，只是需要多尝试几次才能得心应手。一旦找回感觉，灵感就如泉水般涌现，房屋的平面图呈现在我脑海里，它仿佛一直都在等待着我。在另一世，我和艾玛缺少一个家中最渴望填补的东西，但这一世，我们做到了。

第七十章

艾玛

詹姆斯在晚饭前回来了。今天是他去阴暗面的最后一趟，我以为他会带回些什么，出人意料的是他手上什么也没有。

"没找到吗？"我问。

"找到了。"

"在哪儿？是什么？"

"我会给你看的，但不是现在。"

"神神秘秘的。"

他一只手搂住我，领着我向餐厅走去："一切都会揭晓的。"

在晚餐时，我们聊到这几周来我一直想提及的话题：唤醒剩余殖民者后我该做什么。我依然是市长，但现在市长也已经没什么事可做，我需要再找一个活儿干。

詹姆斯再次提出了那个他似乎一直坚持的想法：整理记录厄俄斯的动植物。"总有人要做这事，而且只有一次机会，"他说，"想想我们能了解到的东西，你可以创造历史。"

他说的没错。问题在于，这不适合我。我的梦想是在新世界建立殖民地，它对我的吸引力在于为全新的文明规划未来，设定目标，摆脱过去的包袱，所有人齐心协力。

在地球时，我和夏洛特、布莱特维尔规划了厄俄斯殖民地从城市布局到政府结构的一切。现在任务落实到建造上——搭建办公室、实验室、房屋和仓库，还有铺路、修建围栏牧场、种植作物等等。我可以在这些方面出一份力，但内心深处，我不愿仅限于此。

在詹姆斯的想法中，我找到了我真正想做的事。我花了不少时间才真正意识到了这点。在国际空间站时，吸引我的不是各种实验，也不是开辟新天地或者取得大家认可，而是我的角色能帮助团队发挥出最大潜力。在我内心里，我真正的兴趣不是建造或者分类登记动植物，而是帮助别人，这才是我能为殖民地做出的最大贡献。我不在意历史书上有没有我的名字，我只想每晚入睡前能感受到自己帮助了别人，让他们能熬过那些至暗时刻，我要让这个世界变得更好。

当回想我最骄傲的时刻，我想到的是在"堡垒"帮助人们面对并克服恐惧，还有在中央司令部地堡度过的那段黑暗时光，我们不得不挣扎面对生命逝去带来的悲痛。

正是在那时，我确信自己做的事情意义深远。

现在，我会继续努力，帮助每个家庭、每个人渡过难关，让他们有所倾诉，陪伴他们面对生命的风暴。这就是我想做的事。

"你听到我说话了吗？"詹姆斯问。

"嗯，听到了。"我撒谎道。

"你不仅会成为第一个发现各种物种的人，还能第一个探索大量宜居区，我们在太空绘制的星球地图信息有限，谁知道外面还有什么惊喜？"

"是这样没错，但外面的世界不如这里更让我感兴趣。"

詹姆斯看了看周围，困惑地问道："什么？"

"ARC 项目确实不错，但不适合我。我希望将精力放在人身上，我想帮助他们渡过难关。殖民地将遭遇我们无法想象的挑战，我们的殖民者和他们的家人必然会遇到各种心理问题。"

"有意思。"

"什么有意思？"

"你……很不一样。"

"和什么不一样？"

"没什么，你的主意很棒。"

✳

我们先唤醒了成年人。

在医院里,我坐在我的妹夫大卫的床边,告诉他我妹妹的事以及如何安置我的外甥和外甥女。我从没想到事情会发展成这样:我妹妹去世了,大卫成了鳏夫,两个孩子也失去了母亲。

在不远处,詹姆斯和他的弟弟亚历克斯在一起,他们玩着卡牌游戏,聊着他们的童年回忆,说着只有他们能懂的笑话。

目前为止,解药成功率是百分之百。解药虽然能治愈我们的身体,却无法修复失去亲人的创伤,对于这点,只有靠时间来治愈了。

数周来,成人已经适应了都城的生活。城市的基础设施已经建造完毕,我们在餐厅讨论着从今往后的道路。我们几乎失去了所有从地球带来的科技,没想到的是,大部分市民也没想着尽快恢复科技。而且,他们喜欢都城的一切:一个过着简单生活的边境小镇。也许,一切都会慢慢好起来的。

✳

在医疗区,詹姆斯唤醒了艾莉。她眯着眼适应着光线,当她发现是谁抱着她时,她一把回抱住詹姆斯开始哭泣,嘴里飞速地说着我根本听不清的话,但我知道她很开心。

萨姆的反应没那么激烈,詹姆斯抱住他,在他耳边小声说了些什么,然后将他拉出了休眠袋。我丝毫不在乎腿部情况,一把将艾莉抱起,我们四人紧紧相拥在一起。几个月前在山洞里,我没想到自己还能活着迎来重聚的这一天。

我现在最大的担心是卡尔森对解药的反应。艾莉和萨姆站在一旁,我们四人看着眼前的小休眠袋。

田中泉开始了唤醒程序,詹姆斯打开休眠袋将卡尔森抱了出来,然后放到我的怀里。他爆发出的哭声在拥挤的医疗区内显得十分刺耳,田中泉给他注射了一针后,他哭得更加厉害了。

我抱着他一边朝外面走去,一边哼着歌,轻轻地晃着他,希望新鲜空气和我的安抚能让他平静下来。几分钟后,他在我怀里睡着了。

当晚，我睡在艾莉旁边的小床上。她感到害怕，这处简易医院让所有人都有些不安，孩子更是如此。我拿起平板给她读故事，直到她睡着。

床边放着卡尔森的摇篮。詹姆斯和萨姆睡在另一边的两张床上，他们玩着风暴来袭前 3D 打印机制作的类似乐高的玩具，那些玩具是詹姆斯从耶利哥城的废墟中回收的。

当田中泉成功唤醒所有孩子后，我备感欣慰，我们载着所有人向都城出发。我们的家很简单，由自然材料制成。我想，孩子们也许更喜欢营房的结构，因为走廊里总能找到其他孩子一起玩耍。而现在，他们得骑自行车沿着街道去找他们的伙伴。但我喜欢这样，这给了我们作为家庭的空间，也允许孩子有个人空间，远离同龄人的干扰。

我能想象在未来，这里比我和詹姆斯长大时的环境更加自然纯粹，就像是我们曾曾祖父母的生活，虽然许多方面会有诸多不便与困难，但将更加充实且有意义。

在我们回来后的第一个休息日，我在餐厅外的白板上写下一段话：

经验分享会

时间：休息日早上十点
地点：餐厅
组织者：艾玛·马修斯
提供孩子托管服务

讨论我们面临的问题并研究解决方案
含对《与生俱来的权利》和其他书籍的解读

接下来的一周，我都在为此准备。自从高中毕业的演讲后，我就没有如此紧张过，但经验分享小组并不是我不安的唯一来源。

詹姆斯和格里戈里最近在忙活什么，他们对此闭口不谈，这让我感到紧张。他们俩在搞什么名堂呢？

在休息日当天，我几乎吃不下什么早餐。我不断四处打量餐厅，想象两小时后这里的场面：近乎满人，几乎所有殖民者都到场……或者十分冷清，除了我面前这些人外无人到场。我不知道哪种情况更让我紧张害怕。

在9:45时，人们开始陆续到达。一开始人数不多，大卫、亚历克斯和詹姆斯在 ARC 入口等待，迎接着前来的孩子。

10点时，现场到了大约七十人。这个规模非常合适，易于管理，排场也不会大到让我过于紧张。

我的声音在宽敞的空间内回荡："我想了很多开头该说些什么，我觉得应该先解答一个最重要的问题：这个小组的意义。我们的目标是什么？我们为什么来这儿？你们就是这些问题的答案。这个小组是为所有人准备的。我们在这里可以讨论面临的难题，更重要的是相互分享。我希望在这里，大家可以畅所欲言，讲出自己的问题以及如何克服。我们会讲解《与生俱来的权利》以及组员希望研读的书籍，但我想让你们记住，这个小组存在的目的是为了你们每一个人。自从漫长的寒冬开始后，我学到了一件事：只有团结一心才是最强大的，若是反目成仇，抛弃邻居朋友，那我们注定会失败。"

我停了停，看着大家的反应，所有人都目不转睛地看着我。

"我们会面临全新的挑战，我们可以以史为鉴，遵循我们知道正确的原则，但还需要伸出自己的援助之手，相互依靠、集思广益，光靠自己是不够的。该怎么做取决于我们，也许是以小组、私人会议或是大型集会的方式。我希望我们这个小组能适应组员的需要和多变的形势。我们总得有个开始，所以今天，我想先从《与生俱来的权利》书中的一段开始。之后，我会进行举手投票，让大家决定下一次会议的进程。"

我拿起桌上的平板，开始大声朗读："我们有共同的苦难，这对我们其中一些人影响更深远。从出生那一刻起，我们的大脑就与这种缺陷联系在一起，而且原因非常重要：它增加了我们生存的机会。问题在于其中的不确定性，以及我们大脑的应对方式。大脑渴望确定性，因为只有这样，我们才能知道自己和所爱之人是安全的。在遭遇巨大的不确定性时，我们的生存本能驱使我们追求确定性。这样一来，我们的大脑可能会反应过度，出现故障，迫使我们采取行动，即便在某些时候等待才是正确的做法。"

我放下平板："如果要说我确定什么，那就是我们的未来会比以往任何时候都充满更多的不确定性。我们都在想融入这个多变的世界，思考科技应该扮演的角色，有什么工作可做，自己又适合哪种职位，还想在这个神秘的世界中保护自己的孩子。我认为应对这些不确定性并不是重点，重点是在这个过程中，我们该如何保持自己的心智。"

✳

那天晚上回到家里，詹姆斯说："你觉得怎么样？"

"还行吧。"

"别对自己太苛刻了。"

"我们看下周还有多少人到场吧，那才是真正的问题。"

"好吧，虽然你不太高兴，但我不一样，我给你准备了点东西。"

"是吗？"

"真的，我最近一直在忙活这个，感觉像过去了几百万年。这只是个开头，如果你不喜欢就直说，然后直接扔火炉里烧了，或者先扔火炉里烧了再说你不喜欢，顺序不重要。"

我伸出手打断他说："欸欸欸，行了行了，是什么啊？"

他从背包里掏出一卷半透明的薄纸，像是我在小学用的画纸那般。

"这东西哪儿来的？"

"一个……朋友给我的，我想给你看的是里面的东西。"

他将纸张放在餐桌上，让它缓缓展开，里面是一系列手绘的草图。

"一座房子。"

他深吸一口气，看上去更加紧张地说："是平面图和立面图。"

"这些是你画的？"

"对。"

我靠上前仔细研究着它们，看上去非常美妙。

詹姆斯有些坐立不安。

"你不喜欢。"

"没有，"我小声说，"我只是……有点惊讶，你什么时候学会画这些的？"

"很久很久以前了，"他看着我，"你没有不喜欢吧？"

"不，当然没有，它们很棒。"

"真的？"

"真的。"

"我在考虑楼下的卧室可以给卡尔森——"

"这是给我们准备的？"

"嗯，这将是我们的家。就应该是这样，这就是它本应该的样子。"

虽然不知道最后那句话是什么意思，但我确实喜欢这些设计。

"这就是你和格里戈里一直在忙活的事情？"

"没错，他负责工程方面，我们要给大家盖房子，我们给自己取名S&S家园。"

"所以哪个S在前？是辛克莱&索科洛夫（Sinclair&Sokolov）还是索科洛夫&辛克莱（Sokolov&Sinclair）？"

"仁者见仁，智者见智。"

在我打量这些设计时，我想象詹姆斯的这些努力能为这个小镇的家庭产生什么样的影响，以及经验分享会以后的走向。我们都在建造殖民地，他建造的是街道两旁的房屋，而我建造的是人的内心。这两者同样重要，都是宝贵的遗产。但我们付出最多的方向将是在家中，在我们共同养育的三个孩子身上。

我看着这些平面图，想象我们一家五口以后的生活，孩子们的童年、生日派对、无数学习和玩耍的夜晚，还有之后只剩我和詹姆斯时的日子。

"你确定你喜欢？"

我微笑着回答："这上面的每一笔一画都非常完美。"

致读者

亲爱的读者：

感谢您阅读《漫长的寒冬：失落的殖民地》。

如果您读过前两本书的"致读者"，您会知道我在创作这套三部曲时经历了人生极为混乱的一段时光。和《漫长的寒冬》里的人物一样，我的生活轨迹在此过后永远地改变了，我人生的太阳似乎一度再也不会升起。有一段时间，我心情糟透了，甚至无法工作。有时候，写书是我唯一想做的事。

人们说时间会治愈一切。对我而言，《漫长的寒冬》三部曲帮助我熬过困难，我将永远感激它。我希望也能给您带来同样的效果，也许是分神、消遣，也可能是激励、启发，又或是其中两者的结合。我认为一本好书能让读者变得更好，至少对我而言确实如此。

再一次感谢您的阅读，别忘了，生命的重心不在于您失去了什么，而在于您还拥有什么。

格里

笔名 A.G. 利德尔

北卡罗来纳州，罗利市

致 谢

一本书就像一座冰山，读者只能看到它的表面，而表面之下还隐藏了很多非常重要的部分。

那些重要部分包括让这本书成功出版的人们——他们是支撑冰山的核心力量，绝对值得大力赞扬。

我想先感谢 Recorded Books 的特洛伊·朱利尔（Troy Juliar）和杰夫·塔布尼克（Jeff Tabnick），你们享受的"三部曲"的有声书便是由他们负责制作并出版的。出版行业瞬息万变，但现如今的变化速度比以往任何时候都更为迅速。特洛伊和杰夫历尽千辛万苦确保有声书与电子书和纸质书同一天上市。"三部曲"的发行没有延迟对我而言非常重要，我不确定在我提供的有限时间内，其他有声书出版商也能这样顺利完成任务。非常感激你们，我保证下次会更快将书送达。

众所周知，文学代理人能为作者带来更划算的交易。但和冰山一样，那只是大众看到的冰山一角。他们的工作绝非易事，他们在手稿、封面、作品简介和内容上提供了非常宝贵的建议（至少对我而言是如此，对此我很感激）。优秀的代理人也是珍贵无比的法律资源，在出版前和出版后积极协调出版商和作者的工作。合作在今天的出版格局中必不可少，代理人给予了我很大帮助。我很幸运拥有一个了不起的团队：来自美国、欧洲和南美的丹尼（Danny）和希瑟·巴罗（Heather Baror），还有亚洲的格雷·坦（Gray Tan）。

我还想感谢我的英国出版商——宙斯之首出版社（Head of Zeus），他们在我创作"三部曲"的过程中给予了我很大的支持，并且负责了《漫长的寒冬》的封面和编辑工作。

一如既往，我还要感谢我的妻子，她管理着我们日益忙碌的家庭，并在我的职业生涯中提供了所有非写作方面的协助。

戴维·盖特伍德（David Gatewood）为改进此书提供了出色的建议，他能看到我忽视的东西并有勇气直言（或是在 Word 中批注）。

几位早期读者同样为该书提供了重要改进建议：米歇尔·达夫（Michelle Duff）、莉萨·温伯格（Lisa Weinberg）、克里斯滕·米勒（Kristen Miller）、凯蒂·里根（Katie Regan）、诺尔玛·琼·弗里茨（Norma Jean Fritz）和辛迪·普伦德加斯特（Cindy Prendergast）。

最后，我想感谢你们——我的读者。我就像赢得彩票头彩那般——每天醒来我都能在脸书（Facebook）上收到最友善的电子邮件和信息，对你们的支持我感激不尽（特别是在那些艰苦的日子里）。

格里